모험을 하지 않는

마법사

모험을 하지 않는 마법사 7

윈드시커 판타지 장편 소설

초판 1쇄 찍은 날 § 2004년 3월 4일
초판 1쇄 펴낸 날 § 2004년 3월 14일

지은이 § 윈드시커
펴낸이 § 서경석

편집장 § 문혜영
편집책임 § 유경화
편집 § 권민정
마케팅 § 정필 · 강양원 · 이선구 · 김규진 · 홍현경

펴낸곳 § 도서출판 청어람
등록번호 § 제1081-1-89호
등록일자 § 1999. 5. 31
어람번호 § 제1-0465호

주소 § 경기도 부천시 원미구 심곡1동 350-1 남성B/D 3F (우) 420-011
전화 § 032-656-4452 팩스 § 032-656-4453
E-mail § eoram99@chollian.net

ⓒ 윈드시커, 2003

값 8,000원

ISBN 89-5831-019-7 04810
ISBN 89-5505-742-3 (SET)

윈드시커 판타지 장편 소설

모험을 하지 않는

마법사 7
완결

도서출판 청어람

CONTENTS

7 선택

chapter 48
데스티니

뚜벅뚜벅뚜벅—

빛을 반사시킬 정도로 매끄러운 대리석 바닥을 바쁜 발걸음으로 걸어가는 사람이 있었다. 그의 이름은 알베르트 폰 로펜하임, 네메시스의 대외적 대변인이자 전(前) 로열가드 기사단의 단장인 사람이다.

"빌어먹을……."

귀공자처럼 단아한 얼굴에 주사를 바른 듯한 붉은 입술에서 거친 육두문자가 새어 나왔다. 알베르트는 뜀박질을 하는 듯한 걸음걸이로 움직이며 흐드러진 넥타이와 셔츠를 정리했다. 하긴 이 주일 만에 만난 여자 친구와의 달콤한 잠자리를 방해받았으니 욕지거리가 나올 만도 하다.

"메린느가 얼마나 무서운지 녀석들도 잘 알면서 왜 이 시간에 불러내는 거야? 젠장, 빌어먹을, 에잇, 염병을 확 갖다 엎어버릴!"

이윽고 무광택의 은색 금속으로 코팅된 문 앞에 선 알베르트는 아무 말 없이 손바닥을 문 옆에 달린 유리판 위에 올렸다. 지금 들어가는 곳은 네메시스에서도 특별한 자격을 갖춘 사람만 들어갈 수 있는 곳이기 때문에 이 정도 보안 장치는 기본이었다. 작은 기계음과 함께 손바닥 지문의 스캔이 끝나자 무미건조한 여성의 목소리가 들렸다.

"코드네임 로열가드 No.3, 알베르트 폰 로펜하임님임을 확인했습니다."

여성의 목소리가 끊기자마자 딸깍 하는 소리가 들리더니 나지막한 모터 소리와 함께 문이 열렸다.

"윽?"

알베르트는 문이 열리자 안에서 터져 나오는 광기 어린 장면에 인상이 찌푸려지고 말았다. 단 한 개의 문을 사이에 두고 느껴지는 분위기의 차이란 거의 지옥과 천국의 차이였다.

"제리 원! 항구 쪽 상황 보고!"

"알파, 호텔, 골프, 전부 통신 두절 상태입니다."

"상황병! 당장 이거 시뮬레이션 준비해!"

"하이하르멘 대장님! 상황 계시 인원이 부족합니다."

"닥쳐! 인원이 모자라면 너희들이 두 명분씩만 더 하면 되잖아!"

알베르트는 지금 이 상황이 꼭 영화의 한 장면 같다는 생각이 들었다. 종이가 날아다니고, 귀와 입에 무전기셋을 달고 이리저리 뛰어다니는 사람들, 그리고 커다란 모니터 화면이 채 1초도 같은 영상을 출력하지 못한 채 나이트의 사이킥마냥 이리저리 어지럽게 깜박이는 모습이 꼭 자신과 전혀 상관없는 것처럼 여겨졌다.

"윽? 제, 젠장, 순간적으로 현실 도피를 할 뻔했어. 어? 어이! 델로윈! 무슨 일이야?!"

알베르트는 자신의 어깨를 툭 치고 가는 상황병 덕에 자신이 이곳에 온 목적을 다시 상기해 내고는 높은 곳에 위치한 콘솔레이터 뒤에서 큰 소리치고 있는 짧은 금발 머리의 사내에게 달려갔다.

"에디! 지금 당장 한국 주둔 나이트랑 가디언에게 출동 준비시키고 마법사 길드에도 연락해서 인천과 서울로 집결하라고 해!"

"넵!"

델로윈이라 불린 남자는 갓 서른이 넘을 듯한 외모의 소유자였다. 사각형의 무테안경을 콧잔등 위에 올린 그의 얼굴은 꽤 날카로워서 고지식한 관료인의 분위기를 물씬 풍기고 있었다. 하지만 지금도 끊임없이 터져 나오는 욕설과 격렬하다 못해 과격하기까지 한 부하 다루기는 외모와 성격의 매치가 꼭 들어맞는 게 아니라는 것을 증명해 주는 듯하다.

"알베르트님! 왜 이렇게 늦었습니까?! 이런… 또 메린느 양입니까?"

델로윈은 아직 볼에 남은 립스틱 자국을 미처 지우지 못하고 있는 알베르트의 얼굴을 보고는 모든 걸 짐작할 수 있었다.

"남의 사생활이 어떻든 말든. 도대체 무슨 일이야? 엄청 바쁜 거 같긴 한데… 만약 쓸데없는 일이면 가만두지 않을 테다."

"그런 말은 볼에 남은 립스틱 자국이나 닦고 난 담에 하시죠."

"엥? 아, 미안."

휴일에 애인과의 오붓한 시간을 방해받아서 화가 난다고는 하지만 그걸 티낼 수도 없는 일인지라 알베르트는 손수건으로 볼을 문질렀다.

"반대쪽입니다."

"…쳇."

미리 말해 주면 덧나냐? 라는 알베르트의 눈빛을 가볍게 받아넘긴 델로윈은 볼의 립스틱 자국을 닦기 위해 손수건에 침을 묻히는 자신의 상사를 콘솔 앞으로 끌고 갔다.

"보십시오."

"퉤퉤, 흐음."

상사의 팔을 잡아끄는 행동은 무척 무례한 행동이었지만 알베르트는 전혀 신경 쓰지 않고 손수건에 침을 묻혔다. 델로윈도 그런 일로 처벌받을 거란 생각은 전혀 하지 않는 것 같았다. 아마 오랫동안 서로를 잘 알아왔던 사이였으리라.

알베르트는 시선을 모니터에서 떼지 않은 채 립스틱을 모두 지운 다음 이윽고 입을 열었다.

"경악스러울 정도의 규모로군. 목적지는?"

"Korea, 과천입니다."

"되도록 정확한 규모를 파악해서 보고하도록. 그리고 대장에겐 알렸겠지?"

"한 시간 후 멀티룸에서 브리핑한다고 하셨습니다."

알베르트는 델로윈의 마지막 대답을 귓가로 흘리며 스크린에 시선을 고정시켰다.

"과천이라… 늦지 않아야 할 텐데……."

최근 나의 일상은 무척 조용하다. 무릉IA에서의 일, 즉 양호선생으로서의 일은 이미 소일거리에 지나지 않는다. 우습게도 최근에 안 일이지만 세리스와 훼릴, 그리고 엘리의 계략으로 절대 양호실을 사용하지 않겠다는 다짐을 한 학생들은 정말 굳건하게도 양호실을 찾지 않았다. 그들은 양호실을 사용하지 않기 위해서 반마다 구급상자를 구비해 놓고 양호선생인 나에겐 아무런 동의도 없이 위생병—그들 나름대로의 애칭이었다—을 둘 정도였다. 아마 처음엔 그저 장난 반, 진담 반으로 시작한 일이었겠지만 애초에 크게 다칠 일도 없는 학교 생활인데다 언제부터인가 그런 소일거리가 그들에겐 하나의 재미로 정착해 버린 모양이었다.

"오늘은 꽤 날씨가 사나운데?"

"비라도 내리려나 봐요."

훼릴이 내 어깨에 턱을 걸치며 말했다. 양호실 창문으로 보이는 하늘은 무척 어두웠다. 암회색 구름이 짙다. 무겁게 울리는 공기의 울음이 천둥을 예고하고 있었다.

"거세겠는걸……. 그러고 보니 세리스는?"

"교육 중."

"아직도?"

커피잔을 채워주는 엘리에게 반문했다.

"생각 외로 하영은의 소질이 좋은 데다 세리스에게 있어서도 화살에 마나를 실어 날린다는 것은 흥미있는 연구 대상일 테니 아마 시간 가는 줄 모르고 있을 거야."

"그래?"

"물론이지. 오라버니 앞에서야 절대 명령 복종의, 같은 세라프인 나조차 질릴 것 같은 세리스지만, 알고 보면 그녀도 확실한 취향과 관심 목록이 있다구."

그런 것도 몰랐냐는 듯 말하는 훼릴에게 난 그런가~ 하는 생각이 들었다.

"그럼 훼릴, 넌 관심 대상이 뭐야?"

"나?"

"그래."

훼릴은 내 질문에 한숨을 포옥 쉬더니 어깨에 걸치고 있던 턱을 들었다. 그리고 가볍게 내 뺨에 키스하며 말했다.

"오라버니. 내 관심 대상은 그 이상도 그 이하도 없어."

촉촉한 입술의 여운이 느껴지는 뺨을 한 번 어루만진 나는 훼릴을 쳐다봤다. 가볍게 웃으면서 도발적인 자세로 날 마주 보는 훼릴. 하지만 난 그녀에게서 장난기보다는 뭔가 다른 초조함과 체념을 읽을 수 있었다. 그리고 직감적으로 그것이 무엇을 뜻하는지 알 수 있었다.

'영혼……'

아마 그녀를 비롯해 엘리와 세리스 역시 영혼을 찾고 싶겠지. 그리고 추측조차 불가능한 시간 동안 헤어져 있던 일족의 해방을 바라고 있겠지.

"우웅, 오빠."

무릎 위에 앉은 엘리가 허리를 돌려 내 목을 끌어안았다. 그리고 오른쪽 뺨에 뽀뽀를 했다. 평소보다 어리광을 많이 부리는 것 같다. 목뒤로 두른 팔에 힘을 잔뜩 준 엘리의 몸이 작게 떨렸다. 난 이유 모를 엘리의 불안을 달래려 그녀의 등을 토닥토닥 두드렸다. 갓난아기를 잠재우듯 엘리의 머리를 쓰다듬으며 등을 토닥였다.

짙은 회색의 하늘… 비라도 쏟아질 것 같은 하늘이었다.

쉬잇, 팍!

무거운 공기를 가르며 날아간 화살은 과녁의 정중앙에 꽂혔다. 부르르 떨리는 화살은 놀랍게도 화살촉이 없음에도 불구하고 나무 과녁을 꿰뚫고 있었다.

"꽤 많이 능숙해졌다."

"하지만 아직 내기를 화살에 충분히 실어주는 게 힘든데요."

"그건 아직 충분한 내기를 축적하지 못했기 때문에 어쩔 수 없는 일. 하지만 결코 느린 성장은 아니니 걱정하지 말도록 해."

세리스는 하영은에게 완전한 하대를 했다. 이건 바다는 물론 하영은도 그렇게 원했기 때문이다. 스승으로서의 위엄을 제대로 세우기 위한 작은 방편이었는데 의외로 세리스는 별 반응 없이 순순히 응했다. 아마 이게

그녀의 평소 말투에 가까웠기 때문이리라. 덕분에 천방지축 격인 하영은
이 세리스에게만은 푹 눌려 지낼 수밖에 없었다.

"축기는 계속 하고 있나?"

"아침에 한 시간, 자기 전에 두 시간 정도 하고 있습니다."

"좀 더 빨리 내기를 쌓고 싶다면 내기 호흡을 꾸준히 하도록 해. 그리
고 외기(外氣)를 다루는 방법은 라시안에게 배우도록."

"네."

라시안의 이름이 거론되자 하영은은 얼굴을 살짝 붉혔지만 세리스는
여전히 상관하지 않았다.

"그럼 다시 한 번 해보도록."

세리스의 지시가 떨어지자 하영은은 말없이 시위에 화살을 메겼다.

흐읍. 후우.

호흡을 가다듬는 소리가 적막한 궁도장에 나직이 울렸다. 그리고 그녀
의 단전에서 심장을 거쳐 팔로 전해지는 가느다란 내기는 손끝을 타고
화살을 덮기 시작했다. 그것은 육안으로 확인할 수 없는 무형의 움직임
이었지만 하영은과 세리스는 확연히 느낄 수 있었다. 그리고 그것이 하
나의 임계점에 도달하자 화살촉이 있어야 할 부분에서 희미한 불빛이 맺
혔고, 그것은 곧 실낱같은 궤적을 그렸다.

짜아악.

"훌륭해."

시선을 과녁으로 옮긴 세리스는 짤막하게 감탄성을 내질렀다. 그녀의
시선은 앞선 화살을 쪼개고 과녁의 한중간에 꽂힌 두 번째 화살을 보고
있었다.

화살을 날린 뒤의 잔심을 추스르는 하영은의 뺨에 차가운 물방울이 떨
어졌다. 비였다.

'아마 그때도 이렇게 비가 왔었지······.'

어둠이 짙게 깔리기 시작한 궁도장을 비추는 전등 주위로 점점 굵어지는 빗방울을 보는 그녀의 눈은 회상에 잠기기 시작했다.

그날은 비가 무척 많이 오는 날이었다. 날이 맑았던 아침엔 이렇게 비가 많이 쏟아질지 전혀 알 수 없었다. 학교 건물의 작은 처마에서 비를 피하고 있는 건 자신뿐이었다. 얼마 뒤에 있을 대회를 준비한다고 혼자 궁도장에 남아 연습을 한 게 이 상황을 만들고 말았다.

"천상 비를 맞으면서 가야 하나?"

하영은은 혼잣말로 비를 쫄딱 맞게 된 자신의 신세를 한탄했다. 남자들과는 달리 여자인 자신은 비를 맞게 되면 좋을 게 전혀 없었다. 그렇다고 남자들에게 좋을 게 있다는 말은 아니지만 말이다. 젖는 건 둘째 치고 비를 맞게 되면 속옷이 셔츠에 비치기 때문에 남자들의 재수없는 시선을 받을 게 뻔했다. 다행히 하교 길에 사람은 별로 없지만 한두 명의 시선이라도 싫은 건 싫은 거였다.

"하아··· 더 늦어봤자 좋을 건 없겠지. 달리자."

하영은은 가방을 머리 위로 올리고 처마를 뛰쳐나갔다. 스니커즈 구두 소리가 아스팔트를 두드리는 소리가 요란하게 났다. 바닥에 고인 물이 양말과 종아리를 차갑게 적셨다.

문득 하영은은 자신의 상의가 전혀 젖지 않는다는 것을 깨달았다. 자신의 몸매가 비 사이로 막 달릴 만큼 날씬한 건 절대 아니었다. 나름대로 뭇 남학생들의 음흉한 시선을 끌어내는 멋진 글래머였다.

"응?"

시선을 위로 올려다보니 감청색의 우산이 자신의 머리 위에 있었다. 누군가 싶어 고개를 돌려보니 조금 침침하게 생긴 녀석이 자기 옆을 같이 뛰면서 우산을 씌워주고 있는 게 아닌가. 앞머리로 반쯤 얼굴을 가리고 있는 약간 살벌한 눈매의 남학생이었다. 아는 사람인가 싶어 명찰을 확인해 보니 2학년이었다. 라시안? 유학생인 것 같은데 아무리 봐도 아는 얼굴은 아니었다.

"누구시죠?"

하영은은 그 자리에 멈춰 서서 차갑게 말했다. 모르는 사람의 호의를 선선히 받아들일 만큼 하영은은 순수한 편이 아니었다.

"너 기숙생이지?"

"그런데요?"

"같은 방향이다."

무뚝뚝함의 극치를 달리는 라시안이란 남자는 더 이상 할 말 없다는 듯 뚜벅뚜벅 발걸음을 옮겼다.

"웃?"

머리 위를 가리고 있던 우산이 갑자기 사라지자 하영은은 반사적으로 라시안의 우산 밑으로 뛰어들었다. 그리고 라시안의 팔에 자신의 팔이 닿자 그제야 자신의 행동을 깨달은 하영은은 얼굴이 빨갛게 달아올랐다.

'내, 내가 모르는 남자의 우산 속으로 뛰어들다니!'

머리 속으로 갖가지 상념이 지나가기 시작했다. 이럴 줄 알았으면 절대 뛰어들지 말 것을. 아니면 애초에 차가운 태도를 보이지 말 걸. 어쩌면 이 상황은 이 남자가 만들어낸 고도의 심리전 결과물이 아닌가? 도저히 정리되지 않는 망상에 하영은은 고개를 푹 숙인 채 발걸음만 옮겼다.

라시안은 걸으면서 계속 말이 없었다. 곁눈질로 본 그의 태도는 절대 여자에게 작업을 거는 남자의 태도가 아니었다. 시선을 딴 곳으로 던지며 딴청을 피우지도 않았고 안절부절못해하지도 않았으며 자신을 쳐다보지도 않았다.

'뭐 이런 남자가 다 있어?

하영은은 괜히 기분이 나빠졌다. 결코 자랑은 아니지만 자신에게 호감을 보인 남자는 무척 많았다. 의도적인 건 아니지만 자신이 말이라도 걸어주면 희색이 만연해지는 남학생들이 부지기수였다. 2학년의 윤세정이란 선배처럼 연예인은 아니지만 그래도 이 무릉IA의 Top10에 드는 미모의 소유자였다. 그런데 이 남자는 이 학교의 남자라면 누구나 부러워할 이 상황에 절대 흐트러짐이 없었다. 자신에게 우산의 절반을 할애해 준건 진짜 도의적인 행동이었던 걸까?

"……?"

그때였다. 라시안이란 사람이 갑자기 걸음을 멈추고 옆에 서 있는 가로수 위를 멀뚱히 쳐다봤다. 무슨 일인가 싶어 봤더니 새하얀색의 고양이 한 마리가 나뭇가지 위에서 오들오들 떨고 있었다. 분명 올라간 것까진 좋았는데 내려오지 못하고 있는 게 틀림없었다.

"들고 있어."

완전히 명령조다. 라시안은 자신에게 우산을 건네주고는 비를 맞으며 가로수 밑으로 갔다. 과연 어떻게 하려는 걸까? 가로수 밑둥에 간 라시안은 손을 뻗어 나무의 면에 갖다 댔다.

쏴아아아—

아무런 움직임도 없었는데 나뭇잎이 세찬 바람이라도 맞은 것처럼 흔들렸다.

니아야양?

너무 갑작스러웠기 때문에 고양이는 가지 위에서 떨어지고 말았다. 난 고양이가 허공에서 균형을 잡고 바닥에 착지하리라 생각했다. 원래 고양이란 동물은 새끼 때라 해도 3~4미터 허공에서 떨어져도 균형을 잘 잡고 아무런 상처 없이 바닥에 착지할 수 있는 신체 능력을 가지고 있다.

하지만 이 새하얀 새끼 고양이는 별다른 움직임도 취하지 못한 채 머리부터 바닥으로 떨어지고 있었다.

"아!"

하영은은 조금 늦었지만 얼른 뛰어가 받아주려고 했다. 그러나 하영은이 움직이기 전에 라시안이 어느새 몸을 돌려 고양이를 받아 들었다. 그는 고양이를 품에 안더니 안색을 조금 굳힌 채 다시 우산 아래로 돌아왔다.

라시안의 품 안에 안긴 새하얀 새끼 고양이는 초록색 눈동자를 가진 무척 귀여운 고양이였다. 하지만 비를 많이 맞아서 그런지 연신 몸을 오들오들 떨고 있는 게 병이라도 걸린 것 같았다.

"그 고양이… 어쩔 거예요?"

하영은은 자기도 모르게 움직인 동정심에 지금까지의 침묵을 깨고 물었다.

"동물 병원에 데려가야지. 아무래도 급한 것 같으니까 나 혼자 뛰어가 봐야겠어. 우산은 니가 가지고 있다가 다음에 보면 돌려줘."

"아앗?"

말을 끝낸 라시안은 가방을 고쳐 매고는 고양이를 품에 안고 지금까지 달려왔던 반대 방향으로 달려갔다. 하영은의 기억에 동물 병원은 교문 밖에 하나 있었다. 이곳에서 뛰어가도 20분은 걸리는 곳이었다. 이대로 비를 맞고 가면 감기에 걸릴지도 모르는데…….

"바보 아냐? 그냥 같이 가자고 하면 될 것을……."

왠지 모르게 뒤도 돌아보지 않고 달려가는 라시안에게 마음이 상한 하영은이었다.

다음날 아침. 그날도 비가 오는 날이었다. 하영은은 점심 시간을 이용해 감청색 우산을 손에 들고 2학년 2반 교실을 기웃거렸다. 어제 받은 우산을 돌려주기 위해서였다.

"누구를 찾는 거지?"

느끼한 목소리! 하영은이 닭살이 돋을 것 같은 기분에 어깨를 움츠리며 뒤를 돌아보자 버터로 썬텐이라도 하고 온 듯한 느끼한 남학생이 자신에게 말을 걸고 있었다. 평소라면 상대도 하기 싫은 타입이었지만 지금은 때가 때인지라 오히려 잘됐다는 생각이 들었다.

"라시안이란 선배를 찾고 있는데요."

"라시안? 그 녀석 오늘 결석인데?"

버터로 썬텐한 녀석은 하영은에게 잘 보이려고 묻지도 않은 이유까지 주절주절 떠들기 시작했다.

"어제 비를 쫄딱 맞아서 독감에 걸렸나? 오늘 그 녀석 룸메이트가 담임에게 말해 주더라."

"그래요?"

"왜? 내가 대신 말이라도 전해줄까?"

"아뇨. 나중에 제가 직접 전할게요. 실례했습니다."

하영은은 더 이상 이곳에 볼일이 없다는 생각에 얼른 계단을 통해 자신의 교실로 돌아왔다.

'감기라……. 어제 그 고양이 때문인가? 쳇, 그런 느끼한 녀석만 아니었으면 남자 기숙사 몇 호실을 쓰는지 물어보는 건데.'

손에 들린 우산이 묘하게 부담스러워졌다. 왠지 모르게 돌려주기 싫어졌다. 그 무뚝뚝한 남자가 자신을 찾아오게 만들고 싶었다.

'그래, 돌려주지 말자. 뭐, 필요하면 자기가 직접 찾아오겠지. 그럼 그때 보답으로 차나 한잔 사주는 거야. 그럼 자연스럽게 대화가 시작되겠지? 고양이에 대해서 물어보는 게 좋을까? 아니면 취미가 뭔지 물어볼까?'

투둑, 후두둑.

'결국 라시안 선배는 날 찾아오지 않았지. 그리고 그 우산은 지금까지 내가 가지고 있고 말야. 바보같이 그냥 제때 돌려줬으면 좋았을 텐데 괜히 고집 부리다가 말 걸기도 어렵게 되어버렸잖아. 빌려준 우산 떼먹은 여자로 기억될까 봐 말야. 후우, 하지만 그것도 벌써 반년 전 이야긴가?'

"…영은, 하영은?"

"앗? 아, 네."

세리스는 하영은이 비가 와서 이만 정리하자고 하는데도 멍하니 있자 그녀를 흔들었다.

"멍하니 있지 말고 얼른 정리해. 비 때문에 시계(視界)가 안 좋으니 오늘은 여기까지만 하도록 하자."

"네."

궁도장 정리는 세리스가 도와줘서 빨리 끝낼 수 있었다. 하영은은 도복을 갈아입으면서 라시안만 생각하면 멍해지는 자신을 책했다. 사랑에 빠진 바보라니, 자신에겐 너무나 안 어울리는 말이지만 창문을 두들기는 빗방울 소리가 지난 추억을 생각나게 해 마음을 들뜨게 만들었다.

'이 비가 내일도 여전히 내리면 우산을 돌려줄까?'

하지만 그녀는 이미 확신하고 있었다. 설사 내일 비가 내리더라도 우산을 돌려주지 않을 것임을. 그리고 이번엔 이 우산으로 함께 쓰고 가리라고.

"후우……."

희뿌연 담배 연기가 차가운 공기에 웅어리져 오랫동안 머무른다. 이제 완연한 겨울인 것이 피부로 확연히 느껴질 만큼 날씨가 쌀쌀해졌다. 애들이 깰까 봐 베란다에 나와서 한 대 피우는 담배 연기에 머리가 약간 어지럽다. 요즘 들어 양호선생님 노릇을 하느라 흡연을 줄였더니 한 대 피울 때마다 이런다. 불행 중 다행인 건지, 아님 다행 중 불행인 건지 이중창으로 된 베란다의 유리문 뒤로 이리저리 뒤엉켜서 자고 있는 세리스와 훼릴, 그리고 그 사이에 끼어서 미간을 잔뜩 찌푸리고 있는 엘리가 눈에 들어왔다. 에너지 절약 하고는 거리가 먼 체질인지 방 안은 보일러를 풀가동시킨 상태였고, 아이들은 모두 얇은 속옷이나 파자마 차림이었다.

"하아……."

한숨이 절로 나온다. 난 결국 시선을 하늘로 돌렸다. 다른 건 몰라도 훼릴의 저 늘씬한 다리가 이불 위로 드러날 때마다 심장이 터질 것만 같아서 도저히 계속 보고 있을 용기가 나질 않는다. 거기다 잠들어 있는 세리스의 얼굴은 나도 모르게 입술을 훔치고 싶게 만드는 충동을 일으키니 정말 수면제라도 구해서 먹고 싶은 심정이다. 혈기 왕성한 25살의 나이에, 다른 사람이라면 여복이 터졌다고 할 만한 상황이지만 난 전혀 그런 느낌이 들지 않는다. 아마 이건 내가 아닌 다른 사람이라 해도 나와 비슷한 심정일 것이다. 순백의 순수한 영혼이 티끌만큼의 의심도 없이 자신에게 기대어온다면, 과연 그걸 배신할 수 있을까? 그들의 영혼을 더럽힐 수 있을까? 뭐 생각하고 싶진 않지만 내가 저들의 육체를 능욕한다고 한들 저들이 타락하리란 생각은 들지 않지만 말이다.

"영혼… 과연 세리스와 엘리, 그리고 훼릴의 영혼을 찾아줄 수 있을까? 단 한 명의 세라프를 가진 필립도, 이안도 찾아주지 못한 영혼을 셋이나 가진 내가 모두 찾아줄 수 있을까? 아마 불가능하겠지? 그럼 난 어떻게 해야 하는 걸까. 나도 다른 사람들처럼 저들을 그저 종처럼, 노예처럼 부릴 수 있을까? 아니면 지금처럼 계속 오빠 동생이라는 관계로 지내야 하는 걸까. 결코 오래 지속되지 않을 관계로……."

난 필터까지 타 들어간 담배꽁초를 간단한 화염 마법으로 완전히 소멸
시킨 다음 조용히 침실로 들어갔다. 침대를 완전히 장악한 3인조 때문에
마땅히 잘 곳이 보이진 않지만 바닥에서 자기엔 여의치 않아서 휘릴의
다리 한 짝, 세리스의 다리 한 짝을 이리저리 옮겨가며 겨우 자리를 만들
어 누웠다.

"으응……."

세리스와 엘리의 사이에 비집고 들어가 자리를 만들었더니 세리스가
꿈이라도 꾸는 건지 내 품 안으로 파고들었다. 머릿결에서 희미하게 풍
기는 샴푸 냄새가 코끝을 자극한다. 난 희미한 불빛에 뽀얗게 드러난 세
리스의 이마에 가볍게 입맞춤을 하고 애써 잠을 청했다. 내일은 무릉IA
의 가장 큰 축제인 매화 축제가 시작되는 날이다. 양호선생 노릇 하면서
틈틈이 아이들이 준비한 찻집에도 들르려면 잠이라도 푹 자둬야 할 텐
데……. 자야 할 텐데… 자야… 음냐…….

띠리리리리.

으응… 뭐야…….

띠리리리리.

뭐가 이리 시끄러운 거야… 잠 좀 자게 놔두지…….

띠리리리리리리리리리리리리!

"아~ 시파! 뭐야?"

겨우 단잠에 빠져드는 찰나에 들려오는 단조로운 신호음에 난 결국 짜
증을 토해내고 말았다.

"으응, 오빠아……. 뭐야?"

"아이아함. 무슨 일인데?"

"핸드폰."

내 짜증에 아이들도 모두 잠을 깨고 말았다. 머리맡에 놓아둔 알람용 시계를 보니 아직 새벽 3시다. 담배 한 대 필 때의 시각이 12시였으니까 겨우 3시간 잔 건가?

'도대체 어떤 몰상식한 놈이 이 시간에 전화질이야! 장난 전화이기만 해봐라. 수단과 방법을 가리지 않고 찾아내서 궁그닐로 똥구녕을 쑤셔줄 테니!'

상당히 잔혹한 상상을 머리 속에 그린 나는 세리스가 건네는 핸드폰을 받아 들었다. 그런데 어째 듀얼 액정에 뜨는 번호가 전혀 생소한 번호다.

"81? 이런 지역 번호가 있었나?"

우리 나라에서 두 자리 숫자의 지역 번호는 서울밖에 없는데?

"여보세요?"

어디의 누군가 싶어 폴더를 열고 입을 뗀 나는 귀청을 찢어버릴 듯한 고함 소리에 수화기를 귀에서 떼어버리고 말았다.

"전화 좀 일찍 받엇!"

"뭐, 뭐야? 누구야?"

들려오는 말소리는 영어였다. 그것도 꽤 귀에 익은 목소리의.

"알베르트? 알베르트냐?"

"그래! 잔말 말고 지금 당장 컴퓨터나 켜. 너희 집에 인터넷은 되겠 지?"

"한국에 컴퓨터 있는 집치고 인터넷 안 되는 집도 있냐?"

반가운 마음도 순간일 뿐, 난 계속해서 다그치는 알베르트의 성화 때문에 컴퓨터의 메인 스위치를 올렸다. 가볍게 들리는 팬히터 소리와 함께 컴퓨터는 부팅됐고, 난 알베르트가 시키는 대로 익스플로러의 주소창에 전혀 생소한 IP넘버를 입력시켰다.

"됐어."

"접속했어?"

"으응? 아, 그래."

녀석이 불러준 IP는 네메시스의 시크리트 페이지였다. 보안 시스템이 몇 겹으로 걸려 있는지 온갖 인증 프로그램을 깔아야 했고, 알베르트가 불러주는 비밀 번호만 해도 무려 23자리의 문자와 숫자열이었다. 그것도 전혀 의미가 통하지 않는.

탁.

비밀 번호를 모두 입력하고 나서 엔터키를 누르자 팬히터와 하드 디스크가 미친 듯이 돌기 시작하더니 마치 FTP의 파일창 같은 화면이 떴다. 뭐야, 이게. 보안 시스템에 그만큼 돈을 쏟아 부었으면 내용물에도 조금 투자하면 안 되나? 너무 거창했던 입장 방식에 비해 내용물은 허무하기 짝이 없었다. 오직 숫자로만 된 파일 서너 개가 다였다.

"거기서 20031205란 파일을 열어봐. 다른 건 열어보지 말구. 봐도 상관없지만 꽤 비위 상하는 장면이 다니까 보고 싶으면 봐."

"됐네요."

알베르트가 비위 상할 정도의 장면이라면 웬만한 스너프 필름이나 호러 영화는 쨉도 안 될 만큼 역겨운 장면이란 소리나 마찬가지다. 평소의 양아치 같은 행실을 보면 전혀 상상이 되지 않지만 파리 대참사에서 볼 거 안 볼 거 다 본 전투의 프로페셔널이니까. 뭐, 그렇게 따지면 나도 마찬가지인가.

파일을 더블 클릭하자 자체 프로그램을 이용한 슬라이드 쇼가 시작되기 시작했다.

"지금 니가 연 파일은 여기서도 동시에 실행되니까 내가 하는 말 잘 들어."

"으응."

난 슬라이드의 첫 장면부터 눈살을 찌푸리고 말았다. 흉측하게 생긴 오크와 오우거, 그리고 싸늘한 안색의 뱀파이어들이 온몸에 피칠갑을 한 사진이었으니 인상을 안 찌푸리는 게 이상할 정도였다.

"지금 그 사진들은 최근 중국과 일본, 그리고 러시아 쪽에서 저궤도 정찰 위성과 뛰어난 능력을 가진 염사(念寫) 능력자들이 찍어낸 거야. 믿기지 않겠지만 그 사진들은 모두 요 이틀 사이에 찍힌 거고 전부 빠른 속도로 이동하는 녀석들을 포착한 거야."

"굉장한 숫자군."

난 사진의 잔혹함보다 위성 사진으로 찍었다는 사진이 보여주는 괴물들의 규모에 놀라고 말았다. 마치 중국의 대하 사극에서 보여주는 10만 대군이라도 보는 듯한 착각이 들었다.

"최근 집계한 바에 따르면 약 6만에 가까운 숫자다. 그것도 계속 늘어가고 있는 추세야."

"6만?!"

경이적인 숫자다. 말이 6만이지 특수한 능력을 가진 비스트들의 숫자만 6만이란 소리는 그 서너 배에 속하는 군대를 뜻하는 거나 마찬가지다. 더군다나 뱀파이어와 라이컨슬로프 같은 까다로운 비스트들까지 많다면 그 위력은 추측할 수조차 없어진다. 일반적인 총탄으로는 결코 치명상을 줄 수 없는 데다 인간의 지혜를 가진 그들은 인류의 천적이나 마찬가지였다. 거기다 계속 불어나는 추세라니!

"마스터, 이 위성 사진들… 일자별로 따져 봤을 때 비스트들은 모두 한곳을 향해 움직이는 듯합니다."

"뭐?"

한곳으로 움직이고 있다는 세리스의 말에 난 왠지 모를 불안감이 들기 시작했다.

"그래서 네메시스에 조치를⋯⋯."

"이 녀석들 최종 목적지가 어디지?"

알베르트는 내가 차가운 목소리로 묻자 말을 하다 말고 한참을 뜸 들이더니 이윽고 어렵사리 입을 열었다.

"한국, 과천이다."

"⋯빌어먹을!"

과천이면 바로 내가 있는 이곳이 아닌가!

"어째서! 이유와 목적이 뭐지?"

"그건 우리도 확실히 알 수 없어. 하지만 그들의 목적지를 대충이나마 알아냈으니 우리도 할 수 있는 만큼의 조치를 취할 거야. 아직 한국 정부와의 연계가 원활하지 않아서 군부대의 직접적인 지원은 조금 늦어지겠지만 우선 우리가 보낼 수 있는 마법사와 기사단은 내일 아침에 출발할 거야. 그리고 드레이크랑 필립은 오늘 아침 비행기로 출발했다. 정부 쪽 인사와 만나자마자 너한테 갈 거야."

전혀 현실감이 없지만 이건 진짜 큰일이었다. 그것도 파리 대참사와는 비교도 안 될 만큼.

"드레이크랑 필립이 한국 정부와 연계해야 할 일이 뭔데?"

"과천과 인천, 그리고 수도권 일부에 한한 계엄령 선포와 수도 방위군."

알베르트의 목소리가 자삽게 식었다. 치음 전화를 받을 때의 그 호들갑스런 목소리가 아니다.

"전쟁이라도 치를 셈이야?"

"필요하다면 그렇게라도 해야 돼. 이건 누군가의 이익을 위한 게 아니라 오로지 생존을 위한 거야! 아마 계엄령이 선포되면 그 지역 사람들은 모두 대피하겠지. 그때 너도 될 수 있으면 같이 피하는 게 좋을 거야."

마지막으로 세리스의 안부를 장난스럽게 물은 알베르트는 조심하라는 말과 함께 전화를 끊었다.

"무슨 일이야?"

조금 전까지만 해도 잠에 취한 얼굴로 멍하니 있던 훼릴이 안쓰럽다는 표정으로 날 쳐다보며 말했다. 난 아이들에게 알베르트에게 들은 이야기를 간략하게 줄여서 이야기했고 조속히 이곳을 벗어나는 게 좋을 것 같다는 알베르트의 의견도 말했다.

"오라버니는 어떻게 하고 싶으세요?"

"당연히 도망가야지. 6만 이상의 비스트 군단이야. 나 같은 마법사가 한둘 낀다고 전세가 뒤집힐 리가 없어."

"하지만 비스트들이 이곳을 쳐들어온다는 건 이곳에 뭔가 특별한 목적이 있기 때문입니다."

"목적?"

"세라프 No.1 드래곤입니다."

세리스의 단정적인 말에 난 나도 모르게 고개를 끄덕이고 있었다. 하긴 이곳은 그의 존재를 제외하면 특별할 게 전혀 없는 중소 도시에 불과하지. 하지만 그들이 드래곤을 노려서 뭘 어쩌겠다는 거지? 인해전술로 파르커스의 사념체를 이겨보겠다는 걸까? 하지만 세라프를 종속시킬 수 있는 존재는 오직 인간뿐일 텐데 비스트인 그들이 무슨 이유로……

"서, 설마……."

결코 떠올리고 싶지 않은 이름. 그리고 이 상황에 떠올라선 절대 안 될 이름이 머리 속을 스쳐 지나갔다.

"류지영. 분명 그녀가 관계되어 있을 겁니다."

"어떻게 그걸 단정할 수 있지?"

이건 세리스에게 하는 질문이 아닌 나 자신에게 하는 질문이었다. 나 역시 그녀가 관계되어 있을 거란 생각이 들었으니까. 하지만 그 이유는 생각할 수 없었다.

"과거 그녀가 보여줬던 비스트를 어렵지 않게 다루던 능력, 라플라가의 퍼스트 뱀파이어를 그녀가 안배한 거라면 충분히 예상할 수 있는 일입니다."

"거기다 류지영이 타라투스의 수장이었다는 점을 생각한다면 그 가능성은 더욱 커지겠죠?"

"또 그녀 스스로의 능력도 정말 엄청났는걸. 그 정도의 능력이라면 파르커스라는 드래곤의 사념체도 어쩌면 제압할 수 있을지 몰라."

세리스가 말을 시작하자 훼릴과 엘리가 각각 머리 속에 가지고 있던 근거를 들었다. 난 그런 그녀들의 근거에 단 하나도 반박하지 못했다. 아니, 할 수가 없었다. 그건 바로 내가 가지고 있던 생각이었으니까. 하지만 부정하고 싶은 사실인 건 변함없었다.

"후우, 그럼 제일 먼저 해야 할 일이 생겼구나."

바로 류지영, 아니, 그녀가 아니길 바라는 비스트들의 배후 조종자가 진정으로 원하는 목적! 어째서 이곳으로 그 많은 비스트들을 몰고 오는 건지. 그리고 만약 파르커스가 그들의 목적이라면 그를 얻고 난 다음의 목적은 또 무엇인지를 알아내야 할 것이다. 그래서 난 필립이 날 찾아오는 대로 그것을 알아볼 결심을 했다. 만약 필립이 대답하지 못한다면 다시 한 번 파르커스를 찾아가 볼 각오까지 했다. 아직 그의 질문에 맞는 대답을 구하진 못했지만 말이다.

'양자중필택일(兩者中必擇一) 상황에서의 선택. 후우…… 기한이 정해진 것도 아니니 나중에 대답하겠다고 하면 안 되는 걸까?'

쉬우웅— 펑!

펑펑!

"그럼 지금부터 무릉 인터내셔널 아카데미(IA)의 매화 축제를 시작하겠습니다."

"와아아아아!"

무릉IA의 드넓은 인조 잔디 운동장은 근 이만 명에 이르는 아카데미 학생들로 가득 차 그들의 함성을 모두 수용하지 못해 푸른 창공으로 쏟아내고 있었다. 하늘엔 울긋불긋한 연기와 풍선, 그리고 흰 비둘기들이 날아다녔다.

매화 축제.

무릉IA 내에 있는 고등학교, 그리고 공과대학과 외국어대학으로 특화된 대학교가 그들이 가진 모든 기량을 쏟아 붓는 축제로 그 질과 규모 면에서 실시된 지 얼마 되지 않았음에도 불구하고 과천뿐만 아니라 경기 지역에서는 꽤 유명한 축제였다. 심지어 이 축제를 보기 위해서 타 지방에서 오는 사람도 있을 정도였다.

"우와~ 정말 멋지다."

"너희들은 거의 매일 보는데 뭐가 그렇게 신기해?"

"그래도 이렇게 뭔가 특별한 날에 즐긴다는 마음으로 보는 것과는 다르잖아. 오라버니는 낭만을 몰라, 낭만을!"

낭만이라.

하긴 완전히 만개해서 흐드러지게 핀 백매화는 보는 사람의 마음마저 하얗게 만들어주는 듯한 착각에 사로잡히게 만들었다. 벚꽃처럼 꽃잎이 흩날리는 흥취는 없지만 고고하게 핀 매화는 학업을 쌓는 이곳의 취지와 무척 잘 맞아떨어져 보였다.

"휘유~ 저거 오늘 아침에 올린 거야?"

차를 타고 오느라 잘 몰랐는데 어제까지만 해도 없던 멋들어진 간판과 구조물들이 아카데미 내부 여기저기에 진열되어 있었다.

"흐웅~ 뭐야, 이건? '애완견과 함께 하는 따뜻한 찻집', '연극— 오페라의 유령—', '단란주점 DEAD OR ALIVE'?"

게시판에 붙여진 포스터를 훑어보던 나는 이번 축제를 학생들이 꽤나 적극적으로 참여하고 있다는 사실에 무척 놀랐다. 내가 대학교에 다닐 때만 해도 축제라고 하면 그저 술 먹고, 수업 째도 되는 날 정도로만 인식하고 있었는데 이곳은 전혀 달랐다. 학교에서도 학생들의 요구는 최대한 수용해 주는 분위기였고, 금전적인 지원도 꽤나 해준 것 같았다. 그렇지 않다면 저쪽에 서 있는 열 개의 축포를 비롯해서 높이 3미터에 이르는 꽃탑 같은 건 있을 수 없었을 테니 말이다.

"오빠아~ 우리 여기 가보자!"

엘리가 내 손을 잡아끌면서 가리킨 포스터는 '애완견과 함께 하는 따뜻한 찻집— 파트라슈'였다. 소매를 잡아끄는 엘리의 얼굴을 보니 가고 싶다는 열망으로 가득 차 있었다.

"안 돼! 난 거기보다 '단란주점 DEAD OR ALIVE'에 가고 싶단 말야! 오라버니, 우리 거기 가자. 응? 거기 가자~아~"

"단란주점은 안 돼. 고등학생인 너희들을 거기서 받아줄 거라고 생각하는 거냐? 세리스만 좋다면 파트라슈인가 뭔가 하는 곳으로 가자."

"전 어느 곳이나 상관없습니다."

쩝, 이왕이면 세리스도 가고 싶다는 곳을 말해 줬으면 그곳으로 방향을 잡았을 텐데, 역시 그녀는 나에 대한 것이 아니면 언제나 수동적이었다.

"히잉~ 나두 술이란 것 먹고 싶었는데……."

"술은 학교 졸업하면 마셔라."

"부우~ 3년은 너무 길어~"

투덜투덜거리면서 앞서 걷던 훼릴은 엘리를 새침하게 보더니 내 옆으

데스티니 29

로 다가와서 팔짱을 꼈다.

"……? 뭐야?"

난 사람들의 이목을 생각해서 얼른 팔을 빼려고 했지만 훼릴이 꼭 잡는 바람에 그것도 여의치 않았다.

"흥, 내 부탁을 안 들어준 벌이야."

"켁, 벌이라니!"

흐엑, 팔짱 낀 지 몇 초가 지났다고 벌써부터 사방에서 살기가 쏟아진다.

"오빠, 나두 나두~"

"엘리, 넌 키가 작아서 팔짱 끼려면 멀었어. 나중에 나처럼 멋진 언뉘~가 되면 하렴."

"이익! 훼릴 너무해!"

"아하하!"

엘리는 자신을 놀리는 훼릴을 주먹으로 토닥토닥 치다가 세리스가 손을 잡아주자 곧 화를 풀고는 연신 사방을 둘러보며 감탄사를 연발했다. 태어난 시간이나 보고 배운 것이 다 비슷할 텐데 어째서 이렇게 성격에서 차이가 나는 건지 정말 모르겠다.

"세리스."

난 세리스에게 손을 내밀어 오무렸다 폈다 했다.

"……?"

"그대의 한쪽 손이 허전해 보이는군요. 그 손을 제게 맡겨줄 순 없을까요? 보잘것없는 저지만 손만은 따뜻하답니다."

"훗……. 네."

세리스는 나의 닭살 신공에 가볍게 웃더니 요즘 들어 가장 부드러운 표정과 함께 내 손을 잡아왔다. 물론 한쪽 팔엔 훼릴을, 그리고 다른 한 손으로 세리스의 손을 잡고 가자 온 사방에서 더욱 농축된 살기가 쏟아졌지만 난 그런 것 따윈 가볍게 무시했다. 직접 도전조차 못하는 녀석들을 신경 써봤자 심력만 소비할 뿐이니 말이다.

애완견 찻집을 표방한 찻집 파트라슈는 컨셉이 컨셉이니만큼 강당을 이용한 내부는 개 짓는 소리로 요란했다.

"꺄악~ 오빠아~ 강아지다, 강아지~"

개가 끼이지 않게 대학부 건물 중 유일하게 여닫이문으로 된 강의실로 들어서자 시츄를 비롯해서 도베르만, 알라스카 말라무트, 시베리안 허스키 등등의 눈에 익숙한 귀여운 강아지들이 손님을 맞았다. 꼬리를 흔들면서 적극적으로 우리에게 애교를 떠는 걸로 봐서 꽤나 성질 좋은 강아지로만 엄선한 모양이었다.

"와아~ 귀엽다. 아하하, 오빠, 오빠~ 얘가 내 손을 핥고 있어. 귀여… 응? 헤엑?"

켁, 저건 뭐야? 세인트 버나드잖아. 영화 베토벤에도 출연한 적이 있는 거대한 덩치의 개였다. 다른 강아지들이 무슨 옵션 부품으로 보일 만큼 커다란 그 녀석은 엘리의 눈앞에 딱 멈춰 서 있었다. 설마 애완견 찻집에 있는 개가 사람을 물진 않을 거란 생각은 들었지만 엘리에 비해서 놈의 덩치가 너무 컸기 때문에 난 여차하면 엘리를 구할 생각으로 가만히 쳐다봤다.

"우와~ 크다. 크다~ 에헤헤, 이리 와뵈. 어서~"

놀랍게도 엘리는 자기보다 휘얼씬 큰 세인트 버나드 종의 개를 전혀 무서워하지 않고 머리를 쓰다듬으면서 여기저기를 만지작만지작거렸다. 녀석도 엘리의 손길이 그리 싫지 않은지 중년 아저씨 같은 느긋한 표정으로 손길을 음미하다가 천천히 배를 바닥에 깔고 엎드렸다.

"타라는 거야? 고마워~"

"에? 엘리 타면 안… 이런."

말리려고 했지만 이미 때는 늦어 있었다. 세인트 버나드 종의 그 녀석은 엘리가 등에 올라타자마자 자리에서 벌떡 일어났다. 과연 덩치에 맞게 힘이 좋긴 좋은지 엘리가 등에 탔음에도 불구하고 전혀 무게를 못 느끼는 것 같다. 저대로 저 녀석이 난동이라도 부리면 슬립(Sleep)이라도 걸어서 재워야 할지도…….

"에헤헤~ 자자~ 우릴 이제 자리로 안내해 줘. 네 명이니까 큰 자리여야 해."

"어라? 어라? 어라?"

"놀랄 거 없어, 오라버니. 저 녀석 평소엔 얼빵한 짓만 하고 다녀서 그렇지 원래는 숲의 모든 존재에게 사랑받는 엘프라구. 동물은 전부 엘리의 친구라고 해도 과언이 아냐."

"흐응~ 어쩐지 전에 산에 갔을 때도 이런 일이 있었지."

그때 산신령이 쫓아온다고 해서 얼마나 놀랐었는지……. 별로 안 좋은 기억이 떠올랐구만.

"네, 어서 오세요."

엘리를 앞세워 앞으로 전진하자 수많은 강아지들이 우르르 우리 주위를 에워싸며 4인용 자리로 안내했다.

간단하게 커피와 과일 주스를 시킨 우리는 간단하게 마법을 펼쳐 방음을 시킨 다음 조용히 대화를 나누기 시작했다.

"세리스, 너희 반은 뭐 준비한 거 없어? 이렇게 놀아도 되는 거야?"

"저희 반에서는 시화(詩畵) 전시전을 한다고 해서 특별히 준비한 게 없습니다."

"시화?"

"네. 반 학생들이 한두 명씩 짝을 지어 시를 짓거나 준비하고, 그에 맞는 그림을 그려서 전시하는 걸로 알고 있습니다. 그 외에도 사진이나 자수 등도 전시한다고 들었습니다."

헤에~ 볼 만하겠는걸?

"나중에 한번 가보자. 명색이 부담임인데 한 번쯤은 구경 가야 하지 않겠어? 물론 너희들도 작품을 제출했겠지?"

"세 명이서 공동으로 하나만 냈어."

"그래? 뭔데?"

"후후후, 그건 보면 알아."

훠릴의 음흉한 웃음소리로 보아하니 절대 평범한 거 같진 않은데… 뭐 가서 보면 알겠지.

"그나저나 분명 지금쯤 도착하는 걸로 알고 있는데… 왜 연락이 없지?"

띠리리리리리.

말이 끝나기가 무섭게 핸드폰이 울렸다.

"여보세요."

아카데미 내부는 전에 없던 사람들로 폭발할 지경이었다. 아무리 국내에서 가장 넓은 부지에 공원 같은 조경을 꾸미고 있는 학교라지만 하루 유동 인구가 20만 명을 넘긴다면 그것은 시장통이나 마찬가지가 된다. 마치 시골의 3일장이나 5일장처럼 이상한 약장수가 와서 공연을 보여주고 시답잖은 물건을 파는 것처럼 학생들이 나름대로 준비한 주점이나 상점, 혹은 공연장이 많은 사람들로 북새통을 이루고 있었다. 하지만 가장 사람이 많은 곳은 아카데미를 가로지르는 매화나무 거리였다. 수백 그루의 매화가 일제히 만개한 그곳은 꽃의 구름을 보는 듯했다. 날씨가 추워져 가동을 멈추고 있던 분수도 평소엔 썰렁한 기분만 들게 만들었는데 오늘은 물보라 대신 꽃과 화분으로 장식되어 많은 연인들의 휴식 공간이 되어 있었다. 분수 주변 수십 개의 이젤(그림을 받치는 받침대)들에는 아카데미 내부를 대상으로 한 풍경화가 주욱 늘어서 있었다. 전화로 약속 장소를 이곳으로 잡은 나는 아이들과 함께 그림 구경을 시작했다.

"잘 그렸는걸?"

난 그림을 볼 줄 모른다. 그저 얼마나 비슷하게 그렸느냐, 혹은 제한된 공간을 얼마나 멋진 구도에서 표현해 내느냐만을 구분할 뿐이다. 그것도 순전히 내 취향에 따른 구분일 뿐, 절대 심미안적인 품평 따윈 불가능했다. 하지만 지금 이곳에 전시된 그림들은 모두 훌륭한 작품으로만 보였다.

"와아~ 정말? 오빠오빠, 저기 그림 그리는 사람이 있어."

"호오~ 초상화를 그려주는 걸까?"

프랑스 파리의 거리에서 지나가는 사람들의 얼굴을 그려주며 돈을 받던 화가들이 생각난 나는 엘리의 손에 이끌려 그림을 열심히 그리고 있는 사람에게 다가갔다. 가까이 가서 보니 그는 사람을 그리고 있는 게 아니었다. 그는 자그마한 붓칼을 들고 캔버스를 거침없는 손길로 채워가고 있었다. 그의 그림은 마치 인상파의 그것처럼 강렬한 붓터치와 원색적인 색 배합을 가지고 있었다. 가만히 주위를 둘러보니 그림을 그리고 있는 사람은 이 사람뿐만이 아니었다. 군데군데에서 계속 그림을 그리고 있었으며 나름대로 서로의 취향에 맞춰 그림을 그리고 있었다.

"얘들은 미술부 애들이야. 그림 경매를 한다더니 잘 팔리나 보네."

훠릴이 그림을 그리고 있던 남자애를 물끄러미 보더니 내게 조용히 말했다.

"그림 경매?"

"응. 저기 봐. 그림마다 밑에 조그마한 종이가 붙어 있지? 거기에 그림을 사고 싶은 사람이 가격을 제시하는 거야."

"호오~"

훼릴의 말에 가까이에 있는 그림 몇 개를 보니 벌써 가격이 제시된 그림이 많았다. 개중엔 내가 봐도 깜짝 놀랄 정도의 가격이 제시된 그림도 있었다.

"이참에 나도 하나 사볼까?"

"내가 골라도 돼? 으응? 오빠아~ 내가 고르고 싶어~"

엘리는 내가 그림을 사고 싶다는 말을 끝내기가 무섭게 내 바짓가랑이를 잡으며 떼를 썼다. 아마 벌써부터 봐둔 그림이 있었나 보다. 난 엘리의 말에 고개를 끄덕이며 그렇게 하자고 했다. 그림을 사는 것도 축제를 즐기는 하나의 방법이라고만 생각했기에 어떤 그림이든 상관이 없었다.

"이거!"

"흠~"

엘리가 고른 그림은 당연한 말이겠지만 풍경화였다. 그것도 아카데미를 높은 하늘에서 보고 그린 듯한 전체 지도 같은 그림이었다. 이거 누가 그린 거지? 풍경화가 아닌 아카데미의 요도를 옮겨놓은 것 같다. 하지만 상당히 시간을 투자해서 그린 그림인 듯 학교의 급수대 하나까지 세심하게 표현돼 있었다.

"꽤 비싼걸?"

미치 지도 같은 그림이 최종 경매가는 10만원이었다. 난 엘리의 눈을 물끄러미 쳐다봤다. 아하하, 꼭 먹이를 기다리는 강아지 같은 눈빛을 던지다니! 도저히 거부할 용기가 생기지 않았다.

"휴우……"

결국 난 그림 옆에 구비된 매직으로 10만원이란 숫자에 두 줄을 쫙쫙 그어주고는 11만원이라고 제시한 다음 '세리스 한'이라고 썼다. 굳이 세리스의 이름을 쓴 이유는 간단했다. 최근 이 학교의 최고 미인으로 급부상하는 세리스가 사겠다는 데 태클을 걸 만한 인물은 없을 거라는 게 내 얄팍한 계산이었다.

"호오, 한바다 군에게 그런 취미가 있는 줄 몰랐습니다."

"바다가 사는 게 아닙니다. 적혀 있는 이름을 보십시오. 문 나이트님의 이름이 적혀 있지 않습니까. 저건 세리스님의 취미이십니다."

"드레이크, 그 딱딱한 말투 좀 고칠 수 없어? 나이도 어린 게 완전히 아저씨 같잖아."

응? 난 익숙한 영국식 발음의 영어에 고개를 뒤로 돌렸다. 내 뒤엔 언제 나타났는지 드레이크와 필립, 그리고 알테어가 서 있었다.

"우왓! 이게 얼마 만이야!"

난 활짝 웃는 얼굴로 필립을 끌어안았다. 필립 역시 웃는 얼굴로 내게 포옹을 했고 우린 조금은 감정적인 격동을 느끼며 인사를 나눴다. 특히나 드레이크와의 재회는 내게 무척 감회가 새로웠다. 죽음이 주는 공포를 함께 느껴봤던 사이라서 그런 걸까? 평소 말이 없는지라 무뚝뚝하게만 보이던 드레이크가 희미하게 웃어주는 것만으로도 그의 감정을 여실히 느낄 수 있었다.

우린 천천히 발걸음을 옮겨 노천강당으로 향했다. 그곳에 장작 난로 까페가 있다는 말을 들었기 때문이다.

강당에 도착하자 우린 20여 개의 작은 함철 난로를 볼 수 있었다. 우리가 조금 구석진 자리를 잡아 앉자 대학생 한 명이 숯덩이 몇 개와 장작한 단을 가져다 줬다. 불붙은 숯을 바닥에 깔고 위에 잔가지를 올리자 불그스름한 불길이 싸늘해진 손과 몸을 녹여주었다. 전기난로가 아닌 장작불만이 줄 수 있는 독특한 흥취가 몸 주위를 감싸는 듯했다. 장작 한 단이 커피 여섯 잔과 주스 한 잔보다 비싼 게 흠이긴 하지만 그 값어치는 충분한 것 같았다.

"어떻게, 잘 지내고 계셨나요?"

난 우리 중에 제일 연장자인 필립에게 물었다. 그는 마지막에 봤을 때와 전혀 달라진 게 없었다. 반백의 머리에 조금 고집스러워 보이는 눈매는 그때 그대로였다.

"뭐 우리야 별일없었어. 달라진 게 있다면 필립님이 스톤헨지의 미궁을 더 이상 지킬 필요가 없어졌다는 것과 네메시스에서 고문을 맡고 있는 것 정도가 다야. 덕분에 오늘 이곳에 온 거긴 하지만 말야."

대답을 한 건 알테어였다. 그녀는 날개를 어디로, 어떻게 숨겼는지 모르겠지만 매우 요염한 자태로 앉아 커피를 한 모금씩 마시고 있었다. 낮은 의자에 앉아서 미니스커트를 입은 채 다리를 꼬고 있는 모습은 그녀를 볼 수 있는 곳에 앉은 모든 이들이 한 번쯤 돌아볼 정도였다.

"네메시스에서 고문이라구요?"

필립이 드레이크와 함께 온다는 말을 알베르트에게 들었기 때문에 대충 연관이 있을 거란 추측은 하고 있었지만 설마 그가 고문이라는 직책에 있을 줄은 몰랐다.

"스톤헨지의 미궁은 어떻게 된 거예요? 그곳에서 성검인가 뭔가 하는 걸 지켜야 하지 않나요?"

"성검 식스투스지. 부끄러운 말이지만 도둑맞았다네."

"도둑?"

"아니, 그걸 도둑질해 갈 수 있단 말이에요?"

옆에서 듣고 있던 훼릴이 깜짝 놀라서 말했다. 왜 저렇게 놀라는 거지? 게다가 훼릴은 성검이란 물건보다는 그것을 훔쳐 갈 수 있었다는 사실 자체에 놀라고 있는 것 같았다.

"믿기지 않지만 그렇게 됐군요. 성검을 훔쳐 간 사람은 아마 우리가

데스티니 37

사용하는 결계의 문을 이용한 게 아니라 과거 사이먼이 사용했던 비밀 통로를 이용한 것 같았습니다. 400년 전의 정보를 어떻게 가지고 있었던 건지……."

"그럼 '법의 서'는요?"

법의 서. 사이먼이 사용한 흑마법서였다. 예전에 내가 상대했던 마물 케레큐스와 브레알이란 녀석들을 소환하는 데 쓴 책이기도 하다.

"그건 탑에 보관하고 있었고, 몇 개의 사본이 존재하기 때문에 없어져도 크게 문제 될 건 없네만… 어쨌든 성검이 없어져서 애꿎은 드레이크 군과 네메시스의 기사들이 고생을 많이 했다네."

"고생?"

내가 필립의 말에 의문을 표하자 엘리의 통통한 볼을 가지고 놀던 알테어가 대답을 해줬다.

"알다시피 미궁은 굉장한 사기(邪氣)와 원념(怨念)이 집중된 곳이잖아. 지금껏 성검이 그 사기와 원념을 억누르고 있었는데 그게 없어졌으니 일이 터진 거지. 오랜 시간 동안 축적된 사기와 원념은 마물을 만들어내게 돼 있어. 소환 의식이 없어도 말야. 으으~ 끔찍했어. 아무리 내가 바람 계열의 마법을 통달하고 있다지만 그렇게 많은 수의 스펙터와 오비콘 같은 괴물들은 상대하는 게 무리였다니깐."

스펙터, 오비콘. 둘 다 비홀더 계열(실체가 없는 괴물)의 마물로서 상대하는 방법이 무척 제한된 존재였다. 신성 계열의 마법이나 기사들이 사용하는 오라 소드, 혹은 실체화된 내기를 사용한 공격이 아니면 타격을 입힐 수 없는 무척 성가신 마물이다. 그런 존재들이 떼거리로 몰려 있다? 난 생각만 해도 오싹해졌다.

"다행히 네메시스에서 드레이크 경이랑 많은 기사들을 지원해 줘서 큰 희생없이 미궁을 봉인할 수 있었어. 성검 대신 그에 맞는 성물을 구하느라 고생을 좀 했지만… 뭐."

"새로운 성물? 어떤 건데요?"

성검 식스투스를 대신할 성물이라… 어떤 물건인지 궁금해졌다.

"풋, 들으면 놀랄 거야."

"뭔데요?"

알테어는 생각만 해도 웃긴다는 듯 연신 피식피식 웃으며 어렵게 말했다.

"부다의 진신사리신단."

부다? 부처를 말하는 건가?

"웃기지 않아? 기독교가 400년을 지켜온 장소를 불교가 바통 터치해서 지키고 있다는 사실이? 교황청이 거의 붕괴해 버린 시점이라 어쩔 수 없는 선택이긴 했지만 설사 붕괴하지 않았다고 해도 기껏 만들어내는 게 성수(聖水)뿐인 예전의 교황청이니 별로 달라지는 건 없었을 거야. 어쩌면 성수로 미궁을 대청소하려 했을지도 모르지. 그만한 신력(神力)을 가진 사제가 있는지는 모르겠지만."

"근데 그 귀한 진신사리는 어떻게 구한 거예요?"

"그건 네메시스의 도움을 받았지. 자세한 건 나중에 알베르트에게 물어보도록 하게나."

필립은 그 부분에 대해선 별로 이야기하고 싶지 않은 듯 입을 다물었고, 나도 그리 관심이 가는 이야기가 아닌지라 화제를 돌리기로 했다.

"그런데 볼일은 다 본 건가요?"

"흠… 그게 좀 어려울 거 같아."

필립과 드레이크의 볼일이란 바로 과천과 수도권 일부 지역에 대한 계엄령 선포와 주민 대피, 그리고 군대의 힘을 빌리는 일이었다. 하지만 드레이크의 침울한 안색이 목적 달성과는 거리가 먼 결과가 있었다는 걸 말해 주고 있었다.

"도대체! 어떻게 이런 걸 내정 간섭이라고 생각하는 거지?! 우리가 이 나라의 내정에 관여해서 좋을 게 뭐 있다고! 네메시스는 애초에 이익 단체가 아니란 걸 그들도 잘 알고 있을 텐데. 하아……."

상당히 안 좋은 대접을 받은 게 틀림없었다. 그 점잖은 필립이 저렇게 분개해하다니…….

"그럼 하나도 제대로 된 건 없는 건가요?"

"아니. 다행히 우리가 건네준 정보는 객관적인 것이기 때문에 수도 방위 사령부의 병력을 일부 돌려서 과천 일대에 포진시키기로 한 것 같아. 하지만 계엄령과 주민 대피는 없을 것 같더군. 정치가들의 알량한 자존심 문제라는 거겠지. 그게 자신들의 돼지 같은 목을 조르는 줄도 모르고 말야."

알테어도 생각하면 할수록 점점 열을 받는지 살벌한 표정으로 독설을 내뱉었다.

"그래도 병력 이동까지라도 해냈다는 데 만족을 해야겠지. 아직 여유가 있으니까 그전에 전 혈십자 기사단이 모여들 거야. 그리고 뢰종 바르도 용병단도 이번에 이곳으로 오기로 했어. 다행히 네메시스 자체에서 병력을 운용한다는 것까진 정부에서도 허락을 해줘서 그들을 부를 수 있었지."

뢰종 바르도 용병단! 그렇다면 엠마와 후크를 만날 수 있는 건가? 아직도 티격태격하며 싸우고 있을라나? 비록 만남의 이유가 그리 유쾌하진 않지만 만날 수 있다는 게 어딘가.

대화는 계속 이어졌다. 오랜만에 만나는 필립과 알테어는 내게 스칼렛과 이안의 일은 안됐다며 위안의 말을 해줬고, 뭐든 필요한 게 있으면 말하라고 했다. 드레이크도 나름대로 신경 쓴 게 있는지 나와 세리스, 훼릴, 엘리의 밥값 정도는 얼마든지 지원할 수 있으니 필요하면 언제라도 말하라고 했다. 짜식, 내가 그렇게 못 미더워 보이는 걸까? 나두 이 애들을 먹여 살릴 자신은 충분하단 말야!

"그나저나 그분은 왜 이리 안 오시는 거지?"

"그분이라뇨?"

필립은 연신 시계와 핸드폰을 번갈아 보면서 초조하게 누군가를 기다리고 있었다. 알베르트에겐 필립과 드레이크, 그리고 알테어만 온다고 들었는데… 혹시 나와는 관계없는 다른 사람이 오기로 약속이라도 되어 있는 건가?

"아아, 자네도 어쩌면 알고 있는 인물일 거야. 아삼 드 라드라고, 7현자 중 한 분이시지."

아삼 드 라드라면 전에 이안을 통해서 나와 아이들에게 아티팩트를 선물한 사람이었다. 나이가 꽤 많은 걸로 아는데 그 사람도 왔단 말인가.

"아삼님이 오신다구요? 지금 제가 가진 지팡이랑 아이들이 가지고 있는 아티팩트를 만들어주신 분이 그분인데 제가 모를 리 없죠."

"후후, 오면 고맙다는 인사부터 하게. 그분의 아티팩트 제작 기술은 세계에서 최고 수준이니 말일세."

필립은 내가 가진 아티팩트가 무척 소중한 거라며 연신 강조를 하고 아삼에 대한 간단한 소개를 했다. 세계 7현자가 얼마나 대단한 사람인지도 말이다. 그렇게 시간을 보내던 우리는 더 이상 한곳에 있지 말고 좀 더 축제를 즐기자는 훼릴의 의견에 따라 다른 곳을 둘러보기로 했다. 지금 우리가 가는 곳은 아이들의 반이 준비하고 있다는 시화 전시회 장소였다. 장소는 특별히 다를 게 없는 그녀의 반과 복도였다.

시화전의 수준은 생각보다 수준이 높았다. 그저 시와 그림을 같이 걸어놨다는 것보다는 전체적으로 그림과 시가 무척 아름다운 조화를 이루고 있었다. 그런데 이상한 건 단 한 편도 빠짐없이 전부 사랑을 주제로 한 시뿐이었다. 배경 그림도 어째 희미한 실루엣의 여자뿐이고 말이다.

"그대를 바라보기만 하는 것이 얼마나 힘겨운 일인지 그대는 알지 못합니다?"

"흐드러지는 꽃무 속에 그대의 모습을 바라는 초라한 나?"

웃음이 나왔다. 고등학생답지 않게 꽤 조숙한 모습을 보여준다는 생각 때문이었을까, 꼭 사춘기에 접어든 아이들의 감정을 스트레이트로 드러낸 것 같아 미소가 얼굴에서 떠나질 않는다. 그래도 시의 수준이 너무 낮다는 소린 아니었다. 사랑이 주제가 된 시라고 하지만 그래도 편안하게 읽을 수 있는 산문시였다. 그렇게 풋풋이 웃으며 시를 감상해 가는 중에 문득 교실 안이 무척 시끌벅적하다는 느낌이 들었다. 복도와 교실에서 전시하는 작품이 다른 건가?

드르륵.

"헉?"

교실문을 열고 들어서자 나와 필립, 그리고 드레이크는 경악을 금치 못했다. 세상에 온통 사진, 사진, 사진, 사진뿐이다. 사진 속의 모델은 단 세 명뿐이었다. 세리스, 훼릴, 엘리가 창가를 배경으로 찍은 단 한 장의 사진이었다. 하지만 그것은 수십 수백 장으로 인화되어 교실 안에 찾아온 모든 사람의 손에 들려 있었다.

"뭐야, 이건?"

"몰라, 그냥 시를 쓰고, 그림을 그리는 게 귀찮아서 세 명이서 찍은 사진 한 장으로 합의 보자고 하니까 그렇게 하자던데?"

"크으……."

할 말이 없어졌다. 언제부터 이 애들이 자신의 외모를 무기로 쓸 수 있게 된 건지, 후우.

42 모험을 하지 않는 마법사

"나가자."

더 이상 이 자리에 있고 싶은 마음이 없어졌다. 왠지 나만의 아이들이 모두의 연인처럼 된 것 같아 불안해졌다고 하는 게 가장 옳은 표현일지도 모른다.

"오라버니, 드레이크랑 필립이 안 오는데?"

"뭐?"

휘릴의 말에 뒤를 돌아보니 그 둘은 어느새 아이들의 사진을 열 장씩 챙기고 있는 중이었다. 특히 드레이크는 평소의 그답지 않게 잔뜩 상기된 얼굴로 수십 장의 사진을 긁어모으고 있었다.

"드레이크! 뭐 하는 거야!"

"뭐긴 뭐야. 알베르트랑 네메시스에 있는 녀석들한테 좀 나눠 주려고 그런다."

헛? 녀석이 이젠 포커페이스까지 풀어헤치고 막 나가네?

"몰라몰라, 니 맘대로 해라."

왠지 모를 광기에 질려 버린 나는 고개를 잘래잘래 흔들며 교실 구석에 있는 의자에 앉았다.

"오빠, 오빠~ 이것 봐~"

"아, 안 돼!"

드레이크와 필립의 볼일(?)이 끝날 때를 기다리던 나는 저쪽 구석으로 쫄랑쫄랑 뛰어가던 엘리가 뭔가를 손에 들고 오는 게 보였다. 엘리의 뒤엔 엄청 당황스러워하는 남학생이 쫓아오고 있었다. 뭐지? 순간 난 불길한 느낌에 벌떡 일어났다. 그리고 막 엘리를 잡아채려던 남학생의 얼굴을 손바닥으로 밀면서 엘리를 안아 들었다.

"아… 하하… 하하하하하!"

엘리의 손에 들린 걸 확인한 나는 그만 크게 웃고 말았다. 교실 안에 모여 있던 아이들의 시선이 내게 집중됐지만 신경 쓰지 않았다.

"너냐, 이걸 만든 게?"

"아… 그게……."

아직도 내 손바닥에 안면을 맡기고 있는 남학생은 어지간히 당황스러웠는지 대답도 잘 못하고 있었다. 주위를 날카롭게 둘러보니 한쪽 구석에 부리나케 짐을 싸 들고 있는 두 녀석이 눈에 들어왔다. 난 잡고 있던 녀석을 놔주고 막 교실을 벗어나려는 두 녀석의 앞을 가로막았다.

"흐응~ 너희들이냐? 이석도, 이진섭?"

"흐에에엑?"

"흐흐흐, 뭘 그리 놀라시나? 이거 만드느라 무척 고생하셨을 텐데 장사를 계속해야지. 안 그래?"

"자, 잘못했습니다."

"잘못은 무슨~ 자자, 장사나 계속하라구."

이마에 힘줄이 솟는 게 느껴진다. 하지만 어른이 돼서 이런 일에 일일이 화를 낼 순 없는 법. 난 참았다. 참고 또 참았다.

"한 군? 뭡니까?"

필립과 드레이크가 사진을 고르다 말고 일련의 소동을 벌이고 있는 내게 다가왔다. 그리고 내가 말없이 석도와 진섭이 팔고 있던 물건을 손가락으로 가리키자 둘은 아주 자지러지고 말았다.

"아하하하하하하하!"

"크크크크크."

큭, 이 인간들이.

"걸작이야, 걸작. 자네 어지간히 미움받고 있나 보군."

필립은 내 어깨를 연신 두들기면서 터져 나오는 웃음을 겨우겨우 진정시켰다. 내가 미미하게나마 살기를 흘리지 않았다면 아마 미친 듯이 웃어 젖히리라.

"전부 얼마?"

"드레이크!"

젠장, 필립을 상대해 주는 사이에 드레이크는 지갑에서 백 달러 지폐를 꺼내면서 흥정을 하고 있다.

"그런 거 사가서 뭐 하게!"

"우리 기사단 사람에 나눠 주려구. 오라 소드 수련에 도움이 될 거 같군."

"카아아아앗!"

결국 난 발광하고 말았다. 그 와중에도 필립은 날 피해서 사진을 골라가는 여유를 보였고 필립은 아예 가방을 통째로 사고 말았다.

석도와 진섭이 팔던 물건은 다름 아닌 미니 다트판이었는데 문제는 그 가운데 내 얼굴이 프린팅되어 있다는 것이었다. 그것도 내가 과연 저런 표정을 지은 적이 있던가 싶을 정도로 무척 사악한 표정으로 말이다. 입꼬리와 눈꼬리를 조금 올린 걸로 저렇게 재수없는 얼굴이 되다니… 내 얼굴에 대한 회의감마저 일어난다.

"드레이크, 그거 그냥 버리면 안 될까?"

"No! 돈을 주고 산 거야."

"그럼 나한테 다시 팔아."

"개당 100달러."

"넌 그거 전부를 100달러에 샀잖아!"

"쯧쯧쯧."

드레이크는 혀를 차면서 손가락을 까딱까딱했다.

"물건의 시세란 변하기 마련이야. 그리고 싸게 사서 비싸게 판다! 이게 장사야."

빌어먹을.

밥이나 먹으러 가자는 알테어의 의견에 따라 식당 쪽으로 향하던 우린 문득 귓가에 들려오는 노랫소리에 대운동장 쪽을 바라봤다. 그곳엔 이벤트 회사에서 설치한 무대가 있었고, 그 위엔 낯익은 여자애가 서 있었다. 윤세정인가? 이시화가 오늘 이곳에 스케줄이 있다고 하더니 저건가 보군. 처음 듣는 거지만 윤세정은 노래를 꽤 잘 불렀다. 모델 일을 한다고 해서 그냥 모델인 줄 알았더니… 역시 요즘 연예인들은 뭐든지 하는구나.

"훼릴, 세리스, 엘리, 그리고 알테어 씨. 오늘은 저쪽 근처에도 가지 마세요. 말로 사람 잡아먹는 늑대가 있으니."

"늑대?"

물론 이시화를 두고 하는 말이다. 워낙 속이 시커먼 녀석이라 수단과 방법을 가리지 않고 애들을 연예계에 데뷔시키려고 할 테니 말이다. 응? 그런데 어째 무대 쪽이 좀 시끄럽다? 여자애들이 자지러지는 듯한 비명 소리와 마구잡이로 터져 나오는 웃음소리가 나의 흥미를 끌었다. 비단 그것은 나뿐만이 아니라 다른 사람들도 마찬가지였다. 일본의 여신 아마테라스도 웃음소리 때문에 고집을 꺾었다던가?

"이런?!"

시력을 돋워서 무대 위를 보던 필립이 경악성을 내질렀다. 왜 저러지?

"외국인?"

무대 위엔 웬 난쟁이가 나와서 춤추며 노래를 부르고 있었다. 겨우 초등학생보다 조금 더 큰 키일까? 워낙 작고 뚱뚱해서 뒤뚱뒤뚱거리며 춤추면서 노래를 부르는데 가관인 건 그의 얼굴이 절대 초등학생의 그것이 아니라는 것이었다. 텁수룩한 턱수염과 콧수염은 그가 최소한 환갑은 넘었다는 걸 말해 주고 있었고, 걸쭉한 목소리 역시 그의 나이를 뒷받침해

주는 증거였다. 하지만 그가 부르는 노래는 마이클 잭슨의 '데인저러스'고 춤 실력 역시 장난이 아닌 걸 봐선 혹시 분장을 하고 있는 게 아닐까 하는 의구심마저 들게 했다.

"장난이 아닌데?"

무대 주위에 선 사람들은 그 외국인의 동작 하나하나에 연신 비명과 탄성을 지르며 환호했다.

"필립, 저 사람 춤을 아주 잘 추는… 데요? 어라? 어디 갔지?"

내가 돌아봤을 땐 필립은 이미 그 자리에서 자취를 감춘 뒤였다. 드레이크가 말없이 손가락으로 가리키는 곳을 보니 필립은 눈썹이 휘날리게 무대 쪽으로 달려가고 있었다. 그리고 알테어는 뒤에서 키득키득 웃으며 자지러지고 있었고 드레이크 역시 뭐가 웃기는 건지 얼굴을 씰룩거리며 웃음을 참고 있었다.

"왜 그래? 무슨 일이야?"

"아하하하하! 여전히 깨는 분이라니깐. 후우, 내가 종속되지 않은 게 천만다행이야."

종속? 그럼 저 사람이 아삼이란 말인가? 155센티미터가 안 되는 키에 좌우 폭과 상하의 길이가 1:1인 경악스러운 몸매의 소유자인 저 사람이 세계에 단 일곱 명밖에 없다는 대현자란 말인가. 아아~ 차라리 보지 말았으면 하는 생각마저 들었다.

"충격이다……."

무대에선 막 앵콜곡을 부르려는 아삼(?)의 손을 잡아끌고 내려오는 필립이 보였다. 웬 중년인이 아삼을 끌고 내려가려 하자 그것이 또 한 편의 코미디를 보여주는 것만 같아 무대 주위는 완전히 폭소의 도가니로 변해 있었다.

"흐음… 어디 갔나 했더니 저기서 또 사고를 치고 있었구만."

응? 갑자기 뒤에서 들려오는 중후한 목소리에 깜짝 놀라 뒤를 돌아보니 어디서 많이 본 복장의 중년인이 서 있었다. 짙은 갈색의 피부에 숱이 많은 콧수염, 그리고 단정히 뒤로 넘긴 검은 머리칼은 그가 완벽한 외국인이란 걸 말해 줬다. 그리고 아라비안 나이트에 나오는 부자처럼 여러 겹의 옷을 겹쳐 입은 복장과 앞부분이 묘하게 구부러진 신발은 그가 아랍인이란 것도 말해 주고 있었다.

"…누구시죠?"

세리스가 얼른 내 앞을 가로막으며 정체를 물었다. 그녀는 그가 다가오는 것도 감지 못할 정도의 실력자라고 판단했는지 잔뜩 긴장한 모습이었다. 세리스가 내 앞을 막아서자 뒤늦게 훼릴과 엘리도 내 좌우에 서서 낯선 불청객을 노려봤다.

"아랍의 별을 뵙습니다."

"호오, 드레이크였지? 그 냉막한 얼굴은 간만에 보는군."

"여전히 아론에겐 짓궂은 장난을 치시는군요."

알테어는 정중하게 인사하는 드레이크와는 달리 그를 편하게 대했다.

"흐흐, 알테어, 저건 그가 스스로 자초한 거라구. 그리고 여기서 보고 있노라면 그도 충분히 즐기고 있는 거 같은데?"

아론이 좀 전까지 필립과 실랑이를 벌이던 난쟁이를 말하는 거라면 충분히 납득이 가는 대답이었다. 그는 확실히 즐기고 있었으니까 말이다. 하지만 아론이 누구길래 필립이 저렇게 정색을 하고 달려간 걸까? 뭐, 이 사람의 정체는 금방 알 수 있었다. 아랍의 별, 그건 아삼 드 라드의 칭호가 아니었던가. 꽤 멋들어진 아랍풍의 중년인이 바로 7현자 중 한 사람인 아삼이었던 것이다.

"후우, 아론은 예나 지금이나 똑같은 것 같군요. 하긴 저렇게 순수하게 모든 걸 즐길 수 있는 존재도 세상에 얼마 되지 않죠."

알테어와 아삼은 서로를 익히 알고 있는 사이였는지 담담히 인사를 나눴다.

"흐응, 이쪽이 이번에 하르키 학파를 잇게 된 한바다 군인가?"

"처음 뵙겠습니다. 하르키 학파의 한바다라고 합니다. 전에 주신 호의는 감사했습니다."

내가 정중히 인사하자 아이들도 나름대로 고개를 숙여가며 인사했다. 아삼은 그런 그녀들을 유심히 바라보다 엘리의 머리를 쓰다듬더니 주머니 안에서 사탕을 하나 꺼내 건넸다.

"호오, 역시나 귀엽구나. 꼬마야, 이 아저씨가 사탕 한 개 줄 테니 나랑 같이 놀지 않으련?"

"헤에."

뭐냐, 이건?

마치 유아 유괴 현장의 모습을 보고 있는 듯한 착각이 드는 이유는 뭘까? 다행히 내가 어떻게 해야 할지 갈피를 못 잡고 있을 때 훼릴이 얼른 끼어들어 엘리의 머리에 꿀밤을 한 대 먹였다.

"엘리, 절대 이 변태 노친네랑 단둘이 있지 마. 그럼 오빠랑 헤어지게 될지도 몰라."

"정말? 알았어. 절대 이 변태 노친네랑 같이 있지 않을게. 근데 변태 노친네가 무슨 뜻이야?"

"훗, 그건 아직 나이 어린 니가 알 만한 단어가 아냐. 그냥 그러려니 하고 있어. 아주 가끔가다 저 나이에 너 같은 꼬마애를 무슨 보양탕으로 생각하는 늙은이들이 있다는 말은 들었지만 나도 직접 본 건 처음이라 좀 놀랐다. 거기다 임자(?)까지 버젓이 있는 곳에서 자연스럽게 꼬드기는 뻔뻔함까지 가지고 있다니… 엘리, 절대 저 노친네랑 단둘이 있지 마. 알았지!"

"응."

"……."

난 순간 할 말을 잊고 말았다.

"푸풋."

"큭큭큭……."

순간 정적이 흐르는가 했더니 알테어와 드레이크는 숨을 죽여가며 웃기 시작했고, 아삼도 이제야 상황 파악이 끝났는지 손에 들고 있던 사탕을 다시 주머니 안에 주섬주섬 챙겨 넣으며 입을 열었다. 목소리가 미묘하게 떨리고 있는 걸로 봐선 그도 꽤나 당황스러웠던 모양이다.

"흠흠, 뭔가 오해가 있는 듯하군. 난 그런 변… 태 노친네가 아니라네. 그저 사탕이라는 별것 아닌 매개물로 좀 더 친해지고 싶어서였을 뿐이지 다른 목적이 있었던 건 절대 아냐."

아삼은 거의 필사적이었다. 하긴 그럴 만도 한 것이, 엘리에게 손이라도 뻗을라 치면 무슨 뱀 보듯이 도망가 버리니, 꼭 손녀에게 버림받은 할아버지 같았다.

"호호호호~ 할아버지~ 엘리에게 신용을 다시 얻을 수 있는 방법을 알려 드려요?"

"그게 뭔가? 제발 좀 알려주게."

난 이때 아삼이란 인간을 어느 정도 파악할 수 있었다. 나이는 잘 모르겠지만 꽤 능글맞은 인간이란 점 하나만은 확실히 알 수 있었다. 별것 아닌 일로 저렇게 곤경스러운 척하는 모습이나 자신을 곤경에 빠뜨린 훼릴의 말에 저렇게 휘둘리는 척하는 모습을 봤을 때 그는 본심을 감추고 사는 사람이란 생각이 들게 만들었다.

"엘리는 우리 오라버니가 '믿어!' 라고 하면 믿는 착한 어린이거든요. 그러니까 오라버니에게 잘 보이면 될 거예요."

"오오~ 고맙네. 자네가 종속자지? 흐음, 꽤 다부져 보이는구만. 자자, 뭐가 필요한가? 사탕 한 개 줄 테니 저 꼬마에게서 내 신용도를 좀 올려 주게나."

과연, 사탕 한 개로 잃은 신용은 사탕 한 개로 찾겠다 이건가? 난 가볍게 웃으며 그가 내미는 사탕을 건네받았다.

"그러죠. 엘리~ 이 할아버지는 그나마 좀 괜찮은 사람이란다. 무서워 할 필요는 없어요. 하지만 절대 단둘이 있으면 안 돼. 알았지?"

"응."

순진하게 웃으면서 내 말에 고개를 끄덕이는 엘리였다.

"방심할 수 없는 젊은이구만."

"그쪽두요."

이렇게 서로 다채로운 방법으로 인사를 나누는 동안 필립이 아론이란 난쟁이를 이끌고 나타났다.

"아삼님!"

"으윽, 잔소리꾼이 나타났구만."

날카롭게 울려 퍼지는 필립의 목소리에 아삼은 인상을 잔뜩 찌푸렸다.

"도대체… 누누이 말씀드렸잖습니까! 세라프를 너무 무방비하게 내버려 뒀다간 무슨 일을 당할지 모른다구요. 특히 아론은!"

"그만! 알겠네, 알겠어. 하지만 간만의 축젠데 아론도 좀 즐기고 싶었을 뿐이야. 그렇지?"

"헤헤~ 물론이지. 그리고 필립, 자네는 날 너무 어린애 취급하는 경향이 있어. 모루와 망치의 정령인 내가 납치라도 당할 것 같은가."

"…후우."

"뭐, 뭐지? 그 '우와~ 바보'라고 하는 듯한 한숨 소리는?"

"잊으신 겁니까?"

"뭐, 뭘?"

점점 싸늘해지는 필립의 목소리와 굳은 표정이 주는 박력에 밀린 아론이란 난쟁이와 아삼이었다.

"아론님이 서커스에 납치당할 뻔한 사고만 무려 5번! 새로 나온 스포츠카를 무단으로 해체하다 경찰서에 끌려간 게 14번! 새로운 무기를 만들었다며 성능 시험한답시고 칼부림 일으킨 게 9번! 축제에 참가해서 술먹고 난동 일으킨 게 6번입니다! 이런데도 제가 걱정을 하지 말란 말입니까!"

휘유~ 전적이 무척이나 화려하시군. 필립의 절규 아닌 절규를 들은 훼릴은 내게 작게 귓속말을 했다.

"엘리에게 다시 한 번 주의를 줄까?"

"세리스에게도 해. 절대로 가까이하지 말라고."

"응."

나와 훼릴이 이런 대화를 나누고 있는 줄도 모르고 필립과 아삼의 언쟁은 점점 격해지고만 있었다.

"아론님은 걸어다니는 폭탄입니다! 저런 분을 저런 곳에 그냥 방치하다니, 이제 조금은 자각하는 게 어떻습니까?"

"폭탄이라니! 렌은 그렇게 막 나가는 인생이 아닐세! 그저 탐구심이 남보다 조금 더 왕성할 뿐이지. 비록 그가 감당하기 힘든 사고를 많이 친 건 사실이지만 그건 어디까지나 호기심을 위한 것! 그의 성장을 지켜보는 나의 입장에선 오히려 쌍수를 들고 환영하고 싶단 말일세."

렌? 아마 아론의 애칭쯤 되는 이름인가 보다.

"하지만 그 사고 뒤처리는 누가 하는 겁니까! 그것두 어째서 제가 있을 때만 그런 사고를 치는 건지 잘 모르겠습니다!"

"그거야 당연히 자네가 사고 뒤처리를 하면 내가 편하니까 렌도 맘 놓고 사고를 치는 거지. 내가 뒤처리를 한다면 그는 사고를 치지 않을 걸세! 암, 그렇고말고."

"하! 하! 하! 그럼 제가 사고 뒤처리를 하기 때문에 맘 놓고 사고를 친다 이겁니까?"

"물론!"

정색을 하며 터무니없는 대답을 한 아삼에게 필립은 완전히 질린 얼굴이 되고 말았다.

"제가 어떤 고생을 했었는지 알고 하시는 말씀입니까?"

"잘 알지."

"그럼 가끔 주의라도 주는 게 좋잖습니까!"

"난 자식과 제자를 가르치는 데 있어서 방임주의라네. 허허허허."

"크윽."

필립과 아삼의 언쟁을 듣던 나는 어이없을 정도의 철면피 신공을 발휘하는 아삼의 언행에 질리고 말았다. 저렇게 당당하다니, 저것도 어떻게 보면 능력이란 생각이 들 정도였다.

"꼬우면 자네가 현자 하게나. 나야 티르의 검과 네메시스에 아티팩트 공급을 중단하면 그만이니."

"흐으으으으업!"

순간 폐가 터져라 숨을 들이키는 필립의 태도에 난 이게 어떻게 된 일인지 알 수 있었다. 즉 아삼은 아삼 나름대로 칼자루를 쥐고 있었던 것이다. 아티팩트 공급이라는. 그리고 아이들이 가지고 있는 무기들을 생각한다면 그것이 얼마나 중요한 일인지 충분히 알 수 있었다. 훼릴의 귀고리만 해도 마법사의 능력을 비약적으로 높여줄 수 있는 물건이니 말이다.

툭툭.

중년이 넘어가는 나이에 얼마나 억울했는지 제자리에 주저앉아 버린 필립의 어깨를 아론이란 난쟁이가 토닥였다.

"이봐, 그래도 오늘은 사고를 치지 않았잖은가. 내 다음부터 무슨 일을 할 때면 자네에게 꼭 언질을 주도록 하지. 그러면 되지 않겠나."

"아… 아론님."

"그래그래, 내 호기심을 충족하기 위한 일들이 자네를 너무 힘들게 했나 보군."

"아닙니다. 이제부터라도 지금 하신 그 말을 지켜주시면 됩니다."

필립은 아론의 손까지 덥석 잡으며 반색했다. 비록 나이 자긋해 보이는 난쟁이와 반백의 머리를 가진 중년이었기에 소년 만화물 같은 감동적인 모습은 연출되지 않았지만 무척 흐뭇한 장면임에는 틀림없었다. 아론이 한마디를 더하기 전까진 말이다.

"그래서 말인데, 좀 전에 저기 보이는 은색 스포츠카 보이지? 이 나라에서 생산하는 스포츠카인 것 같은데 첨 보는 거라 잠깐 손을 좀 봤다네……."

"네?"

화들짝 놀라는 필립. 눈이 찢어질 듯 부릅떠진 게 그가 얼마나 동요하고 있는지 알 수 있었다. 그런 그의 심정을 아론도 조금은 헤아렸는지 둥글둥글한 얼굴에 한가득 어.색.한 미소를 머금고 말을 이어갔다.

"아아! 절대 긴장하지 말게나! 내 망치와 모루의 정령의 명예를 걸고 저 차의 성능을 70% 이상 끌어올렸다고 장담하네! 차 주인도 나름대로 튜닝을 한 것 같지만 내 개인적인 취향과는 달라서 좀 고쳐 줬지. 예상대로라면 시속 300킬로는 가뿐하게 올라갈 걸세."

"저, 저 차에 손을 댔단 말입니까?"

필립은 아론에게서 절대 아니라는 대답을 원하고 있었지만 아론은 그

기대를 철저하게 배신했다.

"응."

"아아아악! 알테어! 당장 저 차 주인 섭외해! 드레이크 경은 어서 저 차에 누구도 접근하지 못하게 경계를 부탁하오."

하지만 이런 필립의 외침을 허망하게 만드는 소리가 있었으니…….

부르르릉.

"헉?"

그것은 자동차 시동 소리였다. 안타깝게도(?) 그 차엔 이미 운전자가 타고 있었다. 좀 난 척하는 녀석인지 옆 자리엔 옥떨메보다 조금 못한(?) 여자까지 옆에 끼고 있었다.

"안 돼에에에!"

푸와아아아아앙!

절대 자동차의 출발 시동음으로는 들리지 않는 굉음. 그 당시 100여 미터 떨어진 공학부 학생은 이렇게 증언했다.

"음… 그때 그 굉음요? 전 그게 이번에 우리 공학부에서 발표한 중력 탈출용 로켓엔진 Zero-0 시험 가동인 줄 알았어요. 그런데 그게 자동차 엔진 소리였다니……. 아마 그 자동차 엔진이 그렇게 완벽하게 완파되지 않았다면 꼭 분해해 보고 싶었을 겁니다. 튜닝을 했다지만 애초에 달려 있는 엔진을 바꿔 넣지 않은 이상 그 정도의 힘을 낼 수 없었을 테니까요. 아… 그런데 그때 차에 타고 있던 두 사람 차가 출발하기 전에 겨우 탈출해서 살았다죠? 안전벨트를 안 하고 있었던 게 오히려 목숨을 구할 줄은 몰랐네요. 하지만 그 사건 이후로 둘 다 엔진 소리만 들어도 경기를 일으킨다는데… 참 안된 일이에요."

chapter 49

흐르는 피

부우우웅… 부우우웅.

고적의 긴 여운을 남기며 들리는 뱃고동 소리는 달빛만이 비치는 항구의 정적을 일깨웠다. 모래를 쓸어 올리는 파도의 손길에 온몸을 부대끼는 소리를 내는 모래사장과 잘게 부서지는 물거품이 달빛을 흩뿌렸다. 술 취한 취객들도 싸늘해진 밤공기에 몸을 추스르며 집으로 돌아간 이 시간, 이곳은 완전한 외각지였다. 해안 경비 군부대의 철책이 허술하게 쳐진 이곳은 가까운 인근 마을의 불빛 때문에 담당 부대에서도 외곽 근무지에서 제외할 만큼 어중간한 지역이었다.

끼루룩.

밤바람에 몸을 웅크리고 있던 갈매기가 뭔가에 놀란 듯 갑작스레 훼를 치며 하늘로 날아올랐다.

촤악…….

아마 이곳에 누군가 있어 해안을 바라봤다면 이렇게 소리쳤으리라.

파도가 일어서고 있다고.

뿌드득. 뿌드득.

찬 겨울 공기에 딱딱하게 굳은 모래사장을 굳건하게 디디며 파도를 헤치고 나온 거구는 해수에 젖어 번들거리는 몸을 달빛 속에 드러냈다. 그것의 머리는 검버섯이 핀 노인의 피부처럼 얼룩덜룩했으며 우둘두둘한 돌기물이 무질서하게 돋아나 그것이 절대 사람이 아니라는 것을 말해 주고 있었다. 눈은 뱀의 그것처럼 노란 안광을 빛내고 있었으며, 귀밑까지 찢어진 입은 상어의 이빨처럼 여러 겹으로 돋아난 송곳니들로 가득 차 있었다. 손발은 쇳조각을 갈아붙인 듯한 손발톱이 길게 돋아나 있었고 불그스름한 피부엔 깨알만한 수포들이 가득 돋아나 있어 만약 보는 사람이 있었다면 진저리 치게 만들 정도였다.

"크르륵……."

그것은 대지를 굳게 디디고 서서 좌우를 살핀 뒤 손을 들어 손목을 가볍게 까닥였다. 그리고 그와 동시에 칠흑처럼 검은 바다에서 수많은 노란 안광이 빛을 발했다.

"이것으로 대충 3분의 1은 모인 건가?"

그것이 올라온 해안에서 겨우 백여 미터 떨어진 언덕 위, 해안 경비대 101초소엔 진한 혈향이 감돌고 있었다. 그리고 그 자리엔 따뜻한 피를 가진 인간이 아닌 다른 존재가 득의에 찬 미소를 입에 머금고 해안을 주시하고 있었다.

"겨우 열네 척의 유조선을 이용한 무혈의 상륙이라……. 이 나라는 너무 오랫동안 평화에 찌들어 있었군. 별다른 검역도 없이 기업 이름 몇 개로 항구를 내주다니. 이 정도면 남아 있는 녀석들이 상륙하는 데엔 2시간이면 되겠군. 북쪽에서 내려오는 가네샤도 하루면 약속된 장소를 점거할 수 있다고 하니… 남은 건 오슬레어가 얼마나 저놈들을 잘 통제해서 그곳까지 조용히 잠입하느냔데. 뭐, 그가 못한다면 내가 직접 손을 쓰면 되겠지. 놈들이 가진 진녹의 피는 맛이 별로지만 못 먹는 건 아니니… 하지만 그래도 미식가라고 자부하는 내가 저놈들의 피를 빨아야 하는 걸까. 오슬레어 녀석이 꽤 씹어댈 텐데."

잠깐 동안 구름에 가려졌던 달이 다시 빛을 비추자 그의 얼굴도 은백색의 월광 속에 드러났다. 붉은 눈동자, 피를 머금은 듯한 붉은 입술을 살짝 삐져 나온 송곳니의 소유자는 컨이었다.

"퉤, 남자의 피라니. 입맛만 버렸군."

바닥에 뱉은 침엔 응고되기 시작하는 혈액이 남아 있었다. 아마 이곳에 있는 병사들의 피를 흡혈한 건 그 자신이었나 보다.

"이제 남은 일은 프레이트나와 타케시뿐인 건가. 뭐, 걱정할 필요는 없겠지. 그놈들은 아직 인간이니까……."

컨은 바닥에 아무렇게나 널브러져 있는 병사의 공포에 질린 얼굴을 물끄러미 쳐다봤다. 부릅뜬 병사의 눈동자엔 죽음이 주는 안식을 찾아볼 수 없었다.

"쳇."

컨은 나직하게 투덜거리며 죽어서도 눈을 감지 못한 병사의 눈꺼풀을 손바닥으로 쓸어 내렸다.

"원망하진 마라. 이것이 예정된 미래라면 아무리 몸부림쳐도 바뀌지 않았을 테니… 뭐, 나야 더 이상 몸부림칠 기운도 없지만. 후우……."

그답지 않은 감상에 잠깐 젖어든 컨은 문득 등 뒤에 느껴지는 기운에 돌아보지도 않고 입을 열었다.

"헤네시냐?"

"로드를 뵙습니다."

컨의 등 뒤에 나타나 한쪽 무릎을 꿇으며 말한 존재는 젊은 여자였다.

검은 머리카락이 허리까지 내려오고 있었고, 약간 흐트러진 듯한 옷차림을 하고 있어 요염함이 짙었다. 하지만 진홍의 선혈이 아직 입가에 남아 있는 그녀의 입술엔 뱀파이어의 그것이 살짝 삐져 나와 있었다. 옅은 홍조를 띤 그녀의 볼이 방금 전까지만 해도 흡혈을 하고 있었다는 사실을 말해 주고 있었다.

"결과는?"

"목적지까지의 38개소 초소는 완벽하게 제압됐습니다. 지나가는 행인의 눈만 조심하면 될 것 같습니다."

"가네샤는?"

헤네시라 불린 뱀파이어는 컨의 물음에 잠시간 아무런 말도 못하고 있다가 힘겹게 입을 열었다. 오랫동안 그를 섬겨온 만큼 지금 자신이 전할 말이 어떤 현상을 불러일으킬 것인지 확실히 알 수 있기 때문이었다.

"전언이 있었습니다."

"전언?"

컨의 눈꼬리가 살짝 치켜 올라갔다. 그가 아는 가네샤란 인물은 절대 자신에게 뭔가를 보고하고 다닐 인물이 아니었다. 라이벌이라 하긴 뭐하지만 언제나 서로 다른 시각에서 사물을 보고 계획을 세웠기에 그가 전언을 남겼다는 말은 그의 계획을 가네샤가 그 스스로 판단해서 수정했다는 말이나 마찬가지였다.

"가네샤님을 포함힌 99명의 전사는 수도의 허수아비들을 찢어발기고 가겠다는 전언이었습니다."

"흠……. 수도 방위 사령부를 덮치겠다는 건가? 쓸데없는 짓을 하는군."

헤네시는 컨의 반응에 나직하게 안도의 한숨을 내쉬었다. 화를 내지 않은 것만도 다행이었다. 언제나 가네샤와 그의 로드인 컨은 반목이 심했다.

"뭐, 그것도 대충 예상하던 변수였으니 상관없겠지. 헤네시, 명을 내리겠다. 너는 99명의 일족을 이끌고 가네샤와 합류한다. 그리고 작전을 개시함과 동시에 수도 방위 사령부를 잿더미로 만들어라. 노리는 것은 머리만으로 족하다. 과도한 혈향에 심취하지 말도록. 가네샤라면 보나마나 눈에 보이는 대로 다 쓸어버릴려고 할 테니, 네가 그를 도와주면서 그가 목적 의식을 잊지 않게 해라. 이번 일은 일족의 미래가 걸린 일, 절대 실수 따위 용납되지 않는다."

"네."

"알아들었으면 그만 가봐."

컨이 가보라는 듯 손을 허공에 휘젓자 헤네시는 처음 나타난 자세에서 고개만을 한 번 숙이고는 안개가 되어 사라졌다.

"가네샤, 그렇게도 자신이 미운 건가……. 순응이란 걸 모르는 성격답군."

나직하게 중얼거리는 컨, 그의 신형도 점점 안개가 되어서 사라지기 시작했다. 그리고 그가 사라진 해안 초소엔 두 구의 시체와 진한 혈향만 남았다. 내일 아침이 되면 꽤나 큰 소동이 벌어질 것이다.

축제 이틀째.

"안녕하세요."

점심 시간이 한참 지난 시간이 되어 약속 장소에서 다시 만난 필립은 완전히 녹초가 되어 있었다. 그뿐만 아니라 알테어와 드레이크, 그리고 아삼과 아론도 필립과 다름없이 녹초 상태였다. 아마 어제 있었던 사고 뒤처리 때문에 어지간히 뛰어다닌 모양이었다. 그런데 아론과 아삼이 사고 뒤처리를 했을 리가 없을 텐데 왜 저렇게 녹초가 된 거지?

"한 군… 후우. 괜찮네. 그렇게 안쓰럽다는 표정으로 보지 말게나. 그나마 어제는 사상자 없이 자동차 7대만 완파됐을 뿐이니… 그나마 다행인 거야."

자동차 7대 완파. 그것도 자동차 한 대는 완전히 형체를 알아보지 못할 정도의 고철이 돼버렸고, 6대는 수리비가 차 값보다 더 나올 정도로 부서져 버렸다. 그 놀라운 사고 속에서 운전자가 약간의 찰과상만을 입는 것을 끝으로 인명 피해가 없었다니 정말 천행이라는 생각밖에 들지 않는다.

"그나저나 아삼님과 아론님은 왜 저렇게 피곤해 보이는 거죠?"

"으음… 이곳 호텔 침대는 너무 물렁물렁해서 그렇다네. 내 그렇게 물침대가 있는 곳으로 방을 잡으라 그랬건만."

"홍, 물침대 방으로 잡으면 또 침대를 터뜨려 먹을 것 아닙니까? 이미 그런 패턴은 질리고 질렸습니다."

볼 것도 없다는 듯 벌써 결과를 단정 짓는 필립의 말에 의외로 아삼은 아무런 말도 못하고 있었다. 저건 전적이 있어서 말을 못한다는 표정이다.

"그나저나 어제는 사고 때문에 만남이 흐지부지됐는데 오늘은 어떻게 할 건가요?"

"뭐, 특별한 건 없네. 내 학장에게 말해서 강의실 하나를 비워놨다네. 보안 시스템이 깔린 곳이니 마음 놔도 될 거야. 그런데 자네 뒤쪽에 있는 두 청년은 누군가?"

"아아, 인사시키는 걸 잊었군요. 제가 가르치고 있는 라시안 리제루그 군과 하영은 양입니다. 라시안 군은 처음부터 염동력을 지니고 있던 사이코키네시스트여서 제가 거둬들였고, 하영은 양은 우연한 기회에 세리스의 제자로 받게 됐는데 벌써 마나와 내기를 다룰 줄 알게 됐습니다. 어르신들을 만나는 게 절대 흔한 기회가 아니라 인사라도 시키고 싶어서 데리고 왔습니다."

내가 간단히 소개하면서 라시안과 하영은에게 살짝 신호를 보내자 둘은 능숙한 영어 실력을 발휘해 인사했다. 라시안이야 원래 영국 출신이니 당연한 일이지만 하영은의 영어 실력도 꽤 놀라운 수준이었다.

"처음 뵙겠습니다. 라시안입니다."

"하영은입니다."

"호오, 뛰어난 영재들로 보이는군. 어디 보자……."

아삼은 기습적으로 라시안과 하영은의 인사를 받는 척하면서 그들에게 마나를 흘려보냈다.

"웃?!"

비록 아직 마나를 느끼지 못하는 하영은은 그런 마나의 움직임을 감지하지 못했지만 라시안은 얼른 마나의 움직임을 눈치 채고 오라를 뿜어 마나를 밀어냈다. 산들바람 정도의 마나량이었기에 무시해도 상관없었지만 옛날부터 가져왔던 피해 의식이 그렇게 하게 만들었던 것이다.

"흠, 상당히 민감한 반응을 보이는군. 염동력자라고 했나? 꽤나 전도 창창한 인재를 발굴했군. 이안이 기뻐하겠어."

이안의 이름이 거론되자 라시안과 하영은을 제외한 모든 사람들의 얼굴에 옅은 그늘이 꼈다. 하지만 이내 밝은 목소리로 자리를 옮기자며 말을 꺼낸 아삼 덕분에 우리는 울적해지려는 기분을 떨쳐 버릴 수 있었다.

"그리고 거기 둘, 라시안과 하영은이라고 했나? 자네들은 좀 더 축제를 즐기고 오게나. 우린 조금 무거운 주제로 해야 할 이야기가 있어서 말이지. 뭐, 둘이 잘 어울리는데 데이트한다고 생각하면 되겠군. 혹시 둘이 사귀는 거 아닌가?"

"네넷?"

"아, 아녜요!"

별것 아닌 아삼의 농담이었지만 둘의 반응은 무척 다채로웠다. 평소의 그들답지 않게 얼굴이 빨개져서 부인하는 모습이 귀엽게까지 보인다. 그리고 너무 강력하게 부인하는 라시안의 반응에 새초롬하게 흘겨보는 하영은의 눈빛은 절로 웃음이 나오게 만든다.

"쯧쯧, 눈에 선히 보이는 커플인데 그렇게 부인할 거까진 없다네. 하르키 학파가 연애에 꽉 막힌 것도 아니고 말야. 여기 한 군도 벌써 세 명의 여자를 거느리고 있는데 한 명 정도야 대수겠는가. 안 그래?"

"네? 세 명이라뇨!"

"흐음, 그럼 두 명으로 하지. 내가 보기에도 엘리는 범죄에 가까우니 말이야."

"아삼님!"

역시 무시 못할 영감이다.

라시안과 하영은의 등을 떠밀다시피 보낸 우린 공학부 건물로 들어섰다. 알테어가 우릴 방음벽이 설치된 부채꼴형의 강의실로 인도했다. 그리고 능숙한 손놀림으로 컴퓨터를 조작해 프로젝터를 작동시키더니 스크린에 눈에 익은 지도를 영사시켰다.

"이건?"

"과천의 지도라네."

"…이게 지… 도?"

과연 이걸 지도라고 할 수 있을까? 지형지물 같은 건 전혀 없고, 등고선은커녕 허연 종이 위에 '무릉IA'라고 덜렁 적어놓은 다음 동그라미를 쳐놓은 게 지도란 말인가? 언제부터 지도의 개념이 바뀐 거지?

"좀 허술하긴 하지만 이것만으로도 충분한 설명이 되니까 너무 실망하지 말게."

필립도 조금은 민망한지 헛기침을 동반한 설명을 시작했다. 그런데 이 지도 같지도 않은 걸 보여주기 위해서 프레젠테이션 작업까지 한 건가?

"자자, 각설하고, 지도에서 보다시피 이곳은 지금 우리가 있는 무릉 아카데미라네. 도심에 있기 때문에 달리 지형을 표시하지 않았으니 그렇게 알아주길 바라네. 알테어."

"네."

필립이 신호를 주자 무릉IA의 위쪽에 물음표(?)가 여러 개 뜨기 시작했다.

"이 물음표는 간단히 말해서 '적'이네. 단지 추측일 뿐이지만 중국을 경유해서 꽤 많은 비스트들이 한반도의 북쪽으로 이동했다는 정보를 입수했네. 아마 이곳으로 몰려오는 거겠지. 짐작하고 있겠지만 스크린의 좌우상하는 동서남북이네."

"그런데 왜 물음표죠?"

"당연히 적들의 규모와 정체를 알 수 없기 때문이지. 알베르트를 통해 위성 사진을 봤다면 알겠지만 그들의 규모는 크고 또 그 종류가 셀 수조차 없을 정도야. 대충이나마 뽑은 예상 숫자는 약 4만. 운용만 잘한다면 대한민국의 전 육군을 상대하고도 남을 숫자지. 만약 이 나라에 있는 비스트들까지 모두 움직인다면……."

필립은 희미하게 말끝을 흐렸다. 아마 별로 상상하고 싶지 않은 범위인가 보다.

"그런데 전부터 궁금한 게 있는데 왜 비스트들이 이곳을 향해 몰려오고 있는 거죠?"

"그걸 설명하기 위한 자리네. 아삼님, 부탁드립니다."

"흠흠, 드디어 내 차롄가?"

아삼은 기다렸다는 듯 자리에서 일어나 강단 쪽으로 향했다. 그가 강단에 서자 스크린엔 눈에 익숙한 카드가 떴다. 바로 세라프들의 카드였다. 그 숫자는 약 30여 장. 총 81장이란 걸 알고 있었지만 저렇게 많은 숫자를 보는 건 처음인지라 조금 놀라웠다.

"이 카드들은 아직 종속자를 만나지 못한 세라프들의 카드라네. 총 81장 중에 세라프가 종속자를 선택하는 기준은 각자가 다 다르기 때문에 한 시대에 10장 이상의 세라프가 활동하는 경우는 드물지. 뭐, 상관없는 발언이긴 하지만 자네가 세 명의 세라프를 종속시킨 건 정말 유례를 찾아보기 힘든 경우야."

덕분에 고생도 세 배로 하고 있지요.

"자네도 알고 있을 거야. 훼릴이 각성한 뒤 알테어에게 세라프가 짊어지고 있는 운명을 들어서 알고 있겠지?"

"네. 알고 있습니다."

그건 잊을래야 잊을 수 없는 사건이었으니 말이다.

"세라프란 존재는 희생양이지. 그들의 종족을 보존하기 위한……. 신의 섭리라고는 생각할 수 없는 가혹하기까지 한. 그리고 수천 년의 세월이 지나는 동안 그 종족의 속죄와 그 자신의 영혼을 찾은 예는 단 한 건도 없었네."

한… 건도?

"잠깐만요, 제가 알기론 더 썬의 경우 그의 영혼을 찾아낸 걸로 알고 있는데요."

"그럼 그들의 종족은 어디에 있지?"

아삼은 간단하게 내가 던진 질문의 허점을 찔렀다.

"더 썬의 일은 우리가 가장 잘 알고 있네. 나는 물론이고 이안의 경우 그 사건이 있을 당시부터 세라프를 종속하고 있었으니 말일세. 하지만 더 썬의 존재가 완전히 사라진 다음에도 '태양의 일족'이나 '더 썬'이란 인물은 세상에 나오지 않았어. 그렇다면 신은 수천 년간 괴로운 짐을 안겨준 세라프와의 약속을 지키지 않았던 것일까?'

침묵이 흘렀다. 난 문득 세리스와 훼릴, 그리고 엘리가 어떤 상태에 있을지 궁금해 그들의 얼굴을 살폈다. 그들은 조용했다. 아무런 동요 없이 그저 아삼의 말을 경청하고 있었다. 어떻게 저럴 수 있는 거지? 지금 아삼이 하고 있는 말은 그들의 미래를 말해 주고 있는 것일지도 모른다. 그들의 영혼에 관계된 이야기일지도 모른다. 그런데도 아이들은 조용히 듣고만 있었다. 아삼은 상당히 동요하고 있는 날 물끄러미 보더니 나직한 한숨과 함께 다시 설명을 시작했다.

"그건 아직 아무도 알 수 없어. 그 긴 세월 동안 단 한 번 있었던 일이니 달리 참고할 사실도 없지 않은가. 그렇다고 더 썬이 살아 나와 어떻게 된 건지 전해준 것도 아니고 말이지. 하지만 이 세상에 유일하게 그 모든 전말을 알고 있는 사람이 있다네."

"그게…… 설마?"

"그래, 류지영이지."

이유는 모르겠다. 어째서인지 아삼의 말이 끝나기가 무섭게 류지영, 그녀의 이름이 떠올랐다.

"류지영, 1899년생. 당시 신흥 상회의 딸로 태어나 신지식을 배운 뛰어난 여자였지. 16살 때 그녀는 이안을 만났네. 그녀에게 내재된 오라를 알아본 이안이 그녀를 제자로 삼은 거지. 그리고 우연한 기회에 하르키 학파에서 소유한 네 개의 카드 중 하나가 그녀를 선택했네. 그게 더 썬이야."

아삼은 이야기를 하는 와중에 그 당시를 생각하는 건지 눈을 지그시 감았다.

"아마 틀림없이 이번에 비스트들을 이곳으로 모으고 있는 배후 인물은 류지영일 거야."

"어째서요!"

아삼은 나의 반문에 한참을 침묵으로 답했다.

"그건… 그녀가 이곳, 봉인지의 파수꾼이었기 때문이지."

"지영 선배… 그녀가?"

"뭐, 아직 정확한 목적은 모르겠지만 말야. 최근 들리는 소문에 따르면… 짐작은 가능한데……."

"짐작이요? 뭔데요?"

"그게 말이지… 으응?"

"왜 그러세요?"

갑자기 아삼의 행동이 이상해졌다. 부릅떠진 두 눈은 마치 유령이라도 본 것만 같았다.

휘우우우웅!

"웃?"

아삼의 몸에서 느닷없이 강렬한 오라의 회오리가 일어났다. 감히 나와는 비교도 할 수 없을 정도로 강렬하고 큰 오라였다. 그것은 분명 눈에 보이지 않는 것인데도 불구하고 지금 그의 능력을 보여주기라도 하는 듯 은은하게 푸른색으로 빛나며 유형화되고 있었다.

"서, 설마… 필립, 당장 네메시스에 구조 요청을 보내도록 해!"

"아삼님? 무슨 일입니까? 구조 요청이라니요!"

"자네는 지금 이 음습한 오라가 느껴지지 않는단 말인가? 너무 서서히 잠식되는 바람에 나도 이제야 느꼈는데, 끔찍하군. 온 사방이, 아니, 이 도시 전체가 어둠에 휩싸인 것 같아!"

"네?"

짧게 반문하는 필립의 몸에서도 오라의 방출이 느껴졌다. 그리고 나 역시 아삼의 말에 느끼는 게 있어 오라를 방출했고 알테어와 아론, 그리고 아이들도 오라를 방출했다.

"이, 이건?"

느낄 수 있었다. 오라를 몸 안에 갈무리하고 있을 땐 몰랐는데 오라를 방출해서 외부의 기운을 민감하게 읽을 수 있게 되자 온 사방을 뒤덮고 있는 검은 기운이 느껴졌다. 차갑고 끈끈한 무언가가 온몸을 휘감고 있는 듯한 착각마저 들 정도로 기분 나쁜 기운이다. 뱀의 똬리에 휘감긴 기분이 이러할까, 온몸에 소름이 돋기 시작했다.

'이런 기분… 느껴본 적 있어.'

파리 대참사. 그래, 그때 텔러호크를 처음 상대할 때 이런 기분이 들었다. 하지만 그때의 그것과는 비교 자체가 불가능할 정도로 지금의 그것은 너무나 강렬했다. 내가 가진 오라를 아무리 넓게 펼쳐 봐도 이 기운의 끝자락조차 잡지 못하고 있었다. 그리고 그것은 엘리와 다른 누구도 마찬가지였다.

"이 도시를 장악할 모양인가 보군."

아삼의 입에서 떨리는 목소리로 어떤 결말이 예측됐다. 결코 빗나갈 것 같지 않은 예측이……

과천의 거리는 축제 분위기로 시끌벅적했다. 1년에 한 번 찾아오는 매화 축제는 이제 무릉IA만의 축제가 아닌 과천의 축제로 자리매김하고 있었기 때문이다. 거리에 늘어선 가판대에는 매화를 주제로 한 기념품들이 줄줄이 늘어서 있었고, 플라타너스 나무였던 가로수도 이때만큼은 다 떨어져 가는 낙엽이 아닌 인공 꽃잎을 달고 잔뜩 폼을 잡고 있었다.

거리의 연인들은 쌀쌀한 날씨를 핑계로 서로 부둥켜안은 채 거리에서의 쇼핑을 즐기고, 도로를 달리는 자동차들도 오늘만큼은 느긋한 속도로 거리의 화려함을 만끽하고 있었다.

하지만 단 한 사람.

낙엽 하나 없이 완전히 말라비틀어진 플라타너스 나무에 기대어선 검은색 일색의 남자는 저물어가는 황혼을 바라보며 비릿한 시선을 내리깔았다.

"아하하하! 그래서 말야, 그때 그 난쟁이가 얼마나 재미있었는데.'

"정말? 에이, 나도 어제 가볼 걸 그랬나?"

"피이~ 늦잠 잔 댁이 잘못한 거네요~"

사내는 자신의 옆을 지나가는 다정한 연인을 말없이 바라봤다. 그리고 그는 웃었다. 그의 손이 잠깐 흔들렸다. 아니, 흔들린 것 같았다. 하나 그의 손에 조금 전까지만 해도 없었던 작은 나이프가 들려 있기에, 그리고 그 나이프에 한 방울의 피가 날을 타고 흘러내리고 있기에 그것은 절대 작은 미동이 아니었다.

"그러니까 자기야~ 다음부… 터, 응? 아…… 아."

스슷.

연인의 팔짱을 끼고 걷던 여자는 문득 그녀의 남자 친구가 우뚝 멈춰선 걸 느꼈다. 그리고 이유를 물어보려 고개를 돌렸을 때, 그녀의 남자 친구는 어깨 위에 붙어 있던 물건을 바닥에 떨구고 있었다.

촤아아아앗!

목이 바닥에 떨어짐과 동시에 잘려진 목줄기에서 분수처럼 쏟아져 나온 피가 여인의 몸을 완전히 적셨다. 여인은 너무나 비현실적인 사태에 완전히 넋이 나가 버린 듯 아무런 말도 못했다.

그런 그녀의 어깨에 손을 올리는 사람이 있었다.

"쯧쯧쯧, 이렇게 정신이 나가 버린 여자는 내 입맛에 안 맞는데… 시작이 너무 과격한 거 아닌가?"

그는 말쑥한 정장 차림의 미남자였다. 지나가는 사람조차 말문이 막힐 정도로 광기 어린 이 상황과는 전혀 어울리지 않는 침착하기 그지없는 행동이다.

"편식은 몸에 좋지 않아."

"그런 너두 음식을 함부로 버리는 건 안 좋은 행동이야."

그들의 대화는 일반인의 머리로는 상상조차 할 수 없는 내용으로 이루어져 있었다.

약간의 시간이 흘러서야 주위에서 이 모든 상황을 지켜본 사람들의 비명이 터져 나왔다.

"으아아아아아아! 살인이다!"

"꺄아아아악!"

"사람 살려!"

거리는 순식간에 아비규환으로 변했다.

"멋진 신호음이군."

"그건 동감이야."

진득한 핏물을 밟고 서서히 앞으로 전진하는 둘의 뒤로 검은 그림자가 일렁이기 시작했다. 그것은 점점 넓고 큰 구멍으로 변했고 광기로 물든 안광이 그 안에서 빛나고 있었다.

"쿠워어어어어어어어!"

혼백을 빼놓을 듯한 포효 소리.

이것이 시작이었다.

삐삐삐삐.

"네, 과천 경찰서 신고 상담 센터입니다. 무슨……"

"무슨 일이고 나발이고 당장 경찰 불러! 무장 경찰알! 아니, 군대라도 불러어엇!"

"네? 무슨 말이죠?"

신고 상담 센터에 근무한 지 이제 일주일인 민지영은 전화를 받자마자 악에 받친 듯 소리 질러대는 '시민'의 신고 태도에 순간 어이가 없어졌다. 대뜸 한다는 소리가 무장 경찰에 군대라니. 하지만 시민의 지팡이가 되겠다는 신념으로 근무한 지 이제 일주일! 그녀는 신고하는 사람의 정신 상태가 정상이 아니라고 해서 자신까지 무시하면 안 된다는 신고 접수자의 행동 강령을 잘 기억하고 있었다. 범죄나 위급 상황에 닥친 인간의 심리 상태가 냉정하다면 그것이 더 이상한 게 아닐까? 그리고 최근 들어 비스트들에 의한 신고가 많은 터라 이런 류의 신고는 그녀도 이미 한두 번 겪어본 상태였다.

"지금 신고자 분이 계신 장소와 현재 상황을 말씀해 주세요."

"여, 여긴 지금 시내야. 시내! 상황은… 상황은, 으아아악!"

콰드득.

뚜— 뚜— 뚜—

"흡."

민지영은 찰나에 불과한 순간이었지만 전화가 끊기기 직전에 들린 파육음을 확신할 수 있었다. 그녀는 분명 간단한 일이 아니라고 판단했다. 어쩌면 자신의 잘못된 판단으로 시말서를 쓰게 될지도 모르지만 지금은 그게 중요한 게 아니었다.

"12, 14, 22번 순찰조. 12 ,14, 22번 순찰조. 현재 시내에서 비… 비스트 출현! 시민 다수 피해 발생. 다시 한 번 말씀드립니다. 과천 시내에서 비스트 출현! 시민 다수가 피해를 입고 있습니다. 무장 확인 후 출동해 주십시오."

"12번 윤경일 경장 및 1명 수신."

"14번 최민석 수신, 지금 당장 출동하겠다."

"……."

12번과 14번 순찰조에서는 곧장 수신 확인음이 들려왔다. 하지만 어찌 된 일인지 사고 지점인 과천 시내 한가운데 있을 22번 순찰조에선 아무런 수신 확인음이 들려오지 않았다.

"22번? 제상민 순경인가? 아닌데… 22조! 22조? 응답하세요."

민지영은 몇 번의 확인을 요했지만 22조에선 아무런 대답이 없었다. 그녀는 곧장 자신의 상관인 이문일 경장에게 보고하려고 헤드셋을 벗어 제꼈다. 그와 동시에 자신과 함께 신고 접수를 받는 6명의 여경들 모두가 동일한 신고를 접수받고 있다는 사실을 알았다.

"과천 시내 비스트 출현, 21번 소방도로에 정체를 알 수 없는 비스트 10여 마리 출현입니다. 당장 무장 출동 바랍니다."

"별양교 부근 비스트 10여 마리 출연."

"과천 시청에… 개체 수 미상의 비스트 출현. 신고자 사망."

"과천……."

민지영은 지금 이 상황을 어떻게 받아들여야 할지 알 수가 없었다. 6명의 여경이 하는 말은 모두 과천 시내에 십 단위 이상의 비스트가 무리 지어 살육을 자행하고 있다는 내용이었다. 순간 머리 속으로 현재 과천 시내의 풍경이 떠올랐다. 단 한 마리만으로도 십여 명의 전투 경찰이 달라붙어 싸워야 하는 비스트들이 무리 지어 사방에서 나타났다? 이건 일개 경찰서에서 처리할 수 있는 허용 범위를 벗어나도 한참을 벗어나 있었다.

"구… 군대를 불러야 해!"

그녀의 심리 상태는 자신에게 신고했던 이름 모를 남자와 다를 바가 없었다.

씹어 먹을 듯한 어감으로 '빌어먹을'이라고 말한 아삼의 뒤를 좇아 밖으로 뛰쳐나온 우리는 여느 일상과 다름없는 축제의 한복판에 서 있었다. 연인들은 서로에게 관심을 끌기 위해 닭살스러운 연애 행각을 연신 남발하고 있었고 솔로인 남녀는 자신의 짝을 찾기 위해 사방을 살피는 그런 축제의 한복판에. 하지만 난 확연히 느낄 수 있었다. 지금 이곳의 공기는 좀 전과 다르다. 무언가 무겁고 습한 기운이 이곳을 향해 몰려오고 있다는 것을 알 수 있었다.

"오빠, 이곳의 마나가 점점 진해지고 있어."

"뭐?"

뒤처질까 봐 내 품에 안고 온 엘리가 내 가슴에 더 깊이 안기며 말하는 내용에 난 오라를 방출해서 확인해 봤다. 그 말은 진짜였다. 확연하게 느낄 만큼은 아니지만 대기 중의 마나가 묘하게 요동 치며 한곳으로 몰려들고 있었다. 하지만 그 구심점이 되는 것을 전혀 알 수 없었고, 또 하나가 아닌 것 같아 그 목적 또한 예측할 수 없었다. 심지어 이것이 인위적인 것인지 아닌지조차도 말이다.

"모두 날 따라와라."

아삼은 축제 현장을 물끄러미 바라보다가 우리에게 내던지듯 한마디 하고는 주머니 안에서 뭔가를 꺼내 바닥에 던졌다. 그것은 작은 손수건 이었다. 하지만 그것은 아삼의 한마디로 전혀 다른 물건으로 변하고 말았다.

"인크리즈 인 사이즈."

작게 중얼거린 말이 시동어였는지 바닥에 던져진 손수건은 일행 모두가 탈 수 있는 널찍한 양탄자로 변했다.

"상황이 상황이니만큼 이것저것 따질 때가 아니란 거지. 어서 타. 최영은 학장을 찾아가 봐야겠다. 지금은 그 녀석의 한마디가 절실하다."

아삼이 만들어낸 거대 손수건, 아니, 그가 붙인 이름으로 부르자면 실 러드란 양탄자는 일행이 모두 타자마자 수직으로 삼십여 미터 상승하더 니 곧장 본관 건물 쪽으로 날아갔다. 아래쪽에서 우릴 보고 뭐라고 소리 지르는 사람이 있었지만 아삼은 전혀 개의치 않았다. 오히려 내가 학생 들에게 들킬까 전정긍긍해야만 했다. 물론 그것도 아삼이 던진 한마디에 그만두게 됐지만 말이다.

"숨겨서 어쩔려구? 저길 봐라."

"네?"

"아! 불타고 있어."

훼릴은 아삼이 가리킨 쪽으로 고개를 돌리자마자 탄성을 내질렀다. 아 니, 그것은 탄성이 아닌 경악성이었다. 그녀의 말에 깜짝 놀라 나도 돌아 보니 너무 멀어서 잘 보이진 않지만 무릉IA를 중심으로 온 사방이 불길 과 연기로 휩싸여 있었다. 그리고 수백 미터는 떨어져 있을 곳에서 간간 이 비명 소리까지 들려오는 듯했다. 품에 안긴 엘리가 귀를 쫑긋쫑긋하 며 몸을 부르르 떨어 그 비명 소리가 절대 허구가 아님을 증명해 줬다.

"이게 도대체 무슨 일이죠?"

"비스트다. 그들이 대규모로 쳐들어왔어. 한 군, 그렇게 얼빵하게만 있지 말고 정 궁금하면 이거라도 써봐."

아삼이 던져 준 건 커다란 볼록 렌즈였다. 지금 이 사람이 장난치는 건가? 돋보기로 저 멀리 있는 경치가 눈에 보일 거라고 생각하는 건가.

"설마 단순한 볼록 렌즈라고 생각한 건 아니겠지? 표정을 보니 맞나 보군. 멍청하긴, 당장 그 렌즈에 마나를 불어넣고 보고자 하는 방향으로 렌즈의 핀트를 맞춰. 직선상에 아무런 장애가 없는 이상 아무리 멀리 떨어진 곳의 상황도 당겨 볼 수 있는 아티팩트니까."

오오, 신기한 물건이다. 그런데 개인적으로 아삼이 들고 다니는 아티팩트가 과연 몇 개나 되는지가 더 궁금한 이유가 뭘까?

"이, 이럴 수가!"

렌즈를 통해 당겨본 시내의 풍경은 그야말로 아비규환이었다.

건물 곳곳은 불타고 있었고 거리는 날뛰는 비스트들과 사람들의 시체로 즐비했다. 비명을 지르는 듯 입을 크게 벌린 채 달려가다 오우거에게 잡혀 산 채로 찢겨 죽는 사람, 막다른 곳으로 몰려 서너 마리의 코볼트의 손에 들린 창 같은 것에 꿰뚫리는 여자, 죽은 자 옆에서 멍하니 있다가 트롤이 휘두른 몽둥이에 머리가 산산조각나는 남자. 그것은 보고 있는 것만으로도 내 몸의 모든 피가 거꾸로 치솟을 듯한 분노를 일으키기에 충분했다.

"뭐야! 뭐야! 뭐야아아! 어째서 저렇게 되는 건데! 어째서 저런 참상이 지영 선배가 일으킨 거라는 거야!"

당장이라도 저 한복판으로 뛰어들어 몽땅 쓸어버리고 싶다. 저곳에 피가 흐르게 만든 모든 존재를 싸그리 불태우고 싶다. 내게 힘이 없음이 왜 이리도 절실하게 느껴지는 걸까?

"오라버니……."

옆에 앉은 훼릴이 내 팔을 꼭 잡아온다. 분노로 끊임없이 떨리는 내 팔이 그녀의 손에 잡혀 조금씩 진정을 찾는 동안 알테어가 벌떡 일어섰다.

"온디!"

그녀가 외치는 소리에 주위를 살펴보니 왠지 눈에 익은 비스트가 이곳을 향해 빠른 속도로 날아오고 있었다. 짐승의 몸에 박쥐의 날개, 그리고 새의 부리를 하고 있는 저것은 이미 익히 본 적이 있는 녀석이었다.

"가고일!"

"역시 타라투스의 잔재도 관여하고 있었던 건가. 알테어, 시간 끌지 말고 해치워."

"네."

필립의 말에 알테어는 조용히 주문을 영창하더니 등 뒤에서 날개를 꺼냈다. 지금껏 환술로 숨기고 있던 것을 꺼낸 것이다.

"성광의 창이여, 내 손을 떠나 적의 심장에 사신의 낫으로 임하여라. 페더 스피어!"

날개에서 몇 개의 깃털을 뽑아낸 알테어가 주문을 영창하자 그것은 금황색으로 빛나는 창이 되어 가고일을 향해 날아갔다. 가벼운 깃털이 매개체여서일까, 빙글빙글 돌며 시야를 어지럽히던 그것은 네 마리의 가고일의 심장에 정확히 틀어박혔다.

키루루루룩!

가고일은 그 한 방에 완전히 절명했는지 이상한 단말마와 함께 아래로 추락했다.

"밑에 있는 시민들이나 학생들이 동요할 텐데……."

"어차피 곧 있으면 알게 될 일이야. 그들에게 돌아갈 집이 없어졌다는 것도……."

"…그렇군요."

빠르게 움직이는 양탄자 아래로 가고일의 요란한 추락음과 사람들의 비명 소리가 울려 퍼졌다.

삐이이이ー

"응?"

우리가 막 본관의 현관 쪽에 양탄자를 착륙시킬 때, 캠퍼스 곳곳에 설치된 확성기에서 날카로운 신호음이 터져 나왔다. 그리고 지금은 조금 가물가물하지만 분명 들은 적 있는 목소리가 이어졌다. 학장이었다.

[알려 드립니다. 지금 과천시 쪽에서 다수의 비스트들이 난동을 부리

고 있다는 제보가 들어왔습니다. 현재 과천시 전 지역이 비상 체제로 돌아가고 있으니 축제를 운영하는 각 학교 학생회 및 교사 여러분은 지금 즉시 본관 학장실로 모여주시기 바랍니다. 그리고 현 시간부로 무릉IA 내에 있는 모든 시민 및 일반 학생들은 학교를 벗어나지 말아주시기 바랍니다. 현재 모든 교통로 및 과천시 전 지역이 비상 상태입니다. 자칫 잘못하다간 큰 화를 당할 수 있으니 시민 및 학생 여러분은 절대 학교를 벗어나지 말아주시기 바랍니다. 이상 본교 학장 최영은이었습니다.]

"흠, 역시 그도 알고 있군. 자자, 어서 들어가자."

"네? 네."

알 수 없는 말을 하던 아삼은 우릴 독촉해서 본관 건물로 들어섰다. 몇몇 사람들의 제지가 있었지만 아삼은 전혀 개의치 않고 몽땅 마법으로 재워 버리며 앞으로 전진했다.

콰앙—

"최영은!"

과격과 무례의 극치를 달리는 아삼은 학장의 집무실 문을 발로 열어젖혔다.

"웅? 오오, 아삼 아닌가?"

어라? 학장과 아삼이 아는 사이였던가? 하긴 현재성 길드장과도 얼굴을 트고 지내는 사이이니 7현자 중 한 사람이라는 아삼과 알고 지낸다고 해서 이상할 건 없겠지.

"방금 방송한 거 지금 당장 수정해. 지금 이 시간부로 교내를 벗어나면 죽는다고. 그리고 '그'는 이미 활동을 시작했나?"

"죽는다고? 그렇게 노골적으로 경고하면 오히려 혼란에 빠지지 않을까? 뭐, 그 건은 내가 알아서 처리할 테니 자네는 신경 쓰지 말게. 자네와 달리 속세에 오래 몸담은 내가 사람을 다루는 데 낫다고 보니까 말야.

그리고 '그'는 아직일세. '제물'이 준비되어 있지 않아."

그? 제물? 도대체 아삼과 학장은 무슨 이야기를 하고 있는 거지? 난 너무 급박하게 돌아가는 상황에 어떻게 대처해야 할지 전혀 갈피를 못 잡고 있었다.

"빨리 결정해야 하네. 1분 1초가 급해. 조금만 늦어도 이곳에 모인 수만의 목숨이 덧없이 사라질 수 있어!"

"으음……."

침음성을 삼키던 학장은 뭔가를 곰곰이 생각하다가 결국 결단을 내린 듯 옷걸이에 걸린 외투를 들었다. 그리고 그와 동시에 학장실의 문이 벌컥 열리며 십수 명의 학생과 삼십여 명의 교사들이 들이닥쳤다.

"학장님!"

"무슨 일입니까? 비스트라뇨!"

학생회의 학생들과 교사들은 잔뜩 흥분한 채 학장을 잡아먹을 듯 질문을 퍼부었다.

"조용조용. 그렇게 흥분한다고 뭐가 되는 게 아닙니다. 잘 들으세요."

학장은 학생회와 교사들을 앞에 세워놓고 간단하게 지금의 상황을 설명해 줬다. 지금 과천시는 과거 파리 대참사에 준할 정도의 많은 비스트들이 날뛰고 있다는 것과 경찰의 말에 따르면 주요 교통로가 완전히 마비되어 있다는 것, 그리고 이곳 무릉IA에는 마법사들이 있어서 오히려 안전할 거라고 말이다.

"마법사? 마법사가 있다는 겁니까? 그리고 한두 명의 마법사가 있다 한들 무슨 소용이 있다는……."

정택진 교수, 깐깐하지만 그 실력 하나만큼은 타의 추종을 불허한다는 화공대의 수석진이었다. 조금 벗겨진 이마와 흰자가 많아 자못 살벌하게까지 보이는 그의 눈동자는 그를 악역이란 이미지에 매우 자연스럽게 매치시키고 있었다. 물론 실제로도 학생들 사이에선 꽤 무섭고 상대하기 어려운 사람으로 통했다. 그는 언제나 학장과 사이가 좋지 않았고, 지난 학장 선거에서 그에게 눌린 뒤로 그런 감정의 골이 깊어져 있었다. 아마 학장으로서도 그가 교내에서 강한 발언권을 가지고 있지 않거나 대외적인 명성이 없었다면 이 자리에 부르고 싶지 않았으리라. 그런 정택진 교수의 질문에 학장은 아삼에게 눈치를 줬고 아삼은 나와 필립, 그리고 아이들의 앞으로 나섰다. 그리고 아무 말 없이 주문을 영창하더니 학장실에 있는 한쪽 벽을 날려 버렸다.

"섬광의 창, 스피어!"

파파팡!

"으와앗?"

정택진 교수는 물론이고 학생회의 아이들, 그리고 나를 비롯한 필립과 세라프들도 깜짝 놀랐다. 난데없이 무슨 짓이지?

"나와 이곳에 있는 모두가 마법사다. 이 정도 마법은 어렵지 않게 쓸 수 있는 사람들이지. 이제 믿겠는가? 그리고 이곳을 지키는 건 당연히 우리만으로는 역부족이다. 그런 만큼 댁들도 열심히 뛰어줘야 된다는 말이지. 그러니까 학장의 말을 잘 들으라구."

"으으."

안색이 별로 좋아 보이진 않지만 정택진 교수 역시 바보가 아닌지라 아삼의 말에 고개를 끄덕이며 학장에게 시선을 옮겼다.

"후우."

과격하지만 간단하게 자신이 가진 힘을 선보임으로써 스스로의 실력을 인정받고 또 자신을 의지할 수밖에 없는 사람들을 안심시키는 아삼의 방법에 학장은 나직한 한숨으로 고마움을 표했다.

"지금부터 내 말을 정확하게 이행시켜 주기 바라네. 이해할 수 있을지 모르겠지만 나와 이곳에 있는 마법사 분들은 이곳 무릉IA를 뒤덮을 결계, 그러니까 보호막 같은 걸 만들러 갈 생각이네. 시간이 조금 걸리는 마법이지. 그러니 그동안 이 무릉IA 안에서의 치안이나 질서 유지는 자네들이 유지해 주기 바라네."

"네."

다행히 이곳에 모인 그 누구도 학장의 말에 토를 달지 않았다.

"아참, 학생회장… 김진성이라고 했나?"

"아, 네."

내가 양호선생이라는 걸 분명 알고 있을 김진성 학생회장이었지만 그는 완전히 뻣뻣하게 굳은 자세로 대답했다.

"나가면 라시안과 하영은을 찾아. 나와 세리스가 가르친 애들이니까 어느 정도 도움이 될 거야. 혹시 발뺌하는 일이라도 있으면 내가 마법사란 걸 알고 있다 말하고 시킨 거라고 해."

학생회장의 대답을 들은 나는 바쁜 걸음으로 학장실을 벗어나는 최영은 학장과 아삼의 뒤를 따라갔다.

"자, 모두 들었지. 연락은 모두 핸드폰으로 하기로 하고 도움받을 수 있는 모든 사람들을 끌어 모아서 시민들을 안정시키기로 하는 거다. 임현수, 넌 지금 당장 경비실에 전화해서 서문과 남문을 폐쇄시키도록 해. 그리고 두 명은 짝 지어서 북문과 동문을 차단해서 사람들이 나가지 못하게 하고. 그리고 화공대, 이공대, 너희들은 당장 OB들을 불러 모아라. 그래서 화공대는 최대한 빨리 니트로 글리세린 배합을 끝내고, 이공대, 너희들은 무기로 쓸 만한 공구들은 모두 긁어모아 와. 무슨 게임에 보니까 전기톱이 아주 효과 좋은 거 같더라."

정택진 교수는 모든 상황을 가장 간단하게 설정하기로 했다. 바로 파리 대참사였다. 그 당시 있었던 모든 상황을 뉴스와 신문을 통해 접했던 정택진 교수는 자신이라면 이렇게 했을 거란 모든 것을 이곳에서 해보기로 마음먹었다.

지금 이 상황에서 해야 할 일은 크게는 두 가지, 세분하면 세 가지였다. 바로 시민들과 학생들이 함부로 무릉IA를 벗어나지 못하도록 막는 것과 혹시 일어날지 모르는 난동이나 약탈, 폭력 행위 등을 막는 것이었다. 그리고 할 수만 있다면 최악의 상황, 즉 비스트들이 들이닥칠 것을 대비한 무기를 만들어두어야 했다.

"박진태, 현재 채플과 사당에 있는 신부님과 스님들도 모셔와. 그리고 만약에 당신들 기도로 흡혈귀를 물리칠 수 있으면 이번에 꼭 믿겠다는 말도 꼭 하도록."

"네."

일사불란하게 각자 할 일을 정해준 정택진 교수는 마지막으로 전체 방송으로 계속 지시하겠다는 말을 끝으로 모두를 밖으로 내몰았다. 그리고 마지막으로 자신의 비서 겸 조수 역으로 이혜린이란 학생회 서기를 남긴 그는 아무 말 없이 방송용 마이크에 스위치를 올렸다.

"현재 교내에 계신 모든 분들께 알립니다."

사람들은 앞선 학장의 방송에 놀라 어떻게 할지 모르고 있었다. 전화를 걸어 아는 사람에게 연락하기도 하고, 과천이 아닌 다른 곳은 어떤지 알아보기도 했다. 그리고 어떤 사람은 오열을, 또 어떤 이들은 안두의 한숨을 내쉬며 자신의 처지를 걱정해야만 했다.

"지금부터 본교 교수진과 학생회는 본교 학생을 상대로 긴급 대피 행동 지침을 알려 드릴 것입니다. 일반 시민 여러분들은 학생회의 지시를 따르든 따르지 않든 상관하지 않겠습니다. 학생회와 본 방송의 지시를 따르지 않으시겠다면 당장 밖으로 나가서 자력 구제하십시오. 결코 막지는 않습니다. 단, 밖으로 나갔을 때, 두 번 다시 돌아오지 못한다는 것을 명심하십시오."

이건 도박이다. 어쩌면 교내의 시민은 물론이고 학생들마저 자신의 방송에 반감을 가질지도 모른다는 생각이 들었다. 하지만 어쩔 수 없다. 학장의 생각은 잘 모르겠지만 정택진, 그는 말 안 듣는 몇몇 소수를 살리자고 다수의 희생을 낼 수는 없다고 생각했다. 죽을 테면 죽어라. 화약을 짊어지고 불 속으로 뛰어든다 해도 말리지 않겠다. 다만 다른 이마저 죽음으로 밀어 넣지 마라. 그것이 그의 생각이었다.

"또한 교내에서의 그 어떤 폭력 행위도 용납하지 않습니다. 적발 시 모든 법적 책임은 저, 정택진이 진다는 전제 하에 엄단할 것입니다."

가만히 쳐다보고 있던 이혜린의 눈동자가 커진다. 설마 이런 말을 할 줄 몰랐다는 표정이다. 과거 그가 학장과 학장 자리를 두고 경합을 벌일 때 얼마나 많은 구설수가 떠돌았던가. 뒷돈 공작은 물론이고 수많은 비리는 모두 그의 사주가 있었던 거나 마찬가지라는 소문이 거의 전부였다. 그리고 몇몇 비리는 사실로 드러났지만 워낙 뛰어난 인재인데다 세계적으로 인정받는 석학인지라 여전히 아카데미 내에서 요지부동의 2인자 자리를 지키고 있는 사람이었다. 아마 그 누구라도 이 자리에 선 정택진 교수의 행동이 이러하리란 생각은 하지 못하고 있었다. 오히려 이 기회를 빌미 삼아 학장을 까 내릴 수작을 부린다면 모를까… 그러나 그는 그렇게 하지 않았다.

"왜, 이상하게 보이나?"

정택진은 자기 앞에 서 있는 이혜린에게 자조 어린 웃음을 던지며 말을 건넸다. 아마 평상시의 그라면 절대 그녀에게 먼저 말을 걸지 않았으리라. 그는 스스로에 대한 프라이드가 강한 사람이었다. 교내에서는 그의 명성에 맞게 무척 권위적인 사람이라는 의식이 팽배해 있었고 그도 특별히 그것을 부정하지 않은 채 학생들을 가르쳤다.

"어렵게 생각할 것 없다. 이런 상황에서 뭔가 나쁜 짓을 저지른다면 그건 진짜 단순한 3류 악역밖에 안 되는 거야. 기대를 받았다면 그 기대에 보응해 주는 게 나라는 인재에 어울리는 행동이지. 지금 내가 할 일은 이곳을 지키는 거다. 이곳을 지켜야 나중에 내가 학장이 되어서 좀 더 멋진 학교로 꾸밀 수 있지 않겠나."

빙긋이 웃으며 말하는 정택진에게 이혜린도 마주 웃어주었다. 그에게 가지고 있던 지난날의 소문을 마음 한쪽으로 밀어놓으면서.

"흠, 역시 정택진이군. 이런 상황에도 삐뚤한 어조에 자기 말 안 들으면 꼭 어떻게 될 거라는 말투… 뭐, 저런 성격이니까 내가 믿고 맡길 수 있는 거지만."

학장은 스피커에서 들리는 정택진 교수의 방송에 피식 웃으며 부지런히 발걸음을 옮겼다. 나 역시 이 학교에서 짧지 않은 시간 동안 근무했었기에 그와 정택진 교수와의 관계를 잘 알고 있었다. 왜 하필이면 저 사람에게 이런 중요한 일을 맡긴 걸까.

"저렇게 해도 괜찮겠어요? 사람들의 반발이 심할지도 모르는데……."

"괜찮아. 좀 삐딱한 성격이긴 하지만 근본이 나쁜 사람은 아니니까. 젊고, 야망이 있는 사람이니 저 정도 자신감은 가지고 일을 해야 스스로에게도 좋을 거야. 그리고 나름대로 아는 사람들 사이에선 그 능력을 인정받고 사는 사람이니까 알아서 잘 하겠지. 그보다 우린 이제부터 닥칠 일에 집중해야 할 거야."

"닥칠… 일?"

작은 목소리로 되풀이하는 나의 반문에 학장은 아삼에게 뭔가 동의를 구하는 눈빛을 던지더니 이내 입을 열어서 설명했다.

"결계를 치는 일이지. 자네도 마법사이니만큼 현재 교내에 흐르는 마나가 조금 이상한 움직임을 일으키고 있다는 건 알고 있겠지?"

그 일은 엘리가 말해 줘서 잘 알고 있었다. 그리고 그것은 지금도 계속 진행되고 점점 더 강렬하게 변해가고 있었다. 하지만 그보다, 어째서 마법을 모른다고 생각했던 학장이 이런 일을 잘 알고 있는 거지?

"자, 잠깐만요. 그보다 어째서 학장님이 그런 사실을 알고 있는 거죠?"

"허허, 그리고 보니 아직 자네에겐 나에 대한 걸 숨기고 있었군."

학장은 달리던 발걸음을 멈추고 뒤따라오던 내게 손을 내밀었다. 그리고 천천히 스스로를 소개했다.

"늦었지만 지금이라도 소개하는 날 용서하게나. 난 티르의 검에 몸을 담고 있는 장로 최영은이라고 하네. 장로라고 해봐야 명예직이기에 뭐 특별한 건 없으니 신경 쓰진 말게나. 설마 자네는 내가 민간인이면서 비스트에 대한 정보를 그렇게 어렵지 않게 구할 수 있었을 거라 생각한 건 아니겠지?"

역시 전에 마법사 길드 쪽에 뭔가 연계가 있을 거라 생각했지만 설마 장로였을 줄이야. 난 바본가? 충분히 예상할 수 있는 문제였는데 말이다.

"뭐, 여러 가지 묻고 싶은 게 많겠지만 지금은 시시콜콜하게 그런 걸 따질 때가 아니니 우선 목적지로 가기나 하지 그래."

"그렇군."

아삼과 학장이 인도한 곳은 나와 아이들도 익히 아는 곳이었다. 바로 세라프 No.1 드래곤이 있는 곳으로 통하는 입구였다. 봉인 해제 주문과 함께 입구로 들어선 우리는 길게 이어진 통로를 숨 가쁘게 달렸다.

"그런데 학장, 당신이 말한 '제물'은 뭘 말하는 거지? 설마 좀 전에 말한 '그'는 파르커스를 말하는 것이었나?"

휘릴은 내 보조에 맞춰 달리면서 학장에게 물었다. 왠지 그녀의 말투가 예전과 다르게 꽤 적대적으로 느껴졌다. 학장에게 '당신'이라고 하는 점이나 완전한 하대를 하는 그녀의 폼이 뭔가 예사롭지 않게 여겨졌다. 누가 봐도 새파랗게 어린 여자애가 나이 지긋한 노인네에게 할 만한 언행이 아니었지만 정작 당사자인 학장이나 동년배로 보이는 아삼은 전혀 신경 쓰지 않는 눈치다. 설마 그녀가 살아온 '전생'의 나이를 인정해 주겠다는 뜻인가?

"그래. 눈치가 빠르군. 지금 우리가 만나러 가는 존재는 바로 그다. 이 상황에서 우리에게 힘이 되어줄 수 있는 건 바로 그밖에 없지. 예상 시간보다 훨씬 빨리 들이닥친 적들을 막기 위해선 어쩔 수 없어."

"그런데 제물이라니? 그게 무슨 의미지? 설마 그의 힘을 빌리기 위해서 '제물'을 사용해야 한다는 건가? 그리고 아직 봉인도 풀리지 않은 파르커스의 힘을 빌린다니… 그건 있을 수 없는 일이야. 아무리 그가 전능에 가까운 힘을 가진 존재라고 하나 지금은 각성조차 하지 못한 봉인된 존재일 뿐이야. 그가 무슨 힘이 된다는 거지? 설마 제물이란 걸 사용해서 그와 종속의 계약이라도 하겠다는 건가!"

달리다 말고 제자리에 우뚝 서버린 휘릴은 목청껏 소리를 질렀다. 어쩌면 그녀와 가장 오랜 시간을 같이한 나조차 휘릴의 이런 모습은 처음 보는 것이었다. 엘리도 나와 별반 다를 게 없는지 내 품에 몸을 바싹 기대며 휘릴의 눈치를 살폈다. 노대체 왜 저러는 깃일까?

휘릴 때문일까? 아삼과 학장, 그리고 필립과 알테어는 더 이상의 전진을 그만두고 제자리에 서서 휘릴을 돌아봤다.

'심상치 않아……'

난 왠지 그들의 눈에서 알 수 없는 불안감을 느꼈다. 저것은 마치 하기 싫지만 꼭 해야 할 것을 앞둔 사람의 얼굴이었다. 충치 때문에 치과를 찾은 어린애의 표정이 저럴까? 썩은 이 때문에 느끼는 통증과 이를 뽑아야 한다는 공포심 사이에서 갈등하는 어린애의 표정을 보는 듯하다. 그리고 훗날을 위해서 지금의 공포, 혹은 이를 뽑을 때의 고통을 감수하겠다는 아이의 표정, 바로 그것이었다.

"눈치 채고 있었나?"

"당신이 '제물' 운운했을 때부터."

"과연……."

자뭇 놀랍다는 듯 감탄사를 읊는 학장의 입가에 자조 어린 웃음이 어렸다.

"과거 아르미네아에게 제물로 선택된 경험이 있다 이건가?"

"무슨?"

제물? 아르미네아? 이건 또 무슨 말이야!

"제물이라니, 무슨 말이죠? 훼릴! 말해 봐. 무슨 일인 거야?"

당황을 넘어서서 혼란스럽기까지 한 나의 외침이 좁디좁은 통로에 울려 퍼졌다. 하지만 이곳에 있는 그 누구도 내게 대답을 해주지 않았다.

"아르미네아가 너와 그녀를 따르던 마법사들을 희생해서 일으킨 기적이 있었기에 그 당시 흑마법의 확산을 멈추고 진압시킬 수 있었다지. 보통 사람은 물론이고 마법사들조차 극소수에게만 구전으로 전해오는 이야기라 조금은 긴가민가했는데 네 표정을 보니 확실히 알겠군."

학장은 조금 답답한 듯 매고 있던 넥타이를 느슨하게 풀었다. 이곳의 분위기 때문인지 통로 안은 열기로 가득 차 있었다.

"전설에나 나올 법한 대마법사였지, 아르미네아는. 별의 반대쪽에 붙어 있는 대륙에 숨겨진 드래곤의 사념체를 너란 매개체를 이용해 소환하다니… 세라프의 죽음에는 언제나 '그'가 관여했으니까."

"내가 묻고 싶은 말은 어째서 지금 '제물'이 필요한가다. '그'가 아무리 신에게 '파괴' 와 '생성' 의 권능을 받았다고는 하지만 그렇게 순순히 인간의 부탁을 들어줄 리 만무하거늘!"

훼릴은 혼잣말을 하듯 중얼거리는 학장의 말에 거세게 반발했다.

"하지만 세라프의 '소멸' 을 원한다면 그도 조금은 달리 생각하지 않을까?"

"뭣?!"

이건 또 무슨 소리? 아아, 이젠 혼란을 넘어서서 현실 도피라도 하고 싶다는 생각이 든다. 그리고… 조금 전부터 가슴, 아니, 심연의 저 깊은 곳에서부터 끊임없이 두근거리는 이 느낌은 도대체 뭐지?

소멸?

지금 학장은 소멸을 말했다. 그리고 그 말에 다른 그 무엇도 아닌 내 영… 혼이 무섭게 반응하고 있었다.

"자, 잠깐! 세라프의 소멸이라뇨?! 세라프는 죽으면 다시 봉인체로 돌아가는 것 아닌가요?"

"후후… 그렇지. 한 군, 자네가 말한 게 맞아. 세라프는 소멸하지 지. 아니, 소멸할 수도 없다고 할까? 영혼조차 없어 끊임없이 육신을 재생시켜 연명하는 그들의 소멸은 있을 수가 없다네."

"무, 무슨!"

피가 머리끝까지 치솟는 느낌이다. 지금 학장은 나의 아이들을, 세리스와, 훼릴, 그리고 엘리의 존재를 부정하는 말을 하고 있었다. 지금껏 그저 호인으로만 봐왔던 그의 입에서 이런 말이 나오다니… 오히려 예전에 상대했던 타라투스의 요원이었던 타케시 같은 녀석이 더 신사적으로 느껴질 정도다.

"다, 당신!"

부우웅—

"……!!"

이, 이럴 수가. 분노에 거의 몸을 맡겨 버린 채 학장에게 달려들려던 나의 이마 앞엔 어느 틈에 만들어진 작은 매직 애로우가 겨눠지고 있었다. 마나의 흐름을 따라가 보니 바로 아삼의 솜씨였다. 과연 7현자라고 해야 하나? 마나가 움직이는 기척조차 느끼지 못했었다.

"흥분은 가라앉혀라. 네가 네게 종속된 세라프들에게 혈육 이상의 정을 느끼고 있다는 건 알고 있다. 하지만 그건 너의 의지로 그렇게 된 것일 뿐이지 다른 세라프의 종속자들도 그렇다고 생각하진 말길 바란다. 그리고 이 녀석, 최영은이란 인간은 세라프를 저주받은 존재 그 이상으로도 그 이하로도 생각하지 않는 녀석이니까 그냥 듣기만 해."

"고맙군."

학장은 내 이마에 겨눠진 매직 애로우를 보더니 피식 웃고는 고갯짓으로 아삼에게 없애게 했다.

"옛 친구의 작은 배려라고 여겨두게나."

"지금 와서 자상하게 굴긴… 후우, 흥분이 가라앉았나? 그럼 계속 이야기하지."

흥분이 가라앉다 못해 피가 싸늘하게 식어가는 느낌이 든다. 필립과 알테어, 그리고 아론을 흘깃하고 쳐다봤는데 의외로 그 둘은 조금 착잡한 표정으로 학장과 아삼을 바라보고 있을 뿐이었다. 내가 기분을 가라앉히고 자신을 지그시 쳐다보자 학장은 예의 그 자조 어린 웃음과 함께 말을 이어 나갔다.

"좀 전에 내가 말했다시피 세라프는 소멸이란 단어가 어울리지 않는 존재들이지. 하지만 그런 그들을 소멸할 수 있는 존재가 있다네. 그게 바로……."

"아바돈의 드래곤, 파르커스."

"빙고~ 역시 훼릴이군. 각성을 끝내서 그런지 뒤에 서 있는 어리버리한 저 두 세라프보다는 훨씬 낫군."

어리버리? 세리스와 엘리를 말하는 건가? 하지만 내가 보기에 이 둘은 상황 파악을 못하고 있다기보다는 오히려 나보다 더 냉정해진 표정으로 학장을 노려보고 있었다.

"하지만 그게 제물이랑 무슨 상관이죠?"

"상관없어."

단호하게 끊어서 말하는 학장이었다.

"네에?"

아이아악! 짜증난다! 그럼 도대체 훼릴이 저렇게 예민하게 군 이유가 뭐야?

"훼릴 양, 자네가 뭘 걱정하는지는 잘 알고 있어. 이곳에 있는 누군가를 제물로 쓰지 않을까 해서겠지? 하지만 걱정 말게. 그럴 일은 없을 테니."

"하지만! 그는……."

"그만! 시간이 없으니 결정해. 따라올 텐가 말 텐가? 그렇게 내키지 않는다면 자네들과 자네의 종속자는 따라오지 않아도 돼."

학장의 질문은 훼릴에게 향하고 있었지만 대답은 내가 해야만 했다. 훼릴은 고개를 절레절레 흔들면서 반대하고 있었지만 난 고개를 끄덕이고 말았다.

"가겠습니다."

"좋아. 역시 '인간'으로서 현명한 선택이야. 그럼 가지."

내 대답을 들은 학장과 아삼은 필립을 대동한 채 다시 말없이 통로를 걷기 시작했다.

"오라버니! 어째서?"

"믿어보는 거야. 그리고 여차하면 도망가면 되겠지. 자, 이걸 봐."

난 걱정이 가득한 얼굴을 한 훼릴에게 예전부터 준비하고 있던 한 가지 물건을 보여줬다.

"이건?"

"오빠, 이건 뭐야?"

"스크롤… 북?"

무표정하게 걷던 세리스가 이 물건의 가치를 알았는지 눈을 커다랗게 뜨며 물었다.

"그래. 뭐 겨우 백 장밖에 안 되지만 우리가 도망치는 데엔 충분하겠지?"

"응!"

단박에 얼굴이 환해지는 훼릴이다. 하긴 마나나 오라의 소비 없이 마법을 날릴 수 있는 스크롤 북 100장이면 찰나에 불과하겠지만 아삼과 필립을 능가하는 무력을 지니는 게 가능했다. 게다가 열 장 정도를 제외하고는 거의 대부분이 4클래스의 5서클 주문이라 이 책을 몽땅 털어 넣으면 웬만한 건물 하나 정도는 붕괴시키고도 남을 위력이 나온다. 하지만 이곳의 파수꾼을 맡으면서 받은 마나석과 재료들로 만들 당시엔 이걸 쓸 날이 오리라곤 생각하지 못했었다. 이 중에 반 정도는 나중에 라시안이랑 하영은에게 졸업 선물로 줘서 호신용으로 쓰게 할 물건이었다.

"그런데 훼릴, 왜 그렇게 예민하게 군 거야? 난 특별히 그에게서 이상한 느낌을 받지 못했었는데 말야."

난 앞장선 아삼과 학장에게서 약간 거리를 두면서 훼릴에게 작은 목소리로 물었다.

"학장은 세라프의 '소멸'이면 그 괴물이 달리 생각할 수도 있다고 했잖아. 그게 무슨 의미야?"

"그건 내가 설명해도 될까?"

"억?"

갑자기 뒤에서 들려온 목소리의 주인공은 아론이었다. 빌어먹을, 키가 너무 작아서 존재감을 느끼지 못했다.

"뭘 그리 놀라나?"

그야 당신 키가 너무 작기 때문이지! 라고 말하고 싶지만 그랬다간 한 대 맞을 것만 같아 그저 침묵으로 대답했다.

"흠… 꼭 내 키가 작아서 안 보이는 바람에 놀랐다는 표정이구만."

"……!!"

"역시… 뭐 그런 소리야 자주 들으니 신경 쓰지 말게나."

"죄, 죄송합니다."

"사과할 필요 없네. 그리고 좀 전에 하던 이야기, 내가 대답해도 될까?"

아론은 괜찮다는 말과는 다르게 조금 씁쓸한 표정을 짓고 있었다.

"한바다라고 했지? 단도직입적으로 묻겠네. 자네는 세라프에게 있어 죽음이란 어떤 것이라고 생각하나?"

그야 당연히 생명 활동이 정지되고 영혼이 빠져나와 하늘나라로 가는… 은 아니군. 세라프에겐 영혼이 없다. 그래서 그들은 육체의 죽음이 진정한 죽음이 아닌 또 다른 시작을 위한 휴식으로 바뀌는 것이다. '봉인석' 이란 이름으로.

"세라프에겐 죽음이 없지. 봉인석에서 풀려 종속자를 만나게 되면 오랜 시간이 지나지 않아 각성이란 걸 하게 되고 전생의 기억을 되찾게 돼. 나도 이젠 가물가물하기만 한 신의 섭리로 인해 전생을 되풀이하게 되는 거지. 자네도 알고 있겠지? 영혼을 찾아야 한다는 걸. 우리에겐 신이 준 영혼이 없기에 그걸 찾아 안식을 얻어야 하지. 그리고 그 안식을 얻는 순간 어딘가에 봉인되어 있을 우리 일족의 봉인이 풀리는 것이고 말야."

아론이 말하는 내용은 내가 이미 알테어에게 들어 익히 알고 있는 내용이었다. 하지만 그의 말투는 뭔가 달랐다. 예전 알테어가 말한 내용이 오로지 신에 대한 적개심과 자신에 대한 연민뿐이라면 지금 아론의 말투엔 명백한 비웃음이 섞여 있었다. 그 대상이 누군지는 알 수 없지만 말이다.

"하지만 더 썬의 일족은 어디에 있지? 그는 분명 영혼을 찾았다. 그리고 그는 신이 지워준 굴레에서 벗어났다. 그러나 그의 일족은 어디에 있을까? 그가 영혼을 얻었는데도 그의 일족이 풀려나지 않았다는 건 신이 약속을 어겼다는 걸까?"

난 당연하겠지만 아론의 말에 그 어떤 대답도 할 수 없었다. 예전에 나 역시 생각했던 질문이고 또 오랜 시간을 고민했지만 그 답을 찾지 못했기에 휘릴도, 세리스도, 그리고 엘리도 아무런 말을 하지 못했다. 아론은 날 지그시 바라보다가 내 품에 안긴 엘리를 쳐다봤다. 눈에서 레이저 광선이라도 뿜어낼 듯 초점 한 번 흔들리지 않고 바라보던 아론은 내 엉덩이를 툭툭 쳐 길을 재촉하며 다시 입을 열었다.

"그 모든 의문은 저기, 저 존재에 의해 모두 밝혀질 거야."

아론이 짧은 손가락으로 가리킨 곳엔 여전히 그 엄청난 몸집을 자랑하는 세라프 No.1 드래곤 파르커스가 있었다. 그리고 마지막으로 아론은 짧게 말했다.

"더 썬은 영혼을 찾았다. 하지만… 그에게 지워졌던 굴레는 다른 이에게 넘어갔을 뿐이었어……."

통로의 끝을 지나 결국 파르커스가 있는 곳까지 온 일행은 모두 카드가 놓여 있는 제단 앞으로 모였다.

제단엔 전에 보지 못한 17장의 부적이 사방에 붙여져 있었는데 하나

하나가 강력한 마나의 결계를 치고 있었다. 깨알 같은 글씨로 복잡한 수식에 따라 적힌 마법진이 그려져 있었고 하나같이 파르커스의 본체를 향하고 있는 게 분명 그의 사념체가 나오는 걸 막는 게 목적인 것 같았다. 제단의 중앙에 선 필립이 오라를 마구 내뿜으며 주문을 영창하는 걸로 봐선 그가 한 작업임이 틀림없었다.

"필립, 끝났나?"

"아닙니다. 아삼님, 좀 전에 제가 부탁드린 그걸 제단 주위에 오망성 방위로 꽂아주십시오."

"그러지."

아삼은 필립의 말이 끝나기가 무섭게 그 부피를 짐작할 수 없는 안주머니에서 다섯 개의 작은 자수정을 꺼내 허공에 던졌다. 그러자 수정들은 허공에서 다섯 개의 방향으로 흩어지더니 제단을 중앙으로 한 오망성의 위치에 꽂혔다. 필립은 아삼이 부탁한 작업을 끝내자마자 눈을 감고 손으로 수인을 맺은 다음 주문을 영창했다. 대기의 마나가 요동 치기 시작했다.

"Evocatio Valcyriarum, Contubernalia Gladiaria! 법의 집행자, 권능의 대지에 집행의 검을 세워라. 대결계 테레스트리스!"

엄청난 양의 마나가 시동어를 외침과 함께 제단 주위로 몰려들더니 눈에 보이지 않는 거대한 벽을 이뤘다.

"흐음, 과연 결계 마법의 대가답게 잘도 이 정도의 대결계를 3분 만에 만들어내는군."

"아무래도 한국에 올 때부터 이런 일이 있을 것 같아 준비를 해둔 겁니다."

필립은 아삼의 칭찬이 송구스럽다는 듯 고개를 살짝 숙였다. 하지만 학장은 그런 공치사보다는 필립의 한마디가 더 신경 쓰인 것 같았다.

"그럼 네메시스도 그녀의 목적이 뭔지 눈치 채고 있었던 건가?"

"이미 수주일 전부터 세계에 흩어져 있던 세라프의 종속자나 봉인석을 가진 마법사의 행방이 묘연해지고 있다는 정보를 입수하고 있었습니다."

학장의 말에 대답한 건 드레이크였다. 지금껏 단 한 마디도 하지 않다가 네메시스에 관계된 말이 나오자 조직의 수뇌 중 한 사람으로서 답변을 하는 것 같았다.

"그래서 조치는?"

"적의 손에 떨어지지 않은 세라프와 종속자를 모두 끌어 모은다는 계획을 세웠는데 의외로 종속자를 둔 세라프가 전무했기에 봉인체를 전부 수거해 안전한 곳에 격리시켰습니다."

"그럼 자네가 이곳에 온 목적 중에 하나가 저 한바다 군과 세라프들을 네메시스 총단으로 모셔가는 거였겠군."

학장의 질문에 드레이크는 조금 머뭇거렸다. 하지만 재차 다그치는 학장의 말에 그는 결국 고개를 끄덕였다.

"그렇습니다."

"흥, 바보 짓을 했군. 이미 그녀의 손에 서른둘 이상의 세라프가 떨어졌는데 남은 수를 모아본들 무얼 할까. '공명'을 이용하면 종속자가 없는 봉인석은 그의 손안에 있는 것과 별반 다를 게 없는데."

"그래서 제가 심혈을 기울인 결계 안에 넣어뒀습니다. 아무리 드래곤인 파르커스라고 하나 종속자도 없는 상태에서 그 결계를 뚫기란 절대쉽지 않을 겁니다."

"그거야 두고 보면 알겠지. 저 괴물에게 인간의 재주가 얼마나 통할지는 말야."

상당히 자조 어린 말을 하는 학장이었다.

결국 필립은 아삼과 학장의 고집 아닌 고집으로 새로운 마법 결계진을 치기로 했고 이번엔 알테어와 아론의 도움을 받아 아예 이 주위를 완전히 둘러싸는 고질라 대응 포박 결계를 치기 시작했다. 고질라 대응 포박 결계란 물론 농담이지만 그가 온 사방에 마법진을 새기고 부적 같은 걸 붙이는 걸 봐선 이름만큼 대단할 거란 생각이 들었다. 한편 아삼과 학장은 제단 아래쪽에 있는 계단에 쭈글치고 앉아서 담배를 한 대 물며 과거를 회상하고 있었다.

"31년 만인가? 그땐 정말 끔찍했었는데 말야."

"그랬지. 그땐 죽는 줄로만 알았으니까. 네놈이 7클래스의 깨달음을 얻고 현자의 칭호를 얻자마자 제일 먼저 이곳을 찾았을 땐 정말 미친 건 줄 알았다."

단상 위에 놓은 드래곤의 카드를 말없이 지켜보고 있던 아삼과 학장은 과거지사가 생각난 듯했다.

"큭큭큭, 하지만 그땐 정말 그에게 이길 수 있을 줄 알았다. 아니, 최소한 예전에 당한 것만큼은 갚아줄 수 있을 거라 생각했었지."

"하지만 그 결과 때문에 내가 이 모양 이 꼴이 아닌가."

"그건 정말 미안하게 생각해. 하지만 내 덕에 지금은 이렇게 편안한 노후 생활도 즐겨봤잖은가."

"그래도 당시엔 정말 충격이었다네… 마치 내 삶의 목적을 잃어버린 것만 같았지."

"그건 나 역시 마찬가지였어. 설마 나의 오만함과 교만이 그런 결과를 가져올 줄은……."

이야기는 아삼이 젊은 날의 객기—과연 그 당시가 젊은(?) 날이었는지는 모르겠지만 말이다—로 학장이 큰 피해를 봤다는 내용이었고, 둘은 필립이 뒤에서 헛기침으로 신호를 줄 때까지 회상에 잠겨 있었다.

"흠흠."

"으응? 그래, 이럴 때가 아니지. 케케묵은 옛 생각에 그만 감상적으로 변해 버린 모양이군. 아삼, 그만 시작하도록 하지."

"그래."

학장의 말이 끝나기가 무섭게 아삼은 주머니 안에서 작은 단도 하나를 꺼냈다. 손바닥만한 칼이었는데 칼날이 뽀얀 우윳빛인 게 금속 같지는 않았다.

"오… 오빠, 저건 뼈야."

"뭐?"

엘리가 깜짝 놀란 듯 말하자 가만히 칼을 받아 들던 학장이 맞장구를 쳤다.

"잘 아는구나, 꼬마야. 그래, 이건 뼈다. 하지만 이건 그 뼈 임자의 허락을 맡아서 만든 거니까 걱정할 필요 없단다. 뼈 임자가 나거든."

"네?"

나와 아이들은 깜짝 놀랐다. 세상에 자기 뼈로 만든 칼이라니. 도대체 저런 물건이 왜 필요한 걸까?

"그럼 의식을 시작하기 전에 한바다 군, 자네에게 묻고 싶은 게 있네."

"뭐, 뭐죠?"

자신의 뼈로 만든 검을 든 학장에게서 뭔가 쉽게 대할 수 없는 묘한 박력을 느낀 나는 말을 더듬었다. 학장은 단도의 날을 아래쪽으로 한 채 손잡이를 두 손으로 감쌌다. 조금 이상한 자세였지만 난 그 단도를 제단에 박을지도 모른다는 생각에 별로 개의치 않았다.

"자넨 자네의 목숨과 자네 가족의 목숨, 그리고 연인의 목숨 중 어느 것이 가장 소중하지?"

…물론이겠지만 당연하게도 난 대답할 수 없었다. 어째서 이곳에 있

는 존재들은 하나같이 내게 대답할 수 없는 질문의 답을 요구하는 거지? 물론 이기심에 가득 찬 사람이나 이타심에 가득 찬 사람이라면 대답할 수 있을지도 모른다. 하지만 내겐 아니었다.

"그, 글쎄요……."

"역시 대답하기 힘든 질문이지? 이건 내가 예전에 이곳에 왔을 때 파르커스에게 들은 질문이었다네."

아!

그렇다.

지금 학장이 내게 한 질문, 그건 파르커스가 내게 한 질문과 일맥상통한 것이었다.

"…간단한 예문이라도 들면서 묻고 싶지만 시간이 별로 없으니 간략히 말하지. 넌 가족과 함께 배를 타고 여행을 가다가 난파당했다. 다행히 너 혼자는 구명보트에 올라탈 수 있었지만 너의 가족들은 다른 사람들에게 떠밀려 구명보트에 탈 수 없었다. 거기다 구명보트는 완전히 만원이라 더 이상의 사람을 태웠다간 구명보트마저 가라앉을 지경이라 하자. 이때 넌 어떻게 하겠느냐? 배가 침몰하더라도 가족을 태울 것이냐, 아니면 모두를 위해서 가족을 희생시킬 것이냐?'

추가된 것이 있다면 연인이란 존재가 더 들어간 것뿐인가? 그때 난 파르커스에게 모두를 살리는 방법을 찾겠다고 말했었지. 그리고 우유부단하다는 말을 들었고.

"난 그 당시 이렇게 대답했다. '내게 가장 소중한 것은 내 목숨이다' 라고. 그러자 파르커스는 내게 한 가지 제약을 주면서 이렇게 말했었다."

―내 힘을 얻고자 한다면 네가 가진 가장 소중한 걸 버리도록 해봐라. 그리고 이건 감히 내게 덤벼든 대가다. 이걸 극복할 수 있을 때, 그때 날 다시 찾아오도록.

"나의 마법을 봉인시킨 지 29년이 되던 해에야 겨우 오라를 되찾을 수 있었고 마나를 다시 움직일 수 있었다. 덕분에 길드와 티르의 검에서도 계륵(鷄肋) 취급을 당하긴 했지만 나름대로 재미있는 삶이었으니 그리 후회는 하지 않아. 그리고 이제 다시 이곳을 찾았으니 내가 가진 가장 소중한 것을 버리도록 해야겠지?"

그리고 학장은 누가 말릴 틈도 없이 자신의 심장에 뼈로 된 단검을 쑤셔 박았다. 낌새를 눈치 챈 세리스와 훼릴이 팔을 뻗어 말리려고 했지만 어느 틈에 아삼이 학장 주위로 결계를 쳐놨고, 학장은 심장에 칼을 꽂은 채 천천히 파르커스의 카드에 손을 뻗었다.

"놀랄 것 없어. 난 아직 죽지 않아."

놀랍게도 학장은 심장에 칼을 꽂고도 아무렇지 않은 표정으로 말했다. 실제로 심장에선 피 한 방울 흐르지 않았고, 그가 고통을 굳이 참고 있는 것 같지도 않았다. 하지만… 아직이라 함은 얼마 남지 않았다는 말인가?

"그럼 이제 슬슬 주인공을 불러야겠지."

학장의 눈치를 살피던 아삼은 뭔가 신호를 주고받은 듯 자신의 약지를 작은 단도로 그어서 피를 냈다. 베여진 상처에서 피가 망울망울 지더니 제단 위로 한 방울씩 떨어지기 시작했다. 떨어진 아삼의 피는 마치 스펀지에 흡수되는 것처럼 돌로 된 제단에 흡수됐다.

"옵니다!"

파파파파팟!

결계가 요동쳤다.

찌이이익!

"6서클 급 봉인부가?"

필립의 안색이 새파랗게 변했다. 6서클 급의 봉인부라고 하는 것은 손바닥만한 종이 하나에 155㎜ 급 포탄의 공격도 버틸 만한 힘을 담아놓았다는 말이나 마찬가지다. 그런 봉인부를 필립은 17장이나 써서 결계를 쳤고 거기다 안전을 더하기 위해 동급의 아티팩트를 사용한 2중결계를 쳐놨었다. 하지만 그것이 지금 무너지고 있었다.

"예전과는 사뭇 다른데?"

"애초에 공격적으로 나온 우리가 자초한 결과야."

필립과는 대조적으로 아삼과 학장은 아무렇지도 않다는 듯 태연히 말을 주고받았다. 그리고 나 역시 이 둘과 비슷한 생각을 하고 있었다.

'자초한 거라구? 그럼 왜 그런 짓을 한 거야? 이거 미친 거 아냐!'

순간 파수꾼을 부탁받을 때의 말이 떠올랐다. 파수꾼이 할 일은 지키는 것이 아니라 봉인석을 노린 사람이 어떤 사람인지 알아보고 주의점을 말해 주면 되는 것이라고. 그리고 가끔 안으로 들어가 시체 정리나 해주면 된다고…….

그런데 파수꾼인 내가 죽으면 내 시체는 누가 처리해 주나?

"흥, 네놈들이구나. 얄팍한 재주를 부리다니."

파르기스였다. 결계의 한쪽을 안전히 무너뜨리며 나타난 그의 모습은 예전에 내가 만날 때의 그 모습 그대로였다. 창백한 피부, 음울해 보이는 안색, 그리고 한없이 오만한 눈빛. 그때와 다른 것이 있다면 바로 분노였다. 아니, 그에게 있어선 별것 아닌 일로 귀찮아져서 짜증을 내는 것일지도 모르지만 말이다.

"이렇게라도 하지 않으면 말 한마디 못하고 죽을 것 같았거든."

마치 파르커스가 오랜 친구라도 되는 것마냥 담담하게 말하는 학장이었다. 심장에 칼을 꽂더니 죽음이란 것 자체를 인식 못하는 게 아닐까 싶을 정도로 그는 담담했다.

"내가 예전에 한 말은 잘 기억하고 있었나 보군."

파르커스는 손가락으로 학장의 심장에 박힌 단검을 가리키며 말했다. 하지만 그것은 잘했다는 의미가 아닌 것 같았다. 한껏 뒤틀린, 마치 잘못한 자식을 앞에 두고 '자알 했다~'라고 말하는 뉘앙스가 진하게 배여 있었다.

"하지만 여전히 어리석구나, 인간이여."

난 느낄 수 있었다. 파르커스에게 모여드는 강렬한 마나의 흐름을. 주문의 영창도 시동어도 없이 저런 마나의 흐름을 일으키다니, 이 압도적인 힘의 차이에 질릴 것만 같았다.

"무슨 소리지?"

학장도 뭔가 이상하다는 것을 느꼈는지 조금 전과는 달리 안색을 약간 굳힌 채 물었다.

"훗, 그래, 31년 전 네게 가장 소중한 것은 네놈의 짧디짧은 목숨이었지. 하지만 그건 31년 전의 너였을 때 일이다. 지금은? 지금 네게 가장 소중한 것은 무엇이냐?"

"뭐?"

"얼마 남지도 않은 네 하찮은 목숨이냐!!"

짜증이 가득 담긴 파르커스의 말이 끝나기가 무섭게 그의 손에서 붉은색 노을이 일어났다. 그리고 그것은 순식간에 17개의 핏빛 화살로 변해 학장을 덮쳐 갔다. 그것은 시동어도 없이 너무 순식간에 일어난 일이라 우리 중 그 누구도 반응할 수 없었다.

"크라나다 펠!"

파파파광! 채앵!

"크윽, 결계로 힘을 뺐는데도 이 정도라니……."

아삼이었다. 그 짧은 시간에 작은 단검 하나를 던져 얼음의 벽을 만들어 화살을 막은 그는 갑작스런 마법의 사용으로 몸 안의 기운이 진탕됐는지 입가로 가느다란 핏줄기를 흘렸다.

"아삼이라고 했던가? 네놈의 실력이 많이 늘었구나."

"쿨럭, 내 나이가 얼만데 많이 컸다는 소리를 듣는 건지… 하긴 당신의 나이를 생각하다면 한낱 벌레를 보는 것만 같겠지만. 하지만 난데없이 마법을 날리다니, 그 더러운 성격은 여전하군."

미친 거다. 피를 토할 정도로 몸 상태도 안 좋으면서 저런 성질 긁는 소리를 마구 지껄이다니!

"네놈의 건방짐도 여전하구나! 그럼 이것도 받아보려무나! 마하트르!"

역시나 아삼의 말투에 기분이 나빠졌는지 파르커스는 룬 어와 고대어로 된 주문을 시동어만으로 시전했다.

"정화! 디바인 힐!"

검은 안개가 우리 몸을 감싸자마자 아삼은 이번에도 주머니 안에서 작은 약병을 던지며 정화의 주문을 외쳤다. 검은 안개는 생성되자마자 투명한 이슬로 변해 흩어졌지만 아삼은 그 때문에 더 큰 타격을 받았는지 입에서 또 한 움큼의 피를 토해냈다.

"이런! 내 앞의 적을 꿰뚫어… 읍!"

이대로 있다간 그냥 눈 뜬 채로 당하겠다는 생각에 내가 주문을 영창하기 시작했지만 갑작스레 내 입을 막는 필립의 손에 중단되고 말았다.

"으읍! 무슨 짓이에요?!"

"기다려. 아직 네가 나설 때가 아니다."

"무슨 소리예요? 지금 파르커스가 우릴 공격하는 게 안 보여요? 이대로 있다간 죽는다구요."

"쉿! 그게 아냐."

내가 언성을 높이자 옆에 가만히 서 있던 아론이 내 멱살을 잡아당기며 목소리를 낮추라는 의미로 검지를 내 입에 갖다 댔다.

"파르커스는 지금 시험 중이다. 아삼님과 최영은 학장님을 상대로 한 시험. 여기서 네가 끼어들게 되면 급조한 결계마저 무용지물이 된다."

"도대체 지금 무슨 일을 벌이는 거죠? 아악, 답답해 미치겠다구요! 설마 아삼님이 파르커스의 종속자라도 되어보겠다는 건가요? 싸워서 이기면 파르커스가 종속되기라도 하나요?"

짜악!

아론은 거의 발광 상태에 접어든 내 뺨을 한 대 쳤다.

"그건 아냐. 답답해하는 네 심정은 이해한다. 하지만 설명하기엔 시간이 촉박해. 너의 할 일은 이게 아니다. 기다려라, 저 둘을 믿고 기다려."

"도대체, 크윽……. 알았어요."

한편 아삼과 학장, 그리고 파르커스는 묘한 대치를 이루고 있었다. 지금껏 수세만 취하고 있던 아삼이 앞으로 나서기 시작했고 말없이 둘의 싸움을 지켜보고 있던 학장도 앞으로 나섰다.

"파르커스님."

학장은 처음과 달리 파르커스에게 존칭을 붙여서 불렀다.

"지금 제게 가장 소중한 것이 무엇이냐고 물으셨습니까?"

"그렇다, 멍청한 인간아."

파르커스는 학장의 존칭이 마음에 드는 듯 좀 전까지의 살벌한 응수와는 달리 고개를 끄덕이며 대답했다. 하지만 여전히 그의 몸 주위엔 어마어마한 양의 마나가 소용돌이치고 있었고 언제라도 마법의 화살이 되어 학장을 꿰뚫을 것만 같았다.

"당신은 지금 느껴지십니까? 이 땅을 둘러싸고 있는 어둠의 그림자가."

"그 따위 것, 이미 느끼고 있었다. 타락의 의지에 휩쓸려 스스로를 잃어버린 존재들이 개미 떼처럼 모여 있구나."

"전 그들로부터 저의 학생들을 지키고 싶습니다."

"그것이 네가 바라는 일이냐?"

파르커스의 몸에서 감당하기 힘든 마나가 소용돌이치기 시작했다. 과거 마나 역전이 일어났을 때보다 더 거친 움직이었다. 오라를 일으켜 몸을 감싸지 않으면 당장이라도 온몸의 마나가 뒤틀려 버릴 것만 같았다.

"네놈의 목숨을 버려서라도?"

파르커스가 팔을 들어 올렸다.

"컥?!"

"학장님!"

학장의 목에 붉은 손자국이 생기더니 몸이 허공으로 떠올랐다. 학장은 괴로운 듯 발버둥 쳤지만 파르커스는 전혀 개의치 않았다.

"익스플로전 플레어!"

보다 못한 아삼이 마법을 썼지만 파르커스가 발을 한 번 구르자 익스플로전 플레어는 구현조차 되지 못한 채 사라져 버렸다.

"흠, 구울의 단검인가? 이걸로 너의 심장을 찔러 생명을 버리겠다고 한 건가?"

"거역, 당신이 저의 부덕을 돌이주신다면 이 단검을 뽑겠습니다."

"내가 죽이지 않아도 넌 이미 죽은 몸이다. 밖에 있는 쓰레기들이 네놈의 목숨을 취하지 않아도 네 생명은 꺼졌기에 조금씩조금씩 네 몸은 썩어 들어가겠지."

무슨 말이지? 학장이 이미 죽었다니?

"구울의 단검은… 강력한 저주를 걸 수 있는 아티팩트. 저 검에 죽은 사람을 구울이란 언데드로 만들어주죠. 죽어도 죽지 못한 존재, 살아 있을 때의 지성을 가진 채 썩어 들어가는 몸을 지닌 존재로 만들어요. 하지만 그 지성도 점점 썩어 들어가는 육체 때문에 생명을 가진 존재들을 중오하게 만들고 결국 나중엔 육신이 완전히 파괴될 때까지 살아 있는 사람을 죽이고 또 죽이게 되죠."

내 생각을 읽은 훼릴이 씁쓸한 표정으로 설명했다. 순간 난 정신이 멍해지는 것만 같았다.

그럼, 그 제물이란 게 자기 자신이란 건가?

"난 관조자. 그리고 때가 되면 일어서 거역할 자. 너의 하찮은 피와 생명으로 함부로 할 수 있는 존재가 아니다. 감히 인간의 생각으로 날 움직일 생각을 하다니… 너의 그 생명 지금 여기서 끝을 맺게 해주마. 언데드가 되어 인성을 상실하기 전에 내 손에 죽게 됨을 영광으로 알아라."

파르커스의 손가락이 아래위로 한번 까닥하자 학장의 심장에 박힌 구울의 단검이 서서히 뽑혀 나오기 시작했다.

"아아아아악!"

"괴로운가? 육신의 고통이 죽어서도 계속되는 구울이 됐기 때문인가? 괴롭다면 선택해라. 저기 있는 저놈들 중에 아무라도 선택해라. 그 녀석이 기꺼이 죽겠다면 네놈의 부탁을 들어줌은 물론이고 네놈을 통쾌하게 죽여주마. 과거 이안이라는 놈이 그러했듯, 아르미네아란 년이 그러했든 말이다."

뭣? 이안?

"자신의 제자를, 자신의 세라프를 희생해 목적을 이룩한 그들처럼 너도 선택해 보아라."

무슨 소리지? 뭔가 아주 중요한 이야기를 들은 것 같다. 막 파르커스가 말한 내용에 대해서 물어보려는데 갑자기 거세어진 학장의 발버둥 때문에 그만두고 말았다. 학장은 어디서 그런 힘이 생겼는지 마나를 폭발적으로 일으켜 파르커스의 손에서 벗어나 땅에 떨어졌다. 한참을 콜록거리며 시커멓게 죽은 피를 토해낸 그는 원독에 찬 눈빛을 파르커스에게 던지며 소리쳤다.

"닥쳐라! 빌어먹을 도마뱀아! 너의 힘을 빌리려고 생명을 버린 내가 어리석었다! 나를 그들과 똑같은 존재로 만들려고 하는가! 그들의 잘못된 선택으로 지금 이 상황이 벌어졌다. 통제를 벗어난 금주를 풀기 위해서 세라프와 무수한 마법사를 희생한 아르미네아 때문에 타락의 의지가 세상에 나타났고, 이안의 선택 때문에 류지영이란 존재가 세상에 증오를 품었다. 그런데 내가! 그 결과를 잘 아는 내가 그런 선택을 하리라 생각하는가? 죽어주겠다. 헛된 죽음밖에 되지 않지만 너의 의도대로는 되지 않을 것이다, 저주받을 뱀아."

학장은 말을 끝내자마자 자기 스스로 단검을 뽑으려고 했다.

"엘리! 학장님을!"

"웅! 아이스터치!"

짜아악.

류지영과 이안을 언급한 학장을 이대로 죽게 만들 수 없었다. 엘리는 내가 부르자마자 내 생각을 읽었는지 이미 죽은 사람에게 인정사정 볼 것 없다는 듯 꽤 강력한 쇼크 계열 마법을 날려 학장을 기절시켜 버렸다. 죽은 사람이 기절을 한다는 게 이상하긴 하지만 어쨌든 단검이 아직 그의 심장에 박혀 있으니 소기의 목석은 이룩한 셈이다.

"선택을 하지 않는다고 그냥 넘어가리라 생각하나? 어리석구나. 이곳에 함께 온 이상 모두가 동조자라고 여겨도 되겠지. 함께 죽여주겠다!"

파르커스가 이번엔 정말 작정을 했는지 눈에 독기를 품고 우리를 향해 몸을 날렸다.

"세리스!"

"예스, 마스터."

물리적인 공격을 감행한다면 우리 중에 그를 막을 사람은 세리스밖에 없었다. 내가 세리스를 부르는 순간 알테어와 아론도 몸을 날렸다. 필립은 벌써 주문의 영창에 들어가고 있었고, 아삼 역시 품 안에서 몇 개의 단검과 약병을 꺼내 파르커스에게 던졌다.

쾅앙!

아삼이 던진 약병에서 강렬한 불길이 솟더니 파르커스의 몸을 덮쳐 갔다. 하지만 파르커스는 그 정도는 아무것도 아니라는 듯 코웃음과 함께 피했다.

"가당찮다! 이제 곧, 컥?"

"그때와는 조금 다를 겁니다."

무서운 기세로 날아오던 파르커스에게 일격을 가한 건 바로 세리스였다. 팔찌를 두 개의 검으로 변환시킨 세리스가 시간 차를 두고 검기를 날려 저지한 것이다. 그뿐만 아니었다. 알테어는 뭘로 만들어진 날개인지 모르겠지만 활짝 펼친 날개에서 수많은 깃털을 화살처럼 날려 파르커스의 시야를 어지럽혔다.

"이것들이?!"

"솟아라, 대지여!"

아론이 어디서 꺼내 들었는지 거대한 해머를 높이 쳐들더니 바닥을 향해 후려쳤다. 그러자 파르커스의 발 아래에서 뾰족한 토창(土槍)이 솟아올랐다.

"조금만 버텨! 그가 존재할 수 있는 시간이 얼마 남지 않았다!"

나 역시 가만히 있을 수 없었다. 최근 들어 한 번도 써보지 못한 공격 마법이지만 내가 할 수 있는 마법 중에 가장 위력적인 마법 주문을 영창했다.

"내 앞에 막을 것이 없나니 나의 적을 쳐라, 오딘의 창!"

부우우웅!

내 마력이 커져서 그런지 예전과는 비교할 수 없으리만치 커다란 마나의 창이 허공에 나타났다. 그것은 맹렬히 회전하며 타깃으로 삼은 파르커스에게 날아갔다.

"아바돈의 불꽃이여, 심판의 날에 쏟아질 불의 대접이여, 여기 임하소서! 세븐스 저지먼트!"

훼릴의 마법이 나의 궁그닐이 도달하기 전에 파르커스에게 작열했다. 붉게 달아오른 일곱 개의 십자가가 파르커스를 둘러싸며 폭발하자 파르커스도 완전히 피해내긴 힘들었는지 낭패한 얼굴로 허공에 몸을 띄웠다. 그건 단 한 번의 찬스였다.

"가랏! 궁그닐!"

"흥!"

파르커스는 내 마법을 보더니 짧게 코웃음을 쳤다. 단순히 직선으로 날아가는 마법 따위는 맞아주고 싶어도 못 맞아주겠다는 표정이었다. 하나 그는 또 한 사람의 존재를 잊고 있었다.

"속박하는 쇠사슬! 레스트레인!"

결계 마법의 스페셜 리스트, 필립이었다. 그는 파르커스를 부르기 전에 이곳에 두 개의 결계를 쳤었다. 하나는 우리를 보호하기 위한 대결계였고, 다른 하나는 바로 파르커스를 붙잡기 위한 고질라 대응 포박 결계였다. 물론 말했다시피 고질라 대응이란 건 농담이지만 말이다.

"웃?"

필립이 시동어를 외치자마자 허공에 생긴 수많은 빛의 그물들이 감히 눈으로 쫓기조차 힘든 움직임을 보여주던 파르커스를 완전히 감쌌다.

"어림없다! 하아아앗!"

콰아아앙!

빛의 그물들이 파르커스를 잡은 건 단 1초도 되지 않았다. 고질라 대응 포박 결계치고는 너무 허약했는지, 파르커스가 내지른 한 번의 기합성으로 산산이 날아가 버렸지만 소기의 목적은 충분히 달성한 거나 마찬가지였다.

궁그닐, 목표물을 맞추는 데 있어서 가장 빠르다는 스피어 계열 마법이다. 나의 마법은 파르커스가 기합성을 내지를 때 이미 그의 심장에 박히고 있었다.

"흥, 당하고 말았나?"

파르커스는 궁그닐이 심장을 관통하자 마구 날뛰던 좀 전과는 달리 차분한 목소리로 바닥에 내려섰다.

딱.

"엇?"

놀랍게도 그가 손가락을 한번 튕기자 횅하니 뚫린 가슴이 언제 무슨 일이 있었냐는 듯 깨끗하게 치료되고 말았다. 그걸 본 세리스가 다시 검을 휘둘러 파르커스의 목을 베려고 했다. 하지만 왠지 모르게 차분하게 변해 버린 그는 팔을 한 번 떨침으로써 세리스의 공격을 완전히 무효화시키고 말았다. 강력한 마나의 벽이 그의 몸을 완전히 둘러싸 버린 것이다.

"시간이 다 됐군. 운이 좋았다, 인간. 하나 비록 결계 때문에 반의 반도 안 되는 힘으로 상대했다고는 하지만 설마 인간에게 일격을 허용할 줄이야."

파르커스는 의미 모를 미소를 내게 던지고는 가만히 엘리의 손을 잡고 있는 학장에게 고개를 돌렸다.

"최영은, 나의 힘은 인과율을 무너뜨리는 힘, 하나의 목숨을 살리고자 하면 언젠가 백의 목숨을 대가로 받아온다. 지금 네가 너의 학생들을 살리고자 나의 힘을 빌린다면 언젠가 그들의 자손 모두가 그 생명의 대가가 될지도 모르는 일. 닥친 현실을 모면하고자 미래를 어지럽히지 마라. 과거 멸망을 피하기 위해 미래를 어지럽힌 한 여인이 있었다. 그리고 어리석은 자들의 실수로 한 여인을 죽음으로 몰아넣은 사내가 있었다. 지금의 이 상황은 그 두 사람이 불러온 혼란. 내가 개입할 수 있는 것이 아니다."

"그럴 수가……."

언제 깨어났는지 학장은 파르커스의 말에 고개를 푹 숙이고 말았다.

"하나, 촉매 정도는 되어주겠다. 한바다라고 했었나, 인간?"

"네? 네!"

파르커스가 내 이름을 부르자 다리에 힘이 쭉 빠졌다. 엄청난 위압감이다.

"예전에 내가 했던 질문의 답은 구했나?"

질문이라, 나와 타인의 생명이 가진 무게의 차이 말인가.

"아뇨."

"어째서지?"

파르커스는 내게 왜 아직도 그 대답을 구할 수 없었는지를 물었다.

"사랑하는 사람을 희생한 채 목숨을 구하면 전 행복할까요? 그리고 제 목숨을 희생한 재 사랑하는 사람을 구하면 그 사람은 행복할까요? 아닐 겁니다. 모두가 함께 살아야죠. 그리고 구명보트에 타고 있는 사람들이 모두 저와 같다면 제 짧은 지식으로 생각하지 못한 다른 방법을 찾아낼 겁니다."

내 말을 들은 사람들은 모두가 '저놈이 저런 말을 하고 사는 놈이었나?'라는 표정으로 쳐다봤다. 흠흠, 날 평소에 어떤 시선을 봤는지 모르겠지만 조금 노골적이라고 느껴질 정도다.

"너의 선택, 잘 알았다. 하나 선택의 무게만큼 그 책임을 질 수 있길 바라겠다."

"선택?"

뭐라 달리 말할 틈도 없었다. 시간이 다 됐는지 점점 사라져 가는 파르커스의 몸에서 그 빛깔을 말할 수 없는 빛이 쏟아져 나오기 시작했다. 그것은 파르커스의 심장에서 나와 점점 커지더니 결국 그의 몸을 떠나 허공에 둥글게 뭉쳐졌다. 농구공 크기만한 그것은 마치 생명을 가진 것인 양 허공을 배회하더니 파르커스가 손가락으로 엘리를 가리키자 엘리를 향해 날아갔다.

"엘리!"

뭔가 심상치 않은 것 같아 학장을 돌보고 있던 엘리를 불렀지만 이미 때는 늦어 있었다. 빛무리는 하늘을 나는 뱀처럼 영민한 움직임으로 그것을 막으려는 아삼과 알테어의 손길을 피해 엘리의 심장으로 파고들었다.

"아악!"

"엘리! 이 자식! 무슨 짓이야!"

화가 났다. 나의 소중한 가족이, 내가 사랑하는 이가 뭔가 잘못될지도 모른다는 생각에 지금껏 파르커스를 보며 느꼈던 죽음에 대한 공포조차 사라져 버렸다. 오라가 들끓어올라 뭐든지 태워 버릴 것만 같았다.

"아직 이르다는 생각이 들지만 계기는 만들어주었다. 이것 역시 나의 힘을 썼음에는 변함없으나 한바다, 너의 각오와 선택을 관철시킨다면 인과율을 극복할 수 있겠지. 나는 관조자. 그리고 언젠가 일어나 거역할 자. 보잘것없는 인간아, 너의 각오를 보여보아라."

파르커스는 나의 분노를 받아주지 않고 사라져 버렸다. 부리나케 일어나 제단으로 가서 내 피를 떨구었지만 그는 다시 나타나지 않았다.

"꺄아아아악!"

큭! 엘리가 고통스러운지 비명을 질러댄다. 이럴 땐 도대체 어떻게 해야 하는 거지? 난 회복계 마법은 전혀 알지 못한다. 할 수 있는 일이라곤 마나와 오라를 활성화시켜 찰과상이 빨리 낫게 할 수 있는 정도에 불과했다.

"안 돼! 회복계 마법이 전혀 듣질 않아!"

알테어가 회복계 마법을 써봤지만 전혀 듣지 않는지 절망 어린 탄식을 내뱉었다.

파르커스가 돌아가고 적막만이 남은 이 넓은 대공동에 엘리의 거친 숨소리와 비명 소리만 났다. 나를 비롯해 세리스와 훼릴은 엘리의 주위에 앉아 어찌할 바를 모르고 있었고, 학장과 아삼, 그리고 필립은 자신들이 알고 있는 모든 회복계 마법을 퍼붓고 있었다. 하지만 엘리의 상태는 전혀 호전되지 않았다. 오히려 회복계 마법을 쓰면 쓸수록 더 괴로워하는 것 같았다.

"오빠… 오… 빠."

"엘리? 그래, 나 여기 있어!"

어떤 고통인지, 어떤 심정으로 지금 날 부르는지 짐작조차 못한 채 나는 힘겹게 들어 올리는 엘리의 손을 마주 잡아주었다. 작은 손이다. 언제나 이 작은 손으로 내 옷깃을 잡아당기던 그 꼬마가 지금 힘겨운 숨을 내쉬며 날 찾고 있다. 빌어먹을! 도대체 파르커스는 무슨 짓을 한 거야?

"괴롭지? 조금만 참아. 오빠가 어떻게든 해줄게."

하지만 이건 가식에 불과하다.

내게 무슨 힘이 있다고 엘리를 구하겠다는 거지?

그저 입으로만 떠드는 것에 불과하지 않은가!

"아파… 너무 아파. 온몸이 찢어질 것만 같아… 아아악!"

"아?"

엘리의 몸이 서서히 사라지기 시작했다.

"안 돼! 소멸하고 있다!"

옆에서 지켜보던 필립이 소리쳤다. 소멸? 순간 엘리의 상태가 예전 훼릴이 각성할 때와 비슷한 상황이란 생각이 들었다. 아니나 다를까, 엘리의 몸에서 오라가 뿜어져 나오더니 서서히 허공으로 사라져 가고 있었다.

이럴 수가! 너무나 갑작스럽다.

"엘리! 널 죽게 하지 않겠어! 안 돼, 널 이대로 잃어선 안 돼!"

난 엘리의 몸을 끌어안고 있는 힘껏 오라를 끌어올렸다. 그리고 그녀의 몸 안에 쏟아 붓기 시작했다. 요열 따윈 이미 알고 있다. 예전 훼릴을 살리려고 발버둥 칠 때도 이렇게 했으니까. 단지 그때와 다른 것이 있다면 엘리를 위해 기도해 주는 엘리가 없다는 것뿐인 걸까. 까짓거 내가 두 배로 기도해 주면 된다.

'신이여! 한동안, 아니, 지금껏 몇 번 찾아보지도 않은 하나님! 부탁드립니다. 엘리를 잃지 않게 해주세요. 제가 욕심쟁이에다 지금껏 당신을 공경해 오지도 않았지만 부탁드립니다. 어떤 대가를 치러서라도 살리고 싶습니다.'

"오라버니! 안 돼! 그렇게 하면 오라버니가 위험해진다 말야!"

모든 정신을 오라를 끌어올려 엘리에게 쏟아 붓는 데 썼기 때문에 훼릴의 말이 귓가에 아련하게 들렸다.

"한 군! 안 되네! 그렇게 하면 자네 몸에 너무 많은 무리가 가! 잘못하면 자네뿐만 아니라 훼릴과 세리스도 같이 사라지게 되네!"

필립도 적지 않게 당황한 듯 내게 소리쳤다. 알테어도 뭐라뭐라 말하는 것 같지만 그것까진 들리지 않았다. 훼릴을 각성시킬 때와는 다르게 벌써부터 내 몸의 상태가 굉장히 안 좋아졌기 때문이었다. 분명 그때보다 오라도 더 많아졌고 마나 클래스도 높아졌는데, 어째서 엘리는 아무런 변화도 일으키지 않는 거지? 젠장! 점점 시야가 어두워진다. 현기증이라도 일어난 것마냥 눈앞이 캄캄해지기 시작한다. 오라가··· 힘이··· 바닥을 보이기 시작했다.

'안 돼! 이래선 안 돼! 이대로 엘리를 잃을 순 없어. 정말 내 힘이 이것뿐인 걸까? 내가 할 수 있는 일이 여기까지뿐인 걸까? 아냐. 그렇지 않아. 그래! 난 내 생명까지 던지진 않았어!'

난 한 줌도 안 될 것 같은 오라를 긁어모으던 걸 멈췄다. 그리고 내 온몸의 오라 통로를 활짝 열어 주위의 마나를 빨아들이기 시작했다.

"오라버니?! 안 돼요! 오라버니도 죽는단 말이야!"

휀릴의 목소리가 다시 들렸다. 하지만 난 멈추지 않았다. 피부의 모공이 따끔따끔하다. 그뿐만 아니라 오라의 통로를 열어놓은 온몸이 마치 수많은 개미들이 내 몸을 갉아 먹는 것 같은 고통에 휩싸였다.

"끄으으으······."

고통이 너무 크면 비명 소리조차 나오지 않는다고 하던가. 하지만 난 멈출 수 없었다. 단지 육신의 고통만으로 엘리를 살릴 수 있다면 이따위 고통은 아무것도 아니다. 누가 내게 엘리를 살려주겠다는 약속이라도 한다면 이따위 고통 평생이라도 짊어질 수 있다.

'이··· 이대로 마나를 오라로 바꾸면······.'

지금 내가 시도하는 건 위험천만하기 이를 데 없는 방법이다. 원래 오라라는 것은 의식적으로든 무의식적으로든 마나를 몸 안에서 작용시키며 생기는 부산물과 같은 것이다. 그런 부산물을 난 내 몸을 혹사시켜 일부러 많이 만들어내고 있었다. 그리고 그것을 내 몸에 쌓는 것이 아니라 엘리에게 쏟아 넣기 시작했다. 하지만 턱없이 부족하다. 마치 밑 빠진 독에 물을 붓는 듯, 바다에 한 바가지의 물을 퍼 넣으며 수위가 오르길 기다리는 것처럼 하면 할수록 그 끝이 느껴지지 않았다.

이대로 끝나는 걸까? 이대로 여기서 포기해야 하는 걸까? 파르커스는 이런 상황을 이미 예측하고 내게 그런 선택을 하게 한 걸까?

난 죽어선 안 된다. 내가 죽게 되면 엘리를 잃는 것뿐만 아니라 세리스와 훼릴도 잃게 된다. 난… 난 어떻게 해야 하는 걸까. 난 결코 영웅이 아니다. 한 여자를 위해 목숨을 바칠 만한 위인도 되지 못한다. 어떻게 생각하면 그저 남남일 뿐인 엘리다. 그 옛날, 추운 겨울날 자그마한 불빛에 이끌리지 않았더라면 만나지도 못했을 그런 남남에 불과하다. 그런데 내가 목숨을 걸 필요가 있을까? 엘리를 잃어도 훼릴과 세리스가 있는데 굳이 엘리를 구해야 할까?

난… 어떻게 해야 하는 걸까.

"아삼……."

"왜 그러나, 영은."

"난 계속 틀렸던 걸까……."

"왜 이제 와서 그런 걸 묻는 거지?"

"난 내가 저지른 죄, 돌이킬 수 없었던 과거가 단순히 내 목숨을 버리는 걸로 모두 사해질 줄 알았다. 하지만 그는 그걸 용납하지 않았어. 결국 그가 선택자로 받아들인 건 자네도, 나도 아닌 저 청년일세. 솔직히 말이야, 난 저들을 이곳으로 데려오면서 이런 생각도 했다네. 저들의 힘을 이용하면, 저들을 희생하면 파르커스의 힘을 얻을 수 있지 않을까. 그를 종속시킬 수 있지 않을까 하고 말일세. 그를 종속시킬 수만 있다면 계속 챗바퀴처럼 돌기만 하는 운명의 굴레를 벗어날 수 있지 않을까 하고 말이지. 하지만 그렇게 하지 못했어. 그를 종속시키기는커녕 오히려 예상을 뛰어넘는 그의 힘에 영락없이 죽을 뻔했지 뭔가… 그리고……."

"그에게 '시험' 받고 있는 건 자네가 아닌 저 청년이지. 그는 지금 무슨 생각을 하고 있을까."

"글쎄. 그건 아무도 알 수 없어. 하지만 바라는 게 있다면 그가 자신의 선택에 후회하지 않기를 바랄 뿐이라네."

"영은 자네처럼?"

"아니, 오늘을 만든 그들처럼이지."

아삼과 학장은 담담한 말투로 대화를 나누며 온몸의 털이 곤두설 만큼 엄청난 오라와 마나를 뿜어내는 바다를 바라봤다.

"그때… 내가 종속시켰던 세라프, 이름이 뭐였지?"

"그것조차 잊어버렸나?"

"잊은 척하는 걸세. 그러니 알려줘."

처연한 얼굴로 자리에서 일어나는 학장을 아삼이 부축해서 일으켰다.

"테레사… 그녀의 이름이야."

"테레사… 라. 그녀의 이름은 예전에 신세진 수녀님의 세례명에서 따온 거였지. 그 당시엔 자네나 나나 세라프를 '도구' 이상으로 여기지 않았으니까 이름 짓는 데 별 관심이 없었지. 하지만… 지금 생각하면 그 이름만큼 그녀에게 잘 어울리는 이름은 없었던 거 같아. 자상하고 나를 위해서, 그리고 타인을 위해서 기꺼이 자신의 목숨을 버린 존재였으니 말야. 죽음을 모르는 세라프라지만… 그녀는 언제가 되어야 또다시 그렇게 좋아하던 푸른 하늘을 볼 수 있을까?"

"자네…….."

"나이를 잊을 만큼 오래 산 주제에 그만 감상적으로 변하고 말았군. 죽을 때가 됐나 보이. 그렇지 않은가?"

학장은 말이 채 끝나기가 무섭게, 바로 곁에 있던 아삼이 말릴 틈도 없을 만큼 재빠른 동작으로 심장에 꽂혀 있던 구울의 단검을 뽑아버렸다.

"영은!"

"내 사전에 두 번의 실패는 없다네. 쿨럭, 거참… 멀쩡한 정신으로 죽는다는 거, 묘한 기분일세."

"무슨 소리야! 어서 빨리 다시……."

"한 번 뽑은 이상 되돌릴 순 없어. 자네도 잘 알 거야. 자, 그러니 이제부터 내가 할 일을 해볼까?"

어디서 그런 힘이 솟는지 학장은 아삼의 부축을 밀쳐 내고는 숨을 크게 들이셨다. 하지만 그건 몸에 산소를 공급하기 위한 호흡이 아닌 크게 소리를 지르기 위한 공기 공급일 뿐이었다.

"뭐 하는 거야!"

도저히 죽어가는 사람이 지를 만한 고함 소리가 아니었다.

"학장?"

"최… 자… 장로님?"

훼릴을 비롯한 필립은 학장의 고함 소리에 한 번 놀랐고, 그의 심장에서 단검이 뽑혀 있다는 사실에 두 번 놀랐다. 드레이크와 필립이 뭐라 말하려고 했지만 계속되는 학장의 호통에 입을 다물고 말았다.

"지금 이대로 저 둘이 죽는 걸 보고 싶어서 그러는 건가! 자네들은 저 친구가 한 말을 잊었단 말인가!"

학장은 조금 비틀거리는 발걸음으로 있는 힘껏 오라를 뿜어내고 있는 한바다에게 다가갔다. 그리고 행여나 잘못될까 아무도 건드리지 않던 엘리의 손을 잡아끌었다. 그리고 자신의 몸에서 빠져나가는 오라를 한 올 한 올 모아 엘리의 몸에 쏟아 붓기 시작했다.

"아!"

학장의 말없이 행하는 행동에 훼릴이 나직하게 탄성을 질렀다. 그녀뿐만 아니라 다른 모든 이들도 뭔가를 깨달은 표정이었다.

"혼자서 하지 못할 일이라면 모두가 함께 하면 되는 일이지. 암, 그렇고말고!"

제일 먼저 움직인 건 아삼이었다. 그는 아론의 어깨를 툭툭 치면서 윙 크를 한번 했고 그에 따라 아론도 나직한 한숨과 함께 바다의 어깨에 손을 얹었다. 그리고 오라를 일으키기 시작했다.

"그리고 구명보트에 노약자와 여자, 그리고 어린이를 먼저 태워야 한 다는 건 기본 중의 기분이지."

알테어가 손을 뻗어 엘리의 배에 가져가자 훼릴과 세리스도 말없이 손을 뻗어 엘리를 으스러져라 안고 있는 바다를 뒤에서 안았다.

"자네는 동참하지 않을 텐가?"

"전 오라를 타인에게 전하는 방법을 모릅니다. 하지만 필립님은 어째 서……?"

"한 명 정도는 구명보트를 책임질 사람이 있어야 하지 않겠나. 내가 할 일은 엘리를 살리는 게 아니라 지금이라도 네메시스에 구체적인 지원 요청을 하는 거야. 뭐, 지금쯤이면 그쪽에서도 나름대로 결단을 내렸겠지만 말야. 그럼 자네는 이곳에서 저들을 보호해 주게. 난 지상으로 올라가 정택진인가 뭔가 하는 선생을 도우러 가야겠어."

"네, 조심하십시오."

"오래 버틸 자신 없으니 여기가 정리되는 대로 올라오길 바라네."

자신없다는 듯 어깨를 한번 으쓱한 필립은 풍속성계 마법을 이용해 빠른 속도로 지상을 향해 달려갔다.

한편 뒤에 남은 드레이크는 마법사기 이닌 지신도 피부가 따갑다고 느낄 만큼 온 힘을 쏟아내는 바다와 아삼, 그리고 세리스와 알테어를 바라봤다. 문득 세리스 옆에 서서 오라를 뿜어내고 있는 작고 똥똥한 아론보다 못하다는 생각이 들어 기분이 나빠지긴 했지만 세리스의 얼굴만 보면 그런 기분도 사라졌다.

'심각한 표정의 세리스 양이라… 사진기가 없는 게 아쉽군. 알베르트

에게 비싸게 넘길 수 있을 거 같은데.'

　두근.
　'어둡다…….'
　두근.
　'난… 지금 난 뭘 하고 있는 걸까?
　두근… 쿵… 쿵… 쿵!
　'그래, 난 지금 엘리에게 오라를…… 안 돼. 이젠 정말 끝인 걸까?
　분명 눈을 뜨고 있음에도, 귀를 막지 않고 있음에도, 난 아무것도 보고 들을 수가 없었다. 오로지 내가 살아 있다는 것을 증명하는 심장 소리와 또 한없이 나락으로 떨어지는 것만 같은 무기력감만이 전부였다.
　'오빠…….'
　……!!
　'엘리?! 엘리? 지금 엘리니?
　입을 열고 소리쳤다. 하지만 그것은 내 귀에도 들리지 않을 정도로 작은 외침일 뿐이었다.
　'괜찮아? 걱정하지 마. 내가 지켜줄게. 내가 꼭…….'
　'오… 빠…….'
　난 계속 '오빠'란 말만 하는 엘리에게 괜찮을 거다, 내가 지켜주겠다는 말을 했다. 하지만 그러면 그럴수록 내겐 무기력감과 탈력감만이 엄습할 뿐이었다.
　이것밖에 안 되는 건가?
　결국 난 말만 앞세우는 정치가 같은 놈일 수밖에 없는 걸까?
　싫다.
　이런 결과는 싫다.

난 엘리도, 훼릴도, 그리고 세리스도 잃기 싫다.

모두를 살리고자 하는 것이 잘못인 걸까?

내 뺨 위로 뜨거운 눈물이 흘러내린다. 난 울었다. 그저 갈등하고 결단을 내리지 못하는 나 자신이 답답하고 한심스러워 울었다.

'울지 마, 오빠… 난 괜찮아. 이대로… 이대로 다시 잠들면 되는걸. 날 위해 오빠가 위험을 무릅쓰지 않아도 돼.'

아냐! 그럴 순 없어. 수백 년 전에 종속자를 만난 훼릴조차 혼자 남게 되는 걸 슬퍼하는데 수천 년간, 아니, 그 시작조차 알 수 없는 시간 동안 혼자였던 널 어떻게 다시 잠들게 한단 말야!

'난 이제 사라질 거야. 하지만 다시 봉인되더라도 오빠는 날 계속 기억해 줄 거지?'

그런 말 하지 마. 난 이대로 널 잃지 않을 거다.

젠장!

어째서 지금 난 엘리의 체온조차 느낄 수 없는 거지? 분명 내 품에 안겨 있을 텐데! 조막만한 손, 뽀얀 얼굴, 따스한 심장 소리, 하나만이라도, 그 하나만이라도 내게 느끼게 해줘!

제발!

그리고 모든 것을 체념하려던 바로 그때였다.

'오라버니.'

'주인님.'

'한 군.'

'한바다.'

'이봐.'

귓가에 들리는 목소리.

모두가 날 부르는 소리였다. 훼릴과 세리스, 그리고 알테어와 아삼, 그리고 아론이었다.

 체념과 절망 속에 쓰러져 가던 내 몸 안에서 뭔가 새로운 힘이 샘솟기 시작했다. 마치 컴컴한 어둠 속에서 방황하고 있을 때 누군가 횃불을 들고 날 찾고 있는 사람을 발견한 기분이 들었다.

 '살아주세요.'

 '그리고… 함께 오세요.'

 '그래, 모두가 살아야지.'

 '살려라. 넌 할 수 있어.'

 '살리면 나한테 뽀뽀 한번 하라고 해!'

 …….

 마지막 말이 누군진 모르겠지만 엘리가 깨어난다면 뽀뽀 따위 내가 해주겠어!

 '엘리! 느껴져? 넌 살아나야 해! 나뿐만 아니라 모두가 원하고 있어. 넌 살아야 해! 이곳에서 나와 함께, 그리고 지금껏 너와 함께했던 사람들과 함께 즐거움을 누리고 추억을 만들어야 해.'

 파아앗!

 빛이다.

 난 어느 순간엔가 순백의 빛에 휩싸인 공간에 있었다. 그곳은 티끌 하나 없는 완벽한 순백의 세계였다. 그리고 그 가운데 한 존재가 있었다.

 천천히 다가오는 그 존재는 왠지 모르게 내게 익숙했다. 훼릴이나 세리스와 비교해서 전혀 뒤처짐이 없는 아름다운 얼굴과 실오라기 하나 걸치지 않은 나신은 내 얼굴을 순식간에 붉게 물들였지만 난 시선을 돌릴 수가 없었다. 결코 남자의 본성으로 시선을 떼지 못한 것이 아니었다.

 "에, 엘리?"

엘리였다. 비록 키가 두 배 정도는 커지고 가슴은 세 배 정도 확장(?)됐지만 뾰족한 귀와 에메랄드 빛 머리카락, 그리고 언제나처럼 순진함을 잔뜩 머금은 눈빛은 분명히 엘리였다.

"저의 이름은 리리스 제라 아르화이트. 그대의 이름은?"

그러나 그녀는 자신을 전혀 다른 이름으로 소개했다. 리리스? 그건 누구의 이름이지?

그렇군. 지금 내 눈에 보이는 이 여인은 엘리의 전생체란 말인가. 그리고 신화 시대 때 노아에게 외면당한 엘프 족의 제물인. 리리스는 내가 아무런 말도 하지 않고 자신을 빤히 쳐다보고만 있자, 손을 뻗어 내 미간을 가리키며 다시 말했다.

"당신의 이름은?"

평소의 엘리와는 전혀 다른… 아니, 알몸인 것을 전혀 부끄러워하지 않는 점은 똑같지만, 뭔가 여왕님의 기운을 풀풀 날리는 이런 모습은 나도 모르게 내 이름을 말하게 만들었다.

"하, 한바다……."

"한바다님, 오랜 시간 기다렸습니다."

리리스는 고혹적인 입술을 살짝 벌린 채 내게 다가와 날 끌어안았다. 선명하게 느껴지는 그녀의 가슴에 화들짝 놀라서 보니 어느덧 내 몸도 완전한 알몸이었다. 아니, 새삼 놀랄 것도 없는 게 처음부터 알몸이었다. 그런데 보는 것만으로도 얼굴을 붉힐 것 같은 미녀가 알몸으로 안겨오다니, 내 남성으로서의 본능이 마구 꿈틀댔다. 하지만 뒤이어 이어지는 그녀의 말에 난 정신을 차릴 수 있었다.

"당신은 엘리를 구하고 싶나요?"

"물론이지."

난 간단하게 대답했다. 엘리를 살리려는 게 아니라면 내가 목숨을 걸 필요가 없지 않은가.

"제게 당신의 영혼을 나눠주실 수 있나요?"

역시나 그녀가 원하는 것은 나의 영혼이었다. 훼릴이, 레시안이 그러했듯 말이다.

"훼릴이 가져가고 남은 영혼이 아직 많이 남아 있다면 가져가도록 해."

난 웃으며 말했다. 솔직히 난 아직 그녀가 가져간다는 내 영혼의 무게를 모른다. 어쩌면 난 죽어서 악마 같은 녀석에게 영혼을 빼앗겨 놈의 간식거리가 될지도 모른다. 아니, 영혼을 함부로 했다는 죄로 지옥에 떨어질지도 모른다. 하지만 지금 그녀에게 해줄 수 있는 것은 있는지 없는지조차 모르는 내 영혼을 나누어 주는 것뿐이다.

"당신의 생명에 불을 붙여 나의 등으로 삼아 영혼을 찾을 수 있길. 영원의 순간을 당신과 함께할 수 있길."

리리스는 마지막 말을 작게 흩뜨리면서 내 턱을 잡아 돌리더니 입에 키스를 했다. 비록 혀와 혀가 얽히는 키스는 아니었지만 난 온몸에 전류가 흐르는 듯한 전율을 맛볼 수 있었고 내 가슴, 아니, 내 영혼 깊은 곳에 묻어두었던 무언가가 깨어지는 느낌을 받았다.

그리고 난 또다시 빛에 휩싸였다.

"그럼 이제 눈을 뜨세요, 나의 사랑하는 이여."

chapter 50
선택하는 사람들

공기가 무겁다.

"히끅… 흑……."

몇몇 안 되는 아이들은 공포에 질려 있었고 대다수 어른들 역시 연장자로서의 대범함을 보여주기보다는 스스로를 추스르는 데 안간힘을 썼다. 하지만 자신의 마음을 스스로 통제할 수 있다면 세상에 못할 일이 없을지도 모른다. 결국 무겁게 가라앉은 공기와 사람들 사이에 흐르는 긴장감을 견디지 못한 사람이 나타났다.

"으아아아! 죽기 싫어! 죽기 싫다구!"

적막 속에 사람들의 숨소리와 공포를 이기지 못한 아이들의 울음소리만 가득한 실내 체육관에 가래가 끓는 중년 남자의 절규가 터져 나왔다.

"나, 난 아직 해야 할 일이 많다구! 이대로 죽을 순 없어! 내가 가진 돈이 얼만데! 지금까지 내가 얼마나 노력해 왔는데에에! 이대로 끝낼 순 없어. 난 살아 나갈 거야!"

구겨진 아르마니 양복에 고급스러워 보이는 반 무테안경, 척 보기만 해도 꽤 곱게 자라왔다는 티가 역력한 30대 초반의 남자는 자신의 고함 소리에 아이들이 더욱 공포에 질리고 있다는 사실도 모른 채 체육관의 입구 쪽으로 뜀박질하듯 걸어나갔다. 하지만 그런 그의 시도는 학생회 완장을 찬 몇몇 학생의 손에 의해 저지됐다.

"뭐야! 내가 나가겠다는데 네놈들이 무슨 권리로 막아! 당장 고소하기 전에 비켜!"

"고소? 누구에게 말입니까? 한번 해보시지요."

체육학과 역도부 소속인 우금석은 그 남자의 손에 들린 핸드폰을 곰 같은 덩치에 어울리지 않게 날렵한 손놀림으로 낚아채고는 한 손으로 으스러뜨렸다. 아무리 플라스틱으로 만들어진 장난감 같은 기계라지만 한 손으로 으스러뜨리는 완력에 남자는 완전히 질려 버렸고, 이내 힘없는 발걸음으로 좀 전에 앉아 있던 자리로 가서 앉았다.

"너무 심한 거 아냐?"

"아냐. 이 정도가 적당해. 지금 공학부 녀석들이랑 화학부 녀석들이 나름대로 무기를 준비하고 있는데 한 명이라도 더 많은 손이 필요해. 일 반 시민들의 손을 빌리고 싶진 않지만 어쩔 수 없잖아."

우금석의 말에 그의 단짝 친구인 박상현은 어이가 없다는 표정을 지었 다.

"아! 그럼 우린 일반 시민이 아닌 거냐?"

"여긴 우리 학교야. 교내는 치외법권인 거 몰라? 뭐… 의미는 조금 다 르지만 교내에 있는 이상 우린 저 사람들을 지켜야 할 의무가 있는 사람 이라구."

평소답지 않게 굳은 의지를 보이는 우금석의 얼굴에 박상현은 그의 어 깨를 툭 치며 웃었다.

"짜식, 너 요즘 무협 소설 너무 많이 봤어. 쓸데없이 영웅놀이하면 죽기 딱 좋다는 거 몰라? 그리고 지금 이 상태에선 비스트가 한 마리만 뛰어들어도 여긴 완전히 아수라장이 될 거야."

"그러니까 그렇게 되지 않길 빌어야지. 그리고 밖엔 마법사가 있으니까 어떻게든 될 거야."

"아아, 그 라시안인가 하는 고삐리랑 하영은이란 여자애? 근데 좀 부실한 거 아냐? 난 마법사면 좀 더 나이 많고, 음침하게 생겼을 거라 생각했는데 걔들은 그런 거랑 좀 거리가 멀어 보이잖아."

박상현은 좀 전에 시범적으로 마법을 보이며 사람들을 안심시키던 라시안이란 녀석을 머리 속에 그려보며 말했다. 사실 그 둘은 냉정한 눈으로 봤을 때 초보 티가 너무 많이 났다. 공포에 휩싸인 사람들이 보기엔 마법사란 존재가 있다는 사실만으로 위안을 삼을 수 있었겠지만 다른 사람보다 조금 더 책임감있는 위치에서 본 자신의 눈에는 영 어설퍼 보이기만 했다.

"요즘 무협지랑 판타지 소설은 대부분 고삐리가 주인공이야."

"얼씨구? 판타지는 또 언제부터 읽었냐? 나날이 상태가 심각해진다 싶었더니 이유가 있었구만… 쯧쯧쯧."

무덤덤한 말투로 말도 안 되는 이유를 내세우는 우금석의 말에 박상현은 고개만 절레절레 흔들 뿐이었다.

수도 방위 통합 사령부.
삐삐삐.
41살의 나이로 준장의 위치에 오른 김진욱 준장은 날카롭게 울리는 핸드폰의 폴더를 열었다. '집'이라고 뜨는 발신자 번호에 그는 말없이 '종료'를 눌렀다. 현재 그의 주변 여건은 느긋하게 마누라의 푸념을 들어줄 상황을 만들어주지 못했다. 종이컵에 든 미지근한 커피를 한 모금 삼킨 김진욱 준장은 관자놀이 부근을 한 번 꾹 눌렀다. 이건 뭔가 일이 잘 해결되지 않을 때마다 하는 그의 버릇이었다.

"현재 상황은?"

"과천시 완전 침묵. 모든 통신 두절 상태입니다."

"오퍼레이터! 위성 사진 해석은?"

"3번 모니터에 띄우겠습니다."

3번 모니터로 시선을 돌리자 곧 1:25,000 배율의 위성 사진이 화면이 떴다. 그리고 사진을 본 지 10초도 되지 않아서 김진욱 준장의 입에서 침음성이 흘렀다.

"으음… 이상하군."

그냥 이상한 것도 아니고 많이 이상했다. 과천의 지역적 특징을 모두 배제하더라도 비스트들의 행동이 상당히 비정상적이었다. 과천의 중앙을 완전히 비워놓은 듯한 살육 현장은 마치 하나의 도넛을 보는 듯했다.

"임 소위. 과천시 중앙엔 뭐가 있지?"

"에… 그러니까… 아! 무릉IA가 있습니다. 그러고 보니 비스트들이 무릉IA에는 전혀 피해를 주지 않고 있군요."

"자네 눈에도 그렇게 보이는 건가. 난 또 내 눈이 잘못된 줄 알았군."

김진욱 준장은 평상시 작전 참모로서, 그리고 현재 일어난 비상계엄 사태에 대한 총책임자로서 최대한 빨리 특단의 조치를 내려야 할 입장이었다. 최초 신고와 군 출동 요청이 들어온 지 1시간째.

'빌어먹을 그놈의 정치가 놈들! 이번 사태가 끝나면 쿠데타라도 일으켜서 몽땅 쓸어버려?'

김진욱 소장은 자기도 모르게 커피가 아직 반이나 남은 종이컵을 우그러뜨렸다. 덕분에 바닥이 더럽혀졌지만 그런 거야 쫄따구가 치울 일인만큼 그의 신경엔 걸리지도 않았다.

신고가 있은 지 1시간이 지나도록 아무런 조치를 취하지 못하고 있다는 것은 어떻게 보면 군의 수치나 마찬가지였다. 이 상황이 전쟁이었다면 이미 나라가 한 번 거덜나도 날 시간이다. 그런데 정치가 놈들은 자기 뱃때지만 두둑하게 불리면 된다는 의미인지 계엄 선포와 작전 사령관 선임에만 40분을 잡아먹고 있었다. 덕분에 군복 벗을 각오를 한 채 121중장기갑여단과 1사단, 76사단, 그리고 107특수여단을 독단으로 움직인 김진욱 준장이 사령관으로 임명됐다. 전화위복이라 해야 할지, 아니면 나이 들어 전역 날짜만 바라보는 고참들의 책임 회피에 휘말린 건지는 모르겠지만 말이다. 거기다 그가 사령관으로 임명되자마자 과천을 선거구로 두고 있는 의원들의 전화라니… 언제부터 그렇게 자기 선거구에 관심이 많았다고 사령부로 전화질을 한단 말인가. 만약 면상에 대고 '시민들의 안전이 최우선'이니 '시가지 파괴는 삼가해 달라'라는 말을 들었다면 옆구리에 차고 있는 K-5권총에서 불꽃이 튀었을지도 모를 일이었다.

'빌어먹을 놈들. 네놈들에겐 과천 시민의 표가 중요하겠지만 난 내 병사들의 목숨이 더 중요하단 말이다. 그리고 내가 시민에게 총 쏘라고 시킬 놈으로 보이나? 젠장, 이놈이나 저놈이나 군바리 대가리는 똥만 들었다고 생각하는 건 똑같다니까.'

푸념이 한창인 김진욱 준상의 머리 속에 무슨 생각이 맴돌고 있는지 짐작도 못하고 있는 임 소위는 그에게 작은 파일 하나를 넘겼다.

"뭔가, 이건?"

"계엄령 하의 모든 주둔 부대 준비 태세 명령서입니다."

김진욱 준장의 머리엔 이런 걸 준비하라고 한 기억이 없었다.

"이걸 누가 준비시켰나?"

"제가 했습니다."

"자네가 사령관인가?"

김진욱 준장은 어이가 없었다. 이건 말도 안 될 정도로 완벽한 월권 행위가 아닌가. 여기에 총이라도 들이대면 완전히 반역이 따로 없을 정도였다.

"현재 사령관님이 작전 계획 수립에 너무 열중하시는 것 같아 작전이 수립되는 대로 즉시 수행할 수 있는 준비를 하고 싶었을 뿐입니다. 뭐, 이 일로 여기서 절 잘라주신다면 저두 빨리 전역하고 싶습니다만?"

"하하하. 거참 당돌한 소위군. 내가 임관할 때만 해도 상상도 못할 행동이었건만. 뭐, 좋아. 지금 당장 121중장기갑여단, 1사단, 76사단, 107특수여단에 GH1123 지역에 작전 대기하라고 해. 그리고 121중장기갑여단엔 작전 구역에 도착하자마자 포문부터 열라고 하도록."

"넵."

자신이 인정받았다는 사실이 기쁜지 발걸음 가볍게 뛰어가는 임 소위를 쳐다본 김진욱 준장은 다시 한 번 관자놀이를 꾹 눌렀다.

'문제의 요점은 비스트 토벌전으로 잡느냐, 아니면 생존자 구출전으로 잡느냐인데……. 무릉IA가 어떻게 되느냐가 제일 중요하겠군.'

"임 소위! 지금 당장 UAV(무인정찰기) 띄우라고 해. 타깃은 무릉IA. 이번 작전 최대의 변수가 그곳에 있으니 확실히 하라고 전하도록!"

말을 끝낸 김진욱 준장은 주머니 안에서 오백 원짜리 동전 하나를 꺼내 상황병에게 던지며 말했다.

"그리고 너, 커피 한 잔 뽑아와라. 밀크커피로. 남는 돈으로 니 거랑 다른 작전과 사람들한테도 돌려."

작전과 인원은 간부 외 부사관 7명에 상황병 13명. 그리고 한국 경제가 미쳤다는 소리가 들리지 않은 이상 자판키 커피는 여전히 150원이다.

'니미럴……'

육두문자가 절로 입에서 나올 것 같지만 대한민국 국방부 시계 시침이 백 바퀴만 돌면 전역인 이 병장은 군말없이 책장 위에 놓인 오봉(=쟁반)을 꺼내 들었다. 그리고 잠깐 옛 생각에 잠겼다.

'아~ 씨발. 내가 이등병 때만 해도 병장님이 심부름할 것 같으면 벌떡 일어나서 대신 가겠다고 했었는데…… 요즘 이등병은 전부 개념을 상실했어. 개념을!'

"이 병장님!"

바로 그때였다. 평소 자기가 PX에 자주 데리고 가서 냉동 식품 사주던 최 이병이 일어선 건. 짧은 순간이지만 이 병장은 그나마 군기가 제대로 든 녀석이 있다는 사실에 가슴 한구석이 흐뭇해졌다.

"전 커피 말구 코코아 부탁드립니다."

그리고 그 최 이병의 말 한마디로 더욱더, 더욱더! 기분이 흐뭇해졌다.

'개새끼. 넌 오늘 대가리로 침상 닦을 준비해라. 내가 영창 가고 만다. 이런 씨부럴 탱탱구리스키!'

속으로만 미친 듯이 소리치는 이 병장이었다.

한편 한바다와 다른 동료를 뒤로 남겨두고 지상으로 다시 돌아온 필립은 잠시 어리둥절해질 수밖에 없었다. 채 1시간도 지나지 않았는데 그 혼잡하던 아카데미는 완전히 텅 비어 있었다. 어림잡아도 3~4만은 되어 보이던 인원이 그 짧은 시간에 다 사라졌단 말인가? 필립은 우선 정택진 교수가 있는 곳을 찾았다.

"생각보다 빨리 오셨군요. 가셨던 일은 어떻게 됐습니까?"

문을 거세게 열고 들어서자 의외로 담담한 얼굴의 정택진 교수가 눈에 들어왔다.

"별로 좋은 결과는 얻지 못했소."

"으음……. 유감이군요."

"그나저나 어떻게 된 겁니까?? 사람들이라곤 코빼기도 보이지 않는데, 설마 모두 밖으로?"

"반은 그렇고 반은 아닙니다."

"반?"

반이란 말에 필립의 눈썹이 살짝 떨렸다. 왠지 체념한 듯 말하는 정택진 교수의 어감이 마음에 걸렸던 것이다.

"현재 교내에 학생회와 교수들의 지시에 따라 건물 안에 피신해 있는 시민의 수는 2만 1,121명. 그 외 자가 이동 수단으로 아카데미를 벗어난 인원이 약 1만 3천 명입니다. 그래도 최대한 비스트들이 접근하기 힘든 도로 쪽으로 방향을 잡아줬으니 운이 좋다면 살아서 벗어난 사람도 꽤 될 거라 생각… 컥!"

"꺅?"

필립은 정택진의 말이 채 끝나기도 전에 주먹으로 그의 턱을 사정없이 날려 버렸다.

"이런 빌어먹을! 지금 이곳을 벗어나는 건 몽땅 죽으라고 하는 것과 마찬가지란 말이다! 물샐틈없이 온 사방을 둘러싼 비스트들만 5만이 넘어! 그런 곳을 시속 100㎞ 남짓한 이동 수단으로 벗어날 수 있다고 생각하나? 당신은 무고한 시만 만 삼천 명을 죽음으로 밀어 넣은 거라구!"

퍼억!

"컥!"

정택진 교수도 가만히 맞고 있지만은 않았다. 선방을 맞아서 그런지 조금 후들거리는 다리였지만 주먹 힘은 꽤 있는지 필립은 그의 주먹에 복부를 한 대 얻어맞고 두 발자국이나 뒤로 물러났다.

"뭬, 코쟁이, 고상한 척하지 마라. 어차피 이곳에 수용할 수 있는 사람의 수란 것도 있고, 애초에 최소한의 통제에도 따르지 않을 사람들은 일찌감치 사라져 주는 게 이쪽에 이득이라고. 한 사람, 한 손의 힘이 절실할 때에 아집에 사로잡혀서 맘대로 날뛰려는 인간들까지 감싸려 하다간 모두 죽고 만다는 걸 모르는 건가! 2만이란 인원이 이곳에서 버틸 수 있는 시간은 겨우 이틀! 그것도 식량을 아껴 먹을 때의 일이다. 그리고 나 역시 이곳이 안전하다는 확신만 있다면 밖으로 나간 만 삼천 명의 인원을 모두 잡아두고 싶다. 하지만 그런 확신이 어디 있지? 네놈은 보지 못했겠지. 10분 전만 해도 오우거라는 괴물이 아카데미를 뒤덮고 갔다. 몇 명이 죽었을 거 같나? 무려 이백이란 생명이 짓밟혔다. 라시안과 하영은이란 학생이 나서지 않았다면, 부끄러운 말이지만 이곳에 있는 모든 사람이 죽었어도 이상할 게 없었단 말이다! 공포에 질린 학생들과 그 장소에 있던 시민들을 다독거리며 비스트가 들이닥쳤었다는 사실을 비밀로 하기 위해서 그들을 따로 격리시키다시피 한 심정을 아는가! 그 잘난 마법사 놈들은 모두 어디 간 거야아아!"

폭포수처럼 자기가 할 말을 쏟아낸 정택진 교수는 제자리에 털썩 주저앉았다. 한 시간 사이에 10년은 늙어버린 듯한 그의 주름진 눈가에 뿌연 습막마저 생겼다. 그가 얼마나 힘들어하고 있는지 알 수 있는 순간이었다. 하지만 그는 결코 눈물까진 보이지 않았다. 그런 그의 모습에 필립은 속으로 정택진이란 인간을 느낄 수 있었다. 지독한 정도로 자기중심적이라 상처받기 쉬운 인간이지만 결코 포기하지 않는, 굳이 그에게 맞는 수식어를 찾자면 '질긴' 사람이었다. 흔히들 독종이라 말하는 부류 말이다.

"손이 꽤 맵군, 늙은이. 그렇지 않아도 지금 네메시스에 구조 요청을 하러 왔다."

필립은 한 대 맞은 배가 꽤 아픈지 인상을 조금 쓰면서 자리에서 일어났다. 그가 전화기를 집으려고 하자 정택진 교수가 비웃었다.

"흥, 모든 통신 수단이 먹통이다. 비스트 놈들이 무슨 수작을 썼는지 무선 기계는 완전히 무용지물이 되고 말았어. 아카데미 내 유선을 제외한 모든 유선 전화나 케이블 네트워크도 완전히 막혔다. 자네가 마법으로 날아가서 전해주기라도 하겠다는 건가?"

"잊었나? 난 마법사다. 굳이 날아갈 필요도 없지."

정택진의 자조 어린 조소에 필립은 측은한 눈빛으로 그를 바라보다가 주머니 안에서 작은 수정 구슬을 꺼냈다. 겨우 주먹만한 물건이었지만 표면을 룬 문자로 빽빽하게 뒤덮은 그것은 필립이 오라를 일으키기 시작하자 우윳빛 서기를 뿜기 시작했다.

"그건?"

"수정 구슬로 만든 통신 수단이지. 이래 뵈도 화상 기능까지 있다네."

필립은 일말의 기대를 가지고 자신을 쳐다보는 정택진 교수에게 피식 하고 웃어주고는 정신을 수정 구슬에 집중했다. 역시나 왠지 모를 방해 전파가 심해 네메시스 총단의 좌표를 잡는 게 힘들었지만 어쨌든 겨우겨우 연결할 수 있었다.

"필립님이십니까? 지금 어디십니까? 지금……."

"바우켄? 잔말 말고 스론다이크님에게 연결해!"

짜증이 치미는지 필립이 날카롭게 다그치자 교환을 담당하던 마법사는 자신의 호의도 몰라준다고 툴툴거리며 스론다이크가 가진 수정 구슬로 마나를 전송했다.

"필립?"

"스론다이크님, 비상사태입니다! 현재……."

"이미 알고 있네. 3시간 안에 로열가드와 장미의 연대가 그쪽에 투입

될 걸세. 진두지휘는 알베르트가 하고 있으니 조금만 기다리게."

"보고가 늦어 죄송합니다. 이쪽에서 나름대로 방법을 강구한다는 게……."

"됐네. 그리고 티르의 검 쪽에서 한국과 일본, 그리고 수는 적지만 아시아 쪽에 있는 길드원들을 게이트를 통해 보내준다고 했으니 조금만 버티면 될 거야. 하지만……."

스론다이크는 분명 희소식을 전하고 있었지만 안색은 어두웠다. 수정구가 작아 그의 안색이 확연히 보이진 않지만 그의 어투에서 뭔가 안 좋은 게 있다는 걸 눈치 챈 필립이 다그쳤다.

"무슨 문제라도?"

"과천 쪽의 마나와 공간 좌표가 너무 불안정해서 아카데미 내부로 도약은 불가능하다고 하더군. 한국군의 주둔지 쪽으로 도약해서 육군과 함께 움직일 거 같네. 아무래도 타라투스 쪽에서 그쪽으로 손을 쓴 듯하군."

"이런!"

예상 못한 사태는 아니지만 이건 꽤나 심각한 문제였다. 지금도 이곳으로 돌격해 오지 않는 비스트들이 이상하긴 하지만 단 10분이라도 네메시스와 티르의 검 쪽의 지원군이 늦는다면 이쪽의 몰살은 불 보듯 뻔한 결과였다.

"어쨌든 자네가 이쪽으로 연락을 줬으니 한국군에게 연락을 넣어 최대한 비스트들의 이목을 흐리도록 하겠네. 다행히 김진욱 준장이란 자가 발빠르게 움직였기에 잘하면……."

스론다이크는 절대 허언으로라도 잘될 거란 말은 하지 않았다. 하긴 이 상황에서 잘될 거라고 말하는 것 자체가 어불성설(語不成說)이지만 말이다.

"알겠습니다. 최대한 버티도록 노력하겠습니다."

"부탁하겠네."

"그럼."

필립은 스론다이크와 상황에 따라 수시로 연락을 하겠다는 말을 하고 선 수정구에 공급하던 오라를 거둬들였다.

"암담하군."

통신을 끊은 필립은 자신을 멍한 얼굴로 쳐다보는 정택진 교수를 보자 왠지 맥이 탁 풀리는 것 같았다. 하지만 뭔가 힘을 북돋아줘야겠다는 생각에 애써 밝은 표정을 지었다.

"잘 안 된 모양이군?"

그러나 정택진이란 인간은 괜한 허세가 통하는 상대가 아니었다. 어느 샌가 담담한 얼굴로 돌아온 정택진 교수는 좀 전까지 자신이 앉아 있던 책상 쪽으로 걸어가 인터폰의 스피커폰 버튼을 눌렀다. 그리고 어디로 연결되는 번호인지 알 수 없는 번호 네 자리를 누르더니 이내 입을 열었다.

"민세중 군인가? 그 물건은 어떻게 됐나?"

"최대한 빨리 진행시키고 있지만 충분한 양을 만들기엔 턱없이 모자랍니다."

스피커폰으로 조금 허스키한 남학생의 목소리가 들렸다.

'그 물건?'

필립은 정택진 교수가 뭘 하려는 건지 전혀 감을 잡지 못하고 있었다. 자신과 스론다이크의 대화를 알아들었다면 저런 반응을 보일 수 없을 텐데 정택진 교수는 조금 전까지의 그와는 전혀 다른 모습으로 일을 처리하고 있었다.

"시간 내로 일을 끝낸다면 다음 학기에 자네들 화공학과 전부에게 장

학금 지급을 강력히 추천해 주도록 하지."

"전액입니까?"

"성공만 한다면 졸업할 때까지로 해주지."

"하하하, 알겠습니다. 완성되는 대로 제가 연락드리겠습니다."

"알겠네. 그럼 수고해 주게나."

"무슨 소리지? 물건이라니?"

정택진 교수가 스피커폰을 끄자마자 궁금함을 참지 못한 필립이 무슨 일인지 물었다. 그러자 정택진 교수는 잠깐 먼 산을 바라보더니 천천히 입을 열었다.

"우리 스스로를 지킬 힘을 기르는 중이지."

순간 필립의 머리에 정택진 교수가 말한 '화공학'이란 단어가 스쳐 지나갔다. 설마 화학 무기라도 만들겠다는 뜻인 걸까? 아니다. 그건 현실적으로 어렵다. 무기로 쓰이는 신경 작용제나 호흡기 작용제를 일반 화학 기자재로 만들 수는 있다지만 그건 소량에 불과했다. 아무리 이곳이 대학이라지만 모든 일엔 한계가 있는 법이다.

"뭔지 궁금한가 보군."

필립은 왠지 자신이 깔보이고 있다는 느낌에 긍정하기 싫었지만 결국 고개를 끄덕였다.

"별건 아냐. 대학 기자재로 만들 수 있는 화공 약품이란 건 한계가 있으니 말이지. 들어는 봤나? 시안화칼륨이라고 말야."

당연한 말이겠지만 필립은 시안화칼륨이 뭔지 잘 모른다. 필립은 절대 대학이란 동네를 졸업한 인물이 아니다. 마법사라는 직업을 선택한 인간은 마법이란 학문을 익히는 것만으로도 벅차기에 일반 상식이나 교양 등 인생에 하등 쓸모 없는 학문을 배우는 데에는 전혀 무관심했다. 필립 역시 그런 마법사란 부류에서 크게 동떨어진 존재가 아니어서 무슨 시안

어쩌고 하는 화학 물질에 대해선 전혀 아는 바가 없었다.

"들어본 적 없네."

"그럼 청산가리라는 말은?"

청산가리! 당연한 말이겠지만 필립은 알아듣지 못했다.

"마법사가 얼마나 꽉 막힌 존재인지 잘 알게 해주는 대목이구만. 잘 듣게. 이 화학물은 현존하는 화학 물질 중에 가장 일반적이면서도 치명적인 살상 능력을 가진 독이네. 맛을 볼 틈도 없이 사람을 죽이기 때문에 뭔가를 죽이는 덴 아주 그만인 물건이지."

피식피식 웃으며 말하는 정택진 교수의 얼굴은 뭔가 광기에 잡혀 있는 것만 같았다. 하지만 그의 눈빛만은 차갑게 가라앉아 있었기에 미쳤다는 느낌은 들지 않았다.

"현재 민세중 군과 화공학과 학생 21명이 만들고 있는 시안화칼륨의 양은 얼마 되지 않지. 하지만 그걸 희석해서 무기에 바르거나 증류해서 가스화시킨다면 일반인도 각오와 마음먹기에 따라선 충분히 싸울 수 있을 거란 게 내 생각이네. 솔직히 저 괴물들에게 저런 독이 얼마나 작용할지는 알 수 없지만 말이야."

"독이라… 언데드 계열 비스트들에겐 통하지 않겠지만, 오우거나 여타 괴물 놈들에겐 충분히 통할지도 모르겠군. 좋아! 대충 계획이 서는군."

필립은 정택진 교수의 말에 뭔가 희망이 생기는 듯했다. 비록 적의 수에 턱없이 부족하기만 한 힘이지만 잘만 하면 찰나의 순간이나마 시간을 벌 수 있을 것 같았다. 정택진 교수와 머리를 맞댄 필립은 그의 계획을 짧지만 정확하게 설명해 줬다. 정택진 교수는 필립의 계획에 고개를 끄덕여 긍정을 표하고는 즉시 교내의 확성기와 연결된 마이크를 집어들었다. 당연한 말이겠지만 확성기는 건물 내부의 것만 전원이 들어가 있었다.

"현재 아카데미 내의 모든 사태를 책임지고 있는 학장 대리 정택진입니다. 지금부터 중대 발표를 하겠습니다."

필립은 정택진의 방송이 시작되자 지금껏 숨 막힐 것 같은 적막감에 사로잡혀 있던 아카데미에 숨통이 트이는 것 같았다.

"현재 국군과 네메시스와 마법사 길드에서 우리를 구출하기 위해서 출동했습니다."

와아아아!

아카데미가 떠들썩해졌다. 이제 목숨을 구원받을 수 있다는 희망이 생겨서리라. 하지만 뒤이어 이어지는 정택진의 말에 아카데미는 다시 적막에 싸였다.

"하지만 그들이 도착하기까지 시간이 걸립니다. 이쯤 말하면 이미 알아채신 분도 있을 거라 생각합니다. 단도직입적으로 말하겠습니다. 죽어주실 분을 찾습니다."

죽을 사람을 찾는다.

정택진의 이 말은 아카데미를 술렁이게 만들었다. 그의 진의가 무엇인지 아직 아무도 모르지만 그가 결코 허언을 할 사람이 아니란 건 이곳에 있는 모든 사람이 알고 있었다. 실제로 아카데미 내에 있던 사람들을 통제할 때 그는 사신이 한 말을 확실히 지켰다. 그리고 그런 그의 결심이 있었기에 학생회와 교사들, 그리고 뜻있는 학생들은 책임감을 가지고 시민들을 통제할 수 있었다. 그런데 지금 그가 죽어줄 사람을 찾고 있다.

"저 새끼 미친 거 아냐? 죽어달라니? 우리가 왜? 죽을 거면 자신이 먼저 죽을 것이지."

좀 전까지 밖으로 나가겠다고 소리를 지르던 중년 남자가 어이없다는 웃음과 함께 말했다. 그리고 점점 흥분하기 시작하더니 스피커에 대고 마구 욕하기 시작했다.

"이 개새꺄! 니 맘대로 사람을 붙잡아놓더니 이젠 죽어달라고? 저 씹쌔끼가 혹시 비스트랑 짜고 노는 거 아냐! 우릴 갖다 바치면 그 새끼들이 널 살려준다던?! 너만 살아보겠다 이거냐! 이 개새꺄아아!"

그는 욕하고 화를 내는 걸 넘어서서 이젠 신고 있던 신발마저 벗어 스피커로 던져 댔다. 하지만 그런 그의 발광은 채 1분을 끌지 못했다.

"야이 씨발놈아! 나이를 똥구멍으로 처먹었냐! 넌 밖에서 우릴 지키고 있는 고삐리는 눈에 들어오지도 않냐? 라시안이랑 하영은이 뭐가 아쉽다고 너 같은 새끼를 지키고 싶겠냐! 가! 나가! 나가 죽어, 이 새꺄! 나가서 괴물들한테 다리 한 짝 떼주고 살려달라고 해봐라, 이 새꺄."

"으윽, 컥."

우금석은 아까부터 신경을 긁던 중년 남자가 발광을 시작하자 그도 덩달아 흥분해서 마구 주먹을 날렸다. 옆에서 지켜보고 있던 박상현이 말리지 않았다면 비스트가 쳐들어오기 전에 시체 하나 치웠을지도 모를 일이었다.

"금석아! 참어! 너답지 않게 왜 이렇게 흥분하는 거야? 그만 해!"

"젠장, 카아악, 퉤! 난 저런 자식이 제일 싫어. 할 수 있는 건 쥐똥만큼도 없는 게 입만 살아서 다른 사람 흠이나 잡는 저런 새끼가!"

결국 주위에 있던 사람들이 중년 남자를 옮겨줄 때까지 씩씩거리던 우금석은 주위 사람들이 자신을 보고 있자 자기도 좀 심했다는 생각이 들었는지 다시 조용히 체육관의 입구 쪽으로 가서 앉았다. 스피커에선 정택진 교수의 말이 계속해서 흘러나왔다.

"제 말이 어이없는 것이란 건 잘 알고 있습니다. 하지만 현재 우리는 스스로를 지켜야 할 때입니다. 보잘것없는 제 뜻을 따라 화공학과 학생들을 비롯해 많은 학생들이 나름대로 비스트들과 맞서 싸울 준비를 하고 있습니다. 함께하고 있는 자신의 가족과 두려움에 떨고 있는 어린아이들을 지키기 위해 싸워주실 분을 찾습니다."

정택진 교수의 목소리는 떨리고 있었다. 스스로의 연설에 감동해서일까. 아니었다. 그는 자신이 하는 이 말로 인해 과연 몇 명의 목숨이 사라질지 몰랐다. 그는 그 생명의 무게를 실감하고 있었다.

"이곳에 있는 사람 중에 과연 몇 명이나 내일 아침에 떠오를 해를 볼 수 있을까요. 어쩌면 단 한 명일 수도 있고, 어쩌면 모두일 수도 있습니다. 하지만 단 한 명이 내일의 해를 볼지라도 그것이 제 생명을 바쳐 이룰 수 있는 결과라면 전 기꺼이 제 목숨을 내놓겠습니다."

이 말을 끝으로 정택진 교수는 싸울 사람들은 실내 체육관 쪽으로 모이라고 전했고 기존에 체육관에 남아 있던 사람은 모두 중앙도서관으로 모이라고 지시했다. 실내 체육관을 집결 장소로 택한 이유는 이 건물이 시민들을 수용한 중앙도서관과 본관 건물, 그리고 음대 건물의 가운데에 위치해 있기 때문이었다.

우금석과 박상현을 비롯한 학생회 소속 학생들은 실내 체육관 안에 있던 4천여 명의 사람들을 중앙도서관 쪽으로 옮기기 시작했다. 상당수의 남자들이 눈에 띄었지만 그 누구도 학장의 말에 동조하는 사람은 없었다. 그저 말없이 발걸음을 중앙도서관 쪽으로 옮길 뿐이었다.

"이봐요, 당신. 안 갈 거예요?"

박상현은 우금석에게 얻어맞아 온 얼굴이 시퍼렇게 멍든 그 중년 남자의 어깨를 툭 치며 말했다. 하지만 그는 아무런 대꾸도 없이 그저 고개를 푹 숙인 채 제자리에 앉아 있었다.

"아… 젠장."

박상현은 정말 끝까지 속 썩이는 사람이라고 생각했다. 이젠 이런 상황에서도 땡깡을 부리는 저 성격이 대단하다고까지 느껴졌다.

"자요, 업어줄 테니 어서 움직여요."

"왜?"

중년 남자는 왜라고 했다.

"왜긴요. 싸우지 않을 사람은 중앙도서관 쪽으로 장소를 옮기라고 했잖아요."

"그럼 여기 앉아 있으면 되겠네."

"네?"

박상현은 순간 자신의 귀를 의심했다. 설마 이 남자 이곳에 남아서 싸우겠다는 소린가? 정택진 교수의 죽어달라는 말에 가장 발광했던 이 남자가?

"죽어달라며? 까짓거 죽어주지. 정택진이라고 했나? 쳇, 그 영감은 자기가 성자인 줄 아나, 죽어주겠다니…… . 대신 그 영감탱이가 그렇게 말한 주제에 나보다 늦게 죽으면 나한테 죽는다고 전해. 아, 씨팔, 존나게 아프네. 나중에 때 되면 깨워라. 죽어줄 땐 화끈하게 죽어줄 테니. 니미…… ."

중년 남자는 말을 끝내자마자 바닥에 드러누워 버렸다. 그런 그의 모습을 지켜보던 박상현은 자기도 모르게 작게 웃고 말았다.

"금석아, 넌 사람들 데리고 가봐라. 난 여기 남아 있을란다."

"뭐?"

무슨 소리냐는 듯 우금석이 소리쳤다. 솔직히 말해서 우금석 자신은 이곳에 남아 있을 생각이 없었다. 학생회로서의 책임감과 희생 정신은 별개의 것이라고 여겼기 때문이다. 그런데 지금 자신의 친구가 이곳에 남아 있겠다고 한다. 그것도 좀 전에 자기한테 신나게 얻어맞은 중년 남자를 옆에 끼고 말이다.

"이분도 여기 남아 있겠다는데 학생회 소속이 한 명 정도는 있어야 하지 않겠어?"

"뭐어?"

우금석은 말문이 막혔다. 지금 저 남자가 이곳에 남겠다 말했다고? 그렇게 지랄발광을 떨던 저 남자가?

"이런······. 씨··· 파······."

가슴 한구석에 강렬한 클레임이 걸렸다. 이성은 끊임없이 사람들과 함께 중앙도서관 쪽으로 움직이라고 말했다. 하지만 그것보다 더 강한 두 존재가 자신을 움직이지 못하게 했다.

우정과 자존심.

도저히 친구를 두고 갈 수가 없었다. 언제나 빙글빙글 웃으면서 사람 좋은 얼굴로 낙천적으로 사는 저 녀석을 죽을 자리에 혼자, 아니, 저런 놈과 함께 놔둘 수가 없었다. 그리고 저 남자가 남아 있는데 자신이 도망칠 수는 없었다.

"나도 안 가!"

"뭐?"

"씨바. 고삐리한테도 삥 뜯기는 널 여기 두고 어떻게 가냐? 차라리 내가 남고 말지. 그리고······."

께름칙한 눈빛으로 중년 남자를 바라보며 말을 흐리는 우금석이었다.

'자존심과 오기다 이건가?'

박상현은 우금석 못지않게 그를 째려보고 있는 중년 남자의 눈을 보고는 또 한 번 웃고 말았다.

밖의 상황이 어떻게 돌아가는지 전혀 알 길 없는 드레이크는 현재 자신의 눈앞에 벌어진 일로 정신이 없었다. 한바다에게 오라를 전해주던 사람들이 뭔가 알 수 없는 힘에 튕긴 듯 전부 널브러지더니 엘리의 몸이 급격하게 변하기 시작했다.

우선 몸이 급격하게 자라기 시작했다. 뼈마디 부딪치는 소리와 함께 옷이 찢어지며 자그마한 엘리의 몸이 거의 세리스만하게 커졌다. 눈으로 보지 않았다면 절대 믿을 수 없는 성장 속도였다. 하지만 그런 엘리의 변화는 크게 문제 될 게 없었다. 진짜 문제는 바다에게 있었다.

"저… 저 자식 죽는 거 아냐? 아, 아니지. 이럴 때가 아냐! 알테어! 아삼님!"

드레이크는 피에 젖은 바다를 멍하니 보다가 자신의 우를 깨닫고 얼른 바닥에 쓰러져 있는 알테어와 아삼을 흔들어 깨웠다.

"으윽… 드레이크? 무슨 일이야?"

"아삼님! 무사하셔서 다행입니… 다가 아니라 지금 저것 좀 보세요!"

"무사해서 다행이 아니라니? 짜식이."

빡!

"윽? 지금 제 말실수를 따지실 때가 아닙니다! 저걸 보세요!"

드레이크의 뒤통수를 후려갈긴 아삼은 오만 인상을 다 쓰며 한쪽 방향을 가리키는 드레이크의 손가락 끝으로 시선을 돌렸다.

"아니?! 이게 어떻게 된 거야?"

드레이크가 가리킨 곳엔 완전히 피로 물든 한바다가 엘리를 안고 있었다. 아삼은 자리를 털고 일어나 바다의 몸을 살폈다.

"흐음, 난감하군."

"시… 심각합니까?"

아삼의 표정이 심각해지자 드레이크의 눈에 긴장감이 감돌기 시작했다. 한바다의 안위는 현재 무척 중요했다. 한 명 한 명의 힘이 절실할 때에 5클래스 마법사의 힘을 잃는다는 건 무시 못할 전력 상실이었다. 그뿐 아니라 그는 세리스와 훼릴, 그리고 엘리를 종속시키고 있는 종속자가 아닌가! 그를 잃는다는 것은 가장 막강한 전투력을 가진 전사 넷을 잃는다는 것과 마찬가지였다. 그리고 개인적으로 대등한 실력으로 자웅을 겨룰 수 있는 친구를 잃을지도 모른다는 사실이 그의 마음을 안타깝게 했다.

"엘리가 각성해 버리다니… 난 귀여운 게 좋은데."

……

"지금 그게 문제가 아니잖아욧!"

순간적으로 드레이크는 자기 눈앞에 있는 로리콘 변태 영감을 단칼에 베어버리고 싶다는 충동을 느꼈다.

"거참, 되게 징징대네. 아무것도 모르면 가만히 있어. 지금 한바다는 각성의 대가를 지불하고 있는 거니까."

"각성의 대가?"

아삼은 무슨 말인지 못 알아듣는 드레이크를 뒤로하고 주머니 안에서 파이프 담배를 꺼내 물었다.

"뭐, 기브 앤 테이크란 거지. 얻는 만큼 잃는 게 있다고 해야 하나? 세라프를 각성시키기 위해선 여러 가지 대가를 종속자에게 요구하지. 나도 별로 내키지 않지만 아론을 각성시키는 데 꽤나 큰 대가를 치렀으니까 말야. 하지만 저 녀석은 한 명만 있어도 벅찬 세라프를 셋이나 데리고 있는 데다 벌써 두 번째 각성이니 죽지 않으면 용한 설 거야."

"그럼 저대로 죽을 수도 있다는 겁니까?"

"재수없으면."

"그런……."

아삼의 단정적인 말에 드레이크는 풀릴 것 같은 다리에 가까스로 힘을 줬다. 그는 주저앉을 것 같은 몸을 바로잡고는 바다에게 다가갔다. 조금의 미동도 없이 엘리를 부둥켜안고 있는 바다의 모습은 처참했다. 온몸이 피로 뒤덮여 있었다. 그 피는 상처에서 흘러내린 게 아니라 온몸의 모공에서 흘러내리고 있어 그야말로 혈인(血人)을 방불케 했다. 그뿐만 아니었다. 코와 입, 그리고 눈과 귀에서도 피가 조금씩 흘러내렸다. 칠공토혈(七孔吐血), 절명하는 사람이 피를 토하는 형상, 바로 그것이었다.

"이런, 젠장! 야, 이 자식아!"

드레이크는 행여나 몰라 한바다를 흔들어 깨울려고 했다. 그래도 안 되면 주먹으로 후려쳐서라도 깨우고 싶었다. 하지만 바다의 먹살을 잡아가던 그의 손은 알테어의 날개에 막히고 말았다.

"스톱. 거기까지. 바다를 구하고 싶으면 그냥 이대로 두고 보고 있어. 저건 종속자와 세라프만의 일이야. 누구도 끼어들 수 없는 그들만의. 저기서 죽는다면 그것도 그의 운명이겠지. 하지만……."

알테어 역시 안타까운 눈으로 바다와 엘리를 바라보면서 말을 흐렸다.

"하지만 휘릴을 각성시킬 땐 저렇지 않았다."

언제 깨어났는지 세리스가 자리를 털고 일어나 바다의 곁에 섰다. 그녀의 팔찌는 어느새 날카로운 검이 되어 엘리의 목에 겨눠져 있었다.

"무슨 짓이야?"

"엘리는 파르커스의 알 수 없는 술수 때문에 각성에 필요한 생명력보다 훨씬 많은 힘을 마스터에게서 취하고 있어. 이대로는 마스터의 생명이 위급해. 만약 엘리가 마스터의 생명력을 이대로 계속 흡수한다면 엘리를 죽여야 된다."

"그런! 애초에 한바다가 무엇 때문에 저렇게 됐는데!"

드레이크는 이해할 수 없었다. 한 명은 타인을 살리기 위해 자신의 목숨을 내걸었고 다른 한 명은 다른 이의 목숨을 취하려 했다. 그리고 그때였다.

"커억."

한바다의 입과 코에서 검은 피가 폭포수처럼 쏟아져 나왔다. 엘리를 안고 있는 팔과 몸이 격렬한 경련을 일으켰다. 그와 동시에 세리스의 검이 가차없이 엘리의 목을 찔러갔다. 그건 너무나 갑작스런 일이라 설마 하던 아삼이나 알테어, 아론 등은 전혀 손을 쓸 틈이 없었다. 드레이크의 손이 자신의 검을 잡아갔지만 막기엔 너무 늦은 것만 같았다.

그러나,

"무슨 짓이지, 훼릴? 이대로 가면 마스터가 죽는다."

세리스의 검은 간발의 차이로 엘리의 목 앞에 멈춰 있었다. 그걸 막은 건 맨손으로 검날을 잡고 있는 훼릴이었다. 하얀 검신 위로 훼릴의 붉은 피가 흘러내렸다. 하지만 훼릴은 고통으로 인상을 잔뜩 찌푸린 채로 손에 더욱 힘을 줬다. 만약 세리스가 검을 뒤로 빼기라도 한다면 그녀의 손가락이 단번에 잘려도 이상할 게 없는 상황이었다.

"기다려. 마스터가 선택한 일이야."

훼릴은 여태까지처럼 한바다를 '오라버니'라 칭하지 않았다. 그것은 그녀 나름대로 세리스처럼 굳은 의지를 표출하기 위한 방법이었다.

"내 행동이 마스터의 의지를 거역하고 있다는 건 알고 있어."

세리스는 훼릴의 손이 더 이상 칼날에 베이지 않게 검을 쥔 손에 힘을 뺐다. 하지만 결코 검을 거두진 않았다.

"하나 그의 죽음은 결코 용납할 수 없어. 그의 생명을 구하는 데 방해가 되면 너라도 쓰러뜨리겠다!"

"웃?"

세리스의 검이 순간적으로 다시 팔찌로 돌아왔다. 훼릴은 쥐고 있던 검이 사라지자 당황하고 말았다. 설마 세리스가 이렇게까지 해서 엘리의 목숨을 노릴 줄은 몰랐던 것이다.

"안 돼!"

세리스의 검은 빨랐다. 운동 신경이 뛰어나다고 하지만 이번에도 칼날을 손으로 잡으려 들었다간 검을 막기는커녕 자신의 손이 잘릴지도 모를 일이었다. 아니, 잘리는 게 당연했다. 세리스의 검엔 검기마저 서렸으니.

그리고 평온히 눈을 감고 있는 엘리의 목에 세리스의 검이 파고들었다.

아니, 파고든 것 같았지만 아슬아슬한 차이로 세리스의 검은 엘리의 목을 비켜가 있었다.

"깨어나셨습니까."

무심한 얼굴로 말하는 세리스, 그녀의 눈에 안도감에 젖은 이슬이 맺힌 건 결코 잘못 본 게 아니었다.

"아아… 엘리는?"

"마스터… 팔 좀. 그리고 세리스님, 이 칼도 좀 치워주시겠어요?"

다행히 바다뿐만 아니라 엘리도 거의 동시에 눈을 떴다. 보통 각성을 끝내면 몇 시간에서 며칠 정도는 정신을 잃고 있기 마련인데 파르커스가 부린 술수 때문인지 엘리는 그런 게 없었다. 오히려 각성 전보다 더 생기가 도는 것 같았다.

"그래서 지금 네가 결계를 치겠다는 거야?"

"네. 파르커스가 준 힘과 그가 남긴 말에 따르면 이곳엔 준신급 결계진이 남겨져 있다고 해요."

난 엘리와 알테어가 동시 다발적으로 시전해 준 마법 덕에 어느 정도 기운을 차릴 수 있었다. 본래 과다 출혈로 인한 빈혈 같은 건 회복 마법으로 치료될 수가 없는 것이지만 놀랍게도 엘리가 신성 주문을 사용해서 대부분의 피로감과 탈진감을 없애주었다. 아삼과 알테어의 말에 따르면 각성을 하면서 얻게 된 힘이라고 하는데 난 별로 실감이 들지 않았다. 내게 매달리며 칭얼대던 엘리가 어느새 성숙한 여인의 모습으로, 마치 가을 숲 속의 잔잔한 호수같이 고요한 모습으로 날 바라보고 있다는 사실이 믿기지 않았다. 마치 전혀 다른 사람을 보는 것 같다고나 할까. 훼릴과는 달리 엘리는 겉과 속이 완전히 달라진 모습으로 내 앞에 서 있었다. 가장 큰 변화는 내내 나에게 '오빠'라고 하던 엘리가 다시 날 마스터라 부르기 시작한 거였다. 그리고 두 번째로 예전 그 귀엽고 어벙하던 모습을 전혀 찾아볼 수 없었다. 마치 기품과 교양이 철철 넘치는 대갓집의 아가씨처럼 엘리의 행동 하나하나는 잔잔한 물이 흐르는 듯 너무나 절제되어 있었다. 정말 저것이 엘리일까 싶을 정도로.

그러나 그건 그거고 지금은 그녀가 제안한 안건이 더 큰 문제였다. 세상에, 엘리 혼자서 사방 4㎞에 해당하는 지역에 결계를 치겠다니, 이건 기본적인 상식을 넘어선 능력이었다.

"하지만 이 아카데미 전체를 덮을 만한 거대한 결계를 너 혼자 만들어 낸다는 게 가능이나 한 소리야? 아삼님도 그건 불가능한 일이라고 하셨어."

"예전의 저라면 한 시간을 버티는 것조차 불가능했겠죠. 하지만… 파르커스에게 받은 이 힘을 쓴다면 며칠 정도는 버틸 수 있어요."

"그렇게 대단한 힘이야?"

"네."

내 질문에 엘리는 고개를 끄덕이며 대답했다. 하지만 그런 힘을 왜 준 거지? 파르커스는 자신의 힘이 인과율을 넘어서는 힘이라고 하며 힘을 빌려달라는 학장의 청을 거절했었다. 그런데 지금 그걸 번복하는 결과가 여기 있다. 그의 진의(眞意)는 무엇인지…….

"그럼 왜 그 힘을 너에게 주었을까? 어차피 이렇게 네게 힘을 줄 거라면 학장님이 부탁할 때 들어줬어도 되는 거였잖아."

"후우… 그건 내가 알 듯하군."

"학장님?"

내 의문에 입을 연 건 다름 아닌 학장이었다. 구울의 단검을 심장에서 뽑은 그는 원래 죽었어야 했지만 엘리의 신성 주문 덕분에 겨우 실낱같은 생명을 유지하고 있었다. 엘리의 신성 주문을 받은 후 잠든 것 같았는데 언제 깨어났는지 아삼의 팔에 기대앉아 있었다.

"쿨럭… 아아, 됐네. 이 늙은이의 목숨을 연명하고자 귀한 힘을 쓰지 말아주게나, 엘리 양, 어차피 내게 남은 시간은 길지 않아."

검은 피를 토하는 학장에게 엘리가 다시 신성 주문을 쓰려고 하자 학장은 힘겹게 손사래를 치며 말렸다.

"바다 군, 자네는 파르커스가 한 말을 기억하고 있지? 쿨럭… 선택과 책임이란 말을. 자넨 파르커스가 말한 인과율을 이길 책임이란 짐을 짊어진 거고 결국 이겨낸 거야. 나나 다른 사람들은 이겨내지 못한 것을 말이지."

"책임… 설마?"

"그래. 엘리의 각성이지. 원래 세라프의 각성은 시간을 들여 천천히 일어나게 돼 있지. 특별한 계기가 없는 이상 보통 3년… 쿨럭… 3년이란 시간을 필요로 해. 하지만 파르커스는 그의 힘을 이용해 엘리를 강제로 각성하게 만들었고 그녀의… 그녀의 몸에 그의 힘을 심어둠으로써 자네가 부담해야 할 종속자로서의 무게를 더… 더 무겁게 만… 든 거야."

학장의 숨소리가 점점 얕아져 간다. 그의 눈동자에 생기가 사라지는 게 느껴졌다.

"학장님, 그만 말하세요. 엘리! 어서 치료를……."

난 엘리에게 마법의 사용을 종용했지만 엘리는 안타까운 시선과 함께 조용히 고개를 저었다. 사실 나도 알고 있었다. 학장의 육체는 이미 죽음을 맞이했다는 것을. 그의 상태가 서서히 저주로 인해 인성이 사라지고 있는 상태란 것을……

"나도 마찬가지였지… 힘을 얻기 위해, 탐욕에 찬 상태에서 자네처럼 그의 시험을 받았었지……. 흐읍… 후… 테레사…… 그때 그녀를 위해 내 영혼과 생명을 불태웠다면… 지금의 나와는 또 다른 내가 있었겠지……. 아냐… 그때 그럴 수 있었다면 애초에 그녀를 잃지 않았겠지……."

테레사. 학장은 그리운 듯 내가 알지 못하는 이름을 불렀다.

"바다… 돌이킬 수 없는 실수를 했을 땐… 어떻게 해야 하는지 아나? 후후… 그건 후회도… 미련도 아니라네. 그저 지금 할 수 있는 일에 가장 충실하는 것이지. 하아아아……."

학장의 몸이 점점 오그라들기 시작했다. 경직되기 시작한 근육과 피부 조직이 그의 발성 기관을 억눌러 말할 때마다 심한 날숨 소리가 났다.

"하아아… 테레사… 그대에게 있어 영혼은 나일 수 없는 게 너무… 나… 너무나… 안타까웠소… 하지만… 난 결코 당신 말대로 후회하며 살지 않았다오… 난… 결코 후회하지 않았……."

차마 말을 다 끝내지 못한 학장은 결국 초점이 잡히지 않은 두 눈을 뜬 채로 죽음을 맞이했다. 그의 죽음 앞에 그 자리에 모여 있던 일행 중 그 누구도 눈물을 흘리진 않았다. 감정이 매말라서였을까. 아니었다. 그것은 그의 죽음에 결코 아쉬움이 남아 있지 않기 때문이었다. 그는 자신이 할 수 있는 모든 것을 불태우고 운명을 맞이했다. 그런 사람의 죽음에 눈물을 남길 순 없었다. 난 나직한 한숨과 함께 눈을 지그시 감았다. 그에겐 물어보고 싶은 게 무척 많았지만 차마 임종의 순간에 그를 다그칠 정도로 모질지는 못했던 것이다.

"…죄업을 불태우는 성령의 불꽃이여……."

아삼이 조용히 주문을 영창하기 시작했다.

"무슨 짓을?"

아삼의 손에 불꽃이 피어오르자 한 손을 가슴에 얹고 학장의 죽음을 애도하던 드레이크가 깜짝 놀라며 그를 말리려고 했다. 하지만 현자의 칭호가 무색하지 않게 아삼은 드레이크가 개입하기 전에 주문을 끝냈고, 그의 손길을 벗어난 불꽃은 학장의 몸을 덮쳤다. 순백으로 불타는 불꽃에 학장의 몸은 흉하게 일그러지는 고깃덩이가 아닌 고운 재로 변했다.

"그가 원한 거야. 그리고 나 역시 친구가 죽어도 죽지 않는 자가 되길 바라진 않아. 훗."

아삼은 나직하게 말하며 마지막에 결국 훗 하고 웃어버렸다. 하지만 난 그게 결코 비웃음이 아니란 걸 잘 알고 있었다. 그건 먼 길 떠나는 친구에게 보내는 그다운 방식의 짧은 인사였다.

피어오르는 불길, 매캐한 연기, 그리고 짙은 피비린내. 이 모든 것이 충만한 곳에 한 여인이 서 있었다. 지금도 간간이 터져 나오는 단말마와 피육을 씹는 비스트의 광기가 흘러넘치는 곳에 순백의 로브를 입고 산책 나온 것마냥 가벼운 발걸음으로 거리를 걷는 그녀는 마치 홀로 다른 세계에 있는 존재 같았다. 그리고 그녀의 발이 누군가의 몸에서 흘러나온 것인지 알 수 없는 핏물 위에 멈춰 섰을 때, 그녀의 뒤로 검은 그림자가 솟아올랐다.

"로드, 시가지 제압이 완료됐습니다. 지시하신 대로 남은 곳은 무릉IA 뿐입니다."

검은 그림자에서 솟아 나온 존재는 그녀의 뒤에 공손히 무릎을 꿇었다. 그리고 그의 입에서 폐부 깊은 곳에서 울려나오는 저음의 목소리가 흘러나왔다.

"컨… 혈향이 짙다."

"저는 피를 떠나선 살 수 없는 존재입니다."

로드라 불린 여인, 아니, 류지영은 불쾌한 듯 미간을 찌푸렸지만 컨이라 불린 존재는 아무렇지도 않다는 듯 고개를 조아리며 대꾸했다.

"오슬레어와 가네샤는?"

"오슬레어는 시가지 제압 후 다른 수장들과 함께 포위망을 형성하기 시작했으며, 가네샤는 예상 외로 빠른 움직임을 보인 한국군 주둔지를 습격하기 위해 움직였습니다."

"가네샤… 미련한 짓을 했군. 예상을 벗어났다면 이미 대비책도 있다는 뜻일 텐데……."

류지영은 잠시 눈을 감고 생각에 잠겼다. 1분쯤 지났을까, 그녀는 나직한 한숨을 내쉬며 말을 이었다.

"가네샤는 포기한다. 그에게 지원된 마법사가 지원 요청을 하더라도 무시하도록."

"네? 하지만 그가 꼭 실패한다는……."

"네메시스가 한국군과 미리 발맞춰 움직였다는 정보가 있었다. 그렇다면 우리에 대한 정보 역시 그들에게 있을 터. 한국군은 웬만한 희생을 감수하고서라도 가네샤가 이끄는 일속을 섬멸할 것이나. 그리고 계획은 문제없이 진행되고 있겠지?"

"예상보다 조금 적은 숫자이긴 하지만……."

예상을 벗어났다는 말에 류지영은 결국 고개를 돌려 컨을 돌아봤다. 그녀의 눈엔 고요한 분노가 담겨 있었다.

"예상을 벗어났다? 어째서지?"

"짙은 피 냄새를 맡은 저들을 완전히 통제하기란 각 일족의 수장이라 할지라도 쉬운 일이 아닙니다."

"하긴 너 스스로도 참기 힘든 유혹이었을 테니… 하나 이후로 포획한 그들에게 손대는 건 용납하지 않겠다. 자멸하기 싫다면 본보기를 보여서라도 확실히 하도록."

"예."

"그럼, 다음 계획을 진행하도록."

류지영의 지시가 떨어지자마자 컨은 전과 같은 짧은 대답과 함께 다시 그림자로 돌아갔다. 그의 자취가 완전히 사라진 걸 확인한 류지영은 나직하게 중얼거렸다.

"이것이 나의 선택. 그리고 짊어진 업보. 후회는 하지 않는다. 거역할 자여, 이제 그대가 일어설 때가 왔다."

그 시각 관악산.

121기갑여단은 김진욱 준장의 지시에 따라 목표 장소에 도착하자마자 임시 진지 구축과 155㎜ 견인포 정비에 들어갔다. 각 포대의 포대장은 대대장의 지시에 따라 위장은 전혀 하지 않은 채 최우선으로 발포 준비를 끝마쳤다. 그것은 지극히 상식적인 병력 운용이었다. 그들의 적은 과학 기술을 가진 타국의 병력이 아니다. 그들은 야수였고, 짐승이었다. 그들의 피와 살을 탐하는.

"아직 준비가 덜 끝났나? 사수 누구야?"

"쌍~병 정~지~훈~"

"야, 이 새꺄! 빨리 못 끝내? 내가 5분 안에 끝내라고 그랬지?"

"예, 알겠습니다."

1번 포대장 김경호 하사는 신경이 무척 날카로워져 있었다. 연인과의

트러블이 있어 연가를 낸 상태였는데 이번 사태가 벌어져 모든 휴가가 반납되어 버려서였다. 만약 이대로 그의 연인이 떠나기라도 한다면 죽어 나가는 건 그의 포대가 될 게 뻔할 뻔 자였다. 그 사실을 익히 아는 정지훈 상병도 그의 심기를 건드리지 않기 위해서 평소보다 더 빠릿빠릿한 태도로 후임들을 닦달하기 시작했다.

"그나저나 영 찜찜하단 말야. 아무리 임시 진지라지만 이거 너무 오진 데 포문을 여는 거 아냐?"

원래 관악산은 121기갑여단의 훈련지가 아니었다. 그래서 그곳엔 언제나 이용하던 훈련지에 갖춰져 있던 콘크리트 진지나 포를 방렬할 터 따위 있지도 않았다. 그래서 7개 대대 112문의 모든 포가 방렬하기 위해선 중심부에 위치한 대대를 제외하곤 관악산에서 과천을 향해 시계가 열린 모든 곳을 활용해야만 했다.

"후우… 날도 저물어가는군. 야! 정똘! 야간 조명구 가져왔지?"

"넵!"

"포 방렬 끝나는 대로 텐트 쳐라. 개인 장구는 한곳에 모아놓고 최대한 빨리 하도록. 알았지?"

김경호 하사의 지시에 이번에도 커다랗게 관등성명을 댄 정지훈 상병은 포 방렬이 끝나자마자 자신의 장비를 바닥에 벗어 던졌다.

"야, 빡. 이거 정리해 놔라. 그리고 잽싸게 분대용 텐트 펼치고."

"아~ 정 상병님. 제 짬밥이 얼만데 이런 거나 시키고 그립니까."

"지랄하네. 낼모레면 병장 다는 나는 미쳤다고 이렇게 뺑이치냐? 그리고 김경호 저 새끼는 따로 자게 애들 군장에서 텐트 꺼내서 디형 텐트 하나 쳐줘라. 깔짚은 알아서 채워주고. 난 개때리러(=담배 한 개비 피우러) 갈 테니까 저 새끼가 나 찾으면 똥 때리러 갔다 그래."

"다녀오시면 저랑 교댑니다."

"알았어, 새꺄."

정지훈 상병은 수풀이 우거진 곳으로 들어서면서 눈속임용으로 들고 온 휴지를 주머니에 구겨 넣으며 담배 한 개비를 입에 물었다.

"저 새끼 한 달 차라고 오냐오냐해 줬더니 이젠 막 기어오르네. 자대로 돌아가면 두고 보자."

치이익.

건조하게 말라붙은 담배에 불을 붙여 폐부 깊이 연기를 빨아당기자 머리 한쪽이 띵하게 아려왔다.

"니미……."

보통 담배를 필 때 산소 부족 현상으로 느끼는 현기증은 사람에 따라 일종의 쾌감으로 혹은 불쾌감으로 남는데 정지훈 상병은 후자에 속했다. 그는 담배를 입이 심심해서 필 뿐이지 달리 이유가 있는 사람이 아니었다. 뭐, 대부분의 흡연자가 설토하는 이유도 바로 심심하다는 것이지만 말이다.

"야, 정지후이! 빡! 정지훈 어디 갔어?"

"이크?"

정지훈 상병은 돌연 들려오는 히스테릭한 김경호 하사의 목소리에 자라목이 되어서 수풀 속으로 숨었다. 혹시 모를 사태에 대비해서 그는 허리춤의 벨트까지 풀고 있었다. 여차하면 바지랑 팬티를 까 내려서 용변을 보고 있다는 걸 증명할 각오였다.

"쌍병 빡진현! 정지훈 상병은 지금 화장실 갔습니다."

"염병 떤다. 화장실은 무슨, 또 어디서 농땡이 치고 있겠지."

'아~ 개새끼 지랄 같네. 그렇게 잘 알고 있으면 좀 알아서 하게 놔두면 덧나나? 씨발, 한 대만 더 피고 돌아가야지. 에고, 내가 왜 병으로 와서 저런 개또라이 새끼 밑으로 왔을까. 어머니가 알티(ROTC) 지원하라

고 할 때 말 들을걸.'

정지훈 상병은 그가 성적과 신체 조건이 맞지 않아 ROTC 선발에 떨어졌다는 건 까맣게 잊고, 바지를 추스르며 좀 더 깊은 숲 속으로 들어갔다. 다행히 그가 있는 곳은 겨울로 접어드는 산 같지 않게 짙푸른 상록수와 덤불이 많아 몸을 숨기기에 아주 적당했다.

하지만 숨어야 할 존재가 그만이 아니라는 것을, 그는 몰랐다.

"읍?"

그리고 이것이 그가 세상에 남긴 마지막 소리였다.

핏발이 선 붉은 눈동자 수십 개가 나무 위에, 혹은 그것의 그림자에 숨어 관악산 곳곳에 포문을 열고 방열하고 있는 병사들을 지켜보고 있었다. 그리고 오랜 시간 혹독한 훈련 기간을 거쳐 살인에 대한 모든 것을 몸으로 익혀온 전 KGB 소속 비밀 요원, 가네샤는 한국군의 움직임을 빠짐없이 보고 있다가 나직하게 중얼거렸다.

"오합지졸이군."

형편없었다. 그의 뇌리엔 과연 저들이 지금 전투를 앞둔 병사일까 하는 의문마저 들었다. 포를 방열하고 있는 병사들의 눈엔 생존의 부담을 짊어진 병사의 그것이 없었다. 갈망, 염원, 그리고 그들이 세상에서 지울 생명에 대한 안타까움. 그 모든 것이 결여되어 있었다. 그런 그들을 보고 있자니 문득 저들을 죽일 가치가 있을까 하는 회의마저 들었다. 디고다나 저들은 정규군도 아닌지 예상보다 훨씬 적은 병력과 뒤떨어진 장비로 전투 준비를 하고 있었다.

"후우… 하지만 저들의 무기는 위협이 되는 게 사실이지. 미하일, 네멜, 신호가 떨어지면 최대한 신속하게 적을 도륙한다. 다른 녀석들에게도 전하도록. 신호는 본능을 거역하지 않으면 자연히 알게 될 거다."

가네샤의 지시에 뒤에서 가만히 듣고 있던 두 마리의 회색 늑대는 말 없이 고개를 한 번 끄덕이고는 낙엽 밟는 소리조차 내지 않으며 사라졌다. 그리고 그의 눈에 진지를 떠나 수풀로 숨어드는 정지훈 상병이 들어왔다.

알아들을 수 없는 한국어로 거칠게 말하는 병사와 그의 앞에 굽신거리는 또 한 명의 병사를 피해 숨어드는 게 분명했다. 가네샤가 발톱이 날카롭게 선 앞 발가락으로 정지훈 상병을 가리키며 한번 까딱하자 타깃이 된 정지훈 상병은 1초도 지나지 않아 단말마조차 지르지 못한 채 목숨을 달리했다. 그리고 그의 꿰뚫린 심장과 목에서 뿜어져 나온 피가 바람을 타고 관악산에 퍼지기 시작했다.

가네샤는 희미하기만 한 피 내음이지만 심장이 들끓는 게 느껴졌다. 아마 이것은 그뿐만 아니라 혈향을 맡은 모든 동족들이 마찬가지리라. 뜨겁게 타오르는 피에 대한 갈망. 그것이 그가 말한 신호였다.

우오오오오오오!

가네샤는 목울대를 있는 그대로 드러내며 하늘 높이 포효했다.

모든 살아 있는 존재에게 공포를 안겨줄 라이컨 슬로프, 은빛 늑대의 울부짖음은 점점 짙어지는 혈향과 함께 관악산을 떨어 울렸다.

"각하! 신호입니다."

가네샤가 포효한 지 10초가 채 지나기도 전에 수도 방위 사령부에 위치한 김진욱 준장은 상황병의 외침으로 모든 상황을 파악하고 있었다.

"과연, 그들 나름대로 우리 군의 움직임을 읽고 있었군. 출현 지점과 적 타입, 그리고 숫자는?"

"121여단 찰리 포대가 위치한 동북부입니다. 적 타입은 야간인지라 정확한 판독이 불가능하지만 형태와 움직임으로 봐선 변형 계열 A급 라

이건 슬로프로 보입니다."

"보입니다라……. 임 소위, 확신할 수 있나?"

"이 외에 생각할 수 있는 다른 타입은 불사 계열 A급 뱀파이어나 야수 계열 리자드맨 정도밖에 없습니다. 하나 적이 형태를 유지한 채 지면에서 고속 이동하는 점이나 크기로 봤을 때 라이컨 슬로프로 보는 게 가장 정확합니다."

임 소위는 자신의 판단을 확신하는지 전혀 막힘없이 자신의 의견을 피력했다. 그리고 김진욱 준장 역시 그의 의견을 수긍했다. 그 역시 다른 의견은 낼 수 없었기 때문이다.

"좋아. 현재 적의 타격을 받고 있는 찰리 포대를 제외한 모든 포대에 전한다. 전 포문 개방. 목표 CGHI2231 1338. 전 포 방열이 끝나는 즉시 일제사로 적을 제압하라. 그리고 107특전여단은 포대의 공격이 끝나는 즉시 관악산 토벌 및 제압에 들어간다."

임 소위는 김진욱 준장이 불러주는 좌표를 듣는 순간 안색을 새파랗게 변하고 말았다. 설마 좌표를 잘못 불러준 게 아닐까 하는 심정으로 자신이 보좌하는 김진욱 준장을 바라봤지만 그의 눈빛은 얼음보다 더 냉랭했다.

"하, 하지만 이렇게 되면 찰리 포대의 병사들이!"

"적은 A급 비스트다. 일반 병사들이 저항할 수 있는 시간은 5분이 채 되지 않아! 당장 전문을 송신하시 않겠다면 명령 불복종으로 자네부터 즉결 처형하겠다."

철컥.

어느새 김진욱 준장의 허리에 매여 있던 총의 총구가 임 소위의 이마를 겨냥했다. 그리고 임 소위 역시 자신을 겨누고 있는 총구를 뚫어져라 쳐다봤다. 너무나 갑작스러운 일촉즉발의 상황이었다. 상황병들도 들어

오는 하위 부대 보고를 수신하지 못한 채 김진욱 준장과 임 소위의 동태를 살폈다.

결국 임 소위는 총구를 바라보던 눈동자를 땅으로 떨구고 말았다.

"상황병, 즉시 타전하도록."

그는 결국 군인일 수밖에 없었다. 군인은 국민을 지키기 위해 싸우는 존재이며, 병사는 전쟁의 소모품에 불과하다는 사실을 싫지만 받아들여야 했던 것이다.

"비인도적이란 건 잘 안다."

김진욱 준장은 겨누고 있던 총을 다시 권총집에 집어넣으며 입을 열었다.

"하지만 마법사나 기사처럼 특별한 힘을 가지지 못한 우리는 이런 식으로 동료의 시신을 밟으며 싸울 수밖에 없다. 사후에 있을 모든 비난은 내가 받겠다. 하지만 꼭 이겨야 할 싸움이라면 최소한의 희생만으로 이겨보겠다. 설사 희생당한 이들이 원하지 않는 희생이라 할지라도."

김진욱 준장이 말을 끝내는 순간 상황병의 타전도 끝이 났다. 그리고, 12월 12일 PM 7시 16분. 단 하루의 전쟁을 알리는 포성이 관악산을 뒤덮었다.

무릉IA의 실내 체육관엔 많은 사람들이 몰려 있었다. 학장이 죽어달라는 말을 했음에도 불구하고 몸이 성한 대부분의 남자들은 이곳에 모여 있다고 해도 과언이 아니라고 할 정도였다. 사람이 모이면 대화가 일어나는 것은 당연한 일이다. 근 수천 명의 장정이 모인 이곳엔 어떻게 닥쳐올지 모르는 미래에 대한 불안감 때문에 삼삼오오 모여 서로의 긴장된 마음을 풀어주고 있었다.

그중 광주에서 올라온 채영이란 이름의 남자는 무릉IA에 다니는 짝사랑하는 여자와 함께 매화 축제를 즐기러 왔었다. 아마 원래 그의 계획대로라면 그 여자와 분위기를 잘 살려서 멋들어진 고백 타임을 가졌을 것이다. 그러나 그의 평소 행실이 안 좋아 마가 낀 건지, 아니면 딸의 미래를 걱정한 부모의 기도가 하늘에 통했는지 그는 지금 그 무시무시하다는 비스트와 한판 싸움을 벌이게 됐지만 말이다. 그는 학생회에서 공짜로 나눠준 따뜻한 캔커피를 홀짝거리며 불안감도 덜 겸, 긴장을 넘어선 무료함도 달랠 겸 옆에 앉은 중후한 얼굴의 남자에게 말을 붙였다.

"아저씨는 어디에서 온 거예요?"

본래 서로에 대해 아무것도 모르는 사이에선 가장 먼저 나오는 대화 주제가 혈연, 지연, 그리고 학연이다.

"대구에서 왔네."

남자의 출신지를 들은 채영은 속으로 잘못 짚었다라는 생각을 했다. 아직 젊은 자신은 잘 이해하지 못하지만 두 지역의 어른들은 서로 앙숙이 아니었던가. 그리고 지금 그가 말을 건 남자는 적어도 40대는 되어 보였다. 하지만 그에게 지금 와서 다른 사람들의 대화에 끼어들 만한 정신적 여유까진 없었다. 그리고 아직 이 중년의 남자가 자신에게 적대감을 보인 것도 아니고 말이다.

"그래요? 전 광주에서 왔는데. 우리 둘 다 멀리서 왔네요."

채영은 자신의 출신지를 속일까 하다가 철저하게 전라도 사람의 억양이 배인 자신의 말투로 거짓말을 해서 좋을 게 없다는 생각에 그냥 솔직하게 말했다. 그런 채영의 노력이 마음에 들었던 걸까, 아니면 이 경상도 남자에겐 애초에 지역 감정이란 게 존재하지 않았던 건지 그는 씁쓸하게 웃으며 그 역시 들고 있던 캔커피로 목을 축이며 입을 열었다.

"그래, 자네는 이곳 학생인가?"

"아, 아뇨. 사실 짝사랑하는 여자앨 만나러 온 거예요."

"그럼 그 여자애나 지켜주지 왜 여기서 있는 건가? 오호라~ 혹시 그 애한테 남자다움이라도 과시하고 싶어서 온 건가?"

"후우……."

채영은 중년 남자의 말에 긴 한숨을 토해내고 말했다. 그리고 그에게 모두 말했다. 평소의 그라면 절대 자신에 대한 이야기를 생면부지의 사람에게 떠벌리진 않았으리라. 하지만 지금은 한 시간 앞도 내다볼 수 없는 상황이었고, 답답하기 그지없는 자신의 상황을 누군가와 함께 나누고 싶었다.

말을 하는 도중 잠깐 눈을 감았다. 바로 10분 전에 있었던 일이 눈에 선하게 펼쳐진다. 꿈에도 그리던 그녀가 가지 말라고 매달렸었다. 자기랑 같이 있어달라고 했다. 하지만 채영은 올 수밖에 없었다. 그는 알고 있었다. 온 사방에서 피어오르는 불길이 의미하는 바를. 시간이 꽤 지났지만 경찰도 움직이지 않았다. 그건 비스트들이 지방 경찰청의 힘을 압도적으로 상회하고 있다는 의미였다. 그리고 군대도 보이지 않았다. 저런 대규모의 습격이라면 군용 헬기가 떠도 떴어야 할 때였다. 하지만 군도 움직이지 않았다. 필시 비스트들의 규모가 엄청나거나 그 군대마저 어떻게 할 수 없을 정도란 의미일 것이다. 채영은 그런 결론에 이르자 어렵지 않게 자신의 처지를 판단할 수 있었다.

아마 죽음을 각오하고 싸우지 않는 이상 이곳에서 살아 나가긴 힘들 것이다. 아니, 죽음을 각오하지 않는 이상 비스트와 싸우는 것조차 어려울 것이다. 그래서 그는 그의 옷을 붙잡는 그녀를 힘겹게 떼어내고 지원자를 찾는 학생회의 외침에 벌떡 일어섰다.

그런 채영에게 매달리던 그녀의 얼굴과 애원이 아직도 눈과 귀에 맺혀 있다.

'가지 마. 가지 마… 흑. 너마저 가면 난 어떡해.'

'아니, 가야 돼. 남자인 내가 이곳에 있어선 안 돼. 가서 싸워야 돼.'

'네가 가봤자 뭘 할 수 있다구! 넌 옛날부터 체육은 꽝이었잖아!'

'걱정 마. 나 군대도 다녀왔다구. 싸울 수 있어.'

'바보 소리 마! 너 행정병이었다며!'

'아야… 행정병두 나름대루 훈련받는다구.'

'그래도 못 보내. 죽을 게 뻔한데 어떻게 보내!'

'살아서 돌아올게. 그리고 지켜줄게.'

처음으로 안아본 그녀의 체구는 작았다. 매우 떨고 있는 그녀는 무척 가녀려 보였다.

'그리고 너두 잘 알잖아. 난 다른 사람을 위해서 죽을 만큼 성격이 좋은 게 아니란 거.'

'나가 죽어버려! 바보 멍청아!'

'그럼 내가 여기 남아 있으면 나랑 결혼해 줄래?'

반쯤 장난으로 던진 말에 그녀는 아무 말도 하지 않았다. 사실 그녀는 이미 알고 있을 거다. 자신의 평소 행실을 조금만 따져 보면 초등학생도 알 수 있을 정도였으니까. 또 그와 그녀를 아는 모든 사람은 알고 있었다. 그녀는 자신을 좋은 선배, 그 이상으로는 절대 생각하지 않고 있다는 것도.

'미리야……'

역시나였나. 사신은 역시 바보였다. 혹시나 하던 것을 확인했을 뿐이다. 채영은 도망치기로 했다.

'하하! 농담이야, 농담. 대신 살아서 돌아오면 뽀뽀 정도는 해주라. 영화에서 보면 생면부지라도 그 정도는 해주더라.'

이런 바보가 또 있을까. 결국 자신은 그 자리에서 좋은 선배로 남지도 못했고, 그녀에게 자신이 남자임을 나타내지도 못했다. 어설픈 얼버무림으로 이렇게 헤어져서 언제 또 볼 수 있을까.

'오빠… 미안. 미안……'

자신을 더 이상 '너'라고 부르지 않는다. 그리고 미안하다고 한다. 그래, 차라리 이게 낫다.

상념에 젖어 있는 채영은 나직하게 중얼거리는 중년 남자의 목소리에 현실로 돌아왔다.

"자네 차였구만."

"……"

채영은 중년 남자의 말에 아무런 대꾸도 하지 않았다. 하지만 속으로는 좀 울컥했다. 보통 이런 건 알아도 모르는 척해주는 거 아닌가? 채영은 자기도 모르게 역시 경상도 사람은 무뚝뚝하다는 생각을 하고 말았다.

"흠… 그 애가 그렇게 좋은가? 남자로서 그 앨 봤을 땐 별로 매력을 못 느끼겠던데 말야."

"네?"

채영은 중년 남자의 말에 뭔가 이상하다는 걸 느꼈다. 남자로서 보다니? 그리고 지금 이 남자의 말투는 꼭 그녀를 잘 알고 있는 것 같지 않은가.

"다, 당신이 그걸 어떻게 알지?"

당황한 나머지 자기도 모르게 말이 짧아졌다.

"그야 잘 알고 있지. 갈색 머리에 줄무늬 치마에 빨간색 스웨터를 입고 있는 여자 애 아닌가? 아마 성격은 까탈스럽고 잘 삐치며 고집쟁이인데다가 또 의외로 울기도 잘하는 여자 애지. 그리고 요리는 영 잼병이라 발렌타인 데이 때 초콜릿을 받으면 죽음을 각오하고 먹어야 할 정도일 거야. 예전에 나도 한번 얻어먹어 봤는데 바닐라 에센스를 어찌나 많이 넣었던지 한 조각 먹고 화장실로 달려가고 싶은 충동을 느꼈지. 그런데 그걸 눈앞에서 다 먹어주지 않으면 그 자리에서 울어버리니… 지 부모가 요리산데 어쩌면 그렇게 지지리도 요리를 못하는지… 쯧."

빠직.

중년 남자의 말을 묵묵히 듣던 채영은 머리 속 한쪽 혈관이 터져 버린 것 같았다. 발렌타인데이 초콜렛? 그리고 그걸 먹어? 자신도 먹어본 적 없는 그녀의 수제품 초콜릿을? 그는 벌떡 일어서며 외쳤다.

"다, 당신 누구야?"

채영의 주먹이 불끈 쥐어지며 손에 들린 알루미늄 캔이 우그러졌다.

"뭘, 정색하고 그러나. 그냥 그 애 어미 되는 사람이랑 좀 친할 뿐이 야. 그리고 내가 초콜릿을 얻어먹었다고 해서 흥분한 모양인데 그 생각 하기에도 끔찍한 초콜릿은 지난 발렌타인데이 때 시험작이라면서 하나 주던 걸 얻어먹어 본 거라네. 그러니까 그렇게 핏대 올릴 필요 없어."

중년 남자는 다른 사람의 시선도 의식하라는 듯 눈짓으로 앉으란 신호 를 보냈다.

"아! 시, 실례했습니다."

중년 남자는 속으로 참 순진한 친구군이란 느낌이 들었다. 사람 말을 이리도 곧이곧대로 믿다니. 순박하달까, 아니면 어리석달까. 하지만 싫 은 느낌은 아니었다.

"그런 여자 애는 그냥 관심 뚝 끊어버리게. 어자는 자고로 요리를 잘 해야 돼. 얼굴이 이쁘면 3달, 머리 좋으면 3년, 요리 잘하면 30년이 행복 하다는 말도 있다네. 나한테 딸이 하나 있는데 나중에 자네한테 꼭 소개 해 줌세."

"네?"

지극히 주관적인 여성관을 내세우는 중년 남자의 말에 채영은 어이없으면서도 한 켠으론 왠지 마음 한구석이 편해지는 걸 느꼈다. 가슴속에 든 모든 응어리를 풀어서일 것이다. 아니, 혹시 모른다. 이 남자가 소개해 준다는 딸 때문일지도.

'그런데 이 아저씨의 딸이라면 꽤나… 무서울 거 같은데?'

"하하, 사양……."

유전학적인 측면에서 상당히 마이너스 점수를 매긴 채영은 사양하겠다는 말을 하려 했지만 순간 멀리서 들려오는 폭발음에 자리에서 벌떡 일어났다.

"이건… 포성?"

다른 사람들도 그 소리를 들었는지 모두 밖으로 향했다. 밖으로 나온 채영과 뒤따라 나온 중년 남자는 사방을 두리번거렸다.

"저기다!"

누군가 소리쳤고 모두가 그가 가리키는 방향으로 고개를 돌렸다. 그곳엔 마치 다시 태양이 떠오른다는 착각을 불러일으킬 정도로 붉게 타오르는 하늘이 있었다.

몸을 안개로 만들 수 있는 컨은 변신해서 달려간다는 것도 잊은 채 발걸음을 최대한 빨리 움직였다. 복도를 돌아 그의 유일한 상관이 쉬고 있는 방 앞에 다다른 컨은 노크도 잊고 거칠게 문을 열어젖혔다.

"로드!"

"무슨 일이지? 너답지 않게 그렇게 흥분하다니."

류지영은 예의를 잊은 컨을 다그치기보다는 그가 평소와 전혀 다른 행동을 보이는 데에 더 관심이 쏠렸다. 비밀 임무 수행 중 너무 많은 살인을 해 파고든 심마 때문에 비스트가 됐다고는 하지만 그는 그녀가 거느린 비스트들 중에서 가장 냉철한 인물이었다. 그런 컨이 저렇게 흐트러진 것은 뭔가 큰일이 터졌다는 뜻이리라.

"가네샤가… 가네샤가 당했습니다."

"가네샤가?"

컨과 류지영은 크게 놀라지 않았다. 사실 그건 이미 예상하고 있던 일이었다. 스스로를 과신하는 가네샤가 세운 한국군의 중간 거점 기습은 자신이 세운 계획의 사족(蛇足)과 같은 것이었다. 현대의 과학력은 엄청나다. 끽해야 육탄전밖에 못하는 생물 병기 수준의 자신들과는 전체적인 전력의 수준 차가 너무나 컸다. 일례로 이곳이 시가지가 아닌 허허벌판이라면 승부는 이미 난 거나 마찬가지다. 간단하게 핵탄두 미사일 한 방이면 끝인 것이다. 지극히 상식적인 정부라면 핵이 아닌 다른 방법을 강구하겠지만 말이다.

"그건 이미 예상한 일이 아니었던가. 허둥대지 마라. 그보다 시킨 일은?"

"거의 다 끝났습니다."

지영은 계속해서 컨에게 몇 가지 질문에 대한 대답을 들은 뒤 그를 보내고 차분한 발걸음으로 창가로 갔다. 그녀가 있는 곳은 무릉IA의 전경이 내려다보이는 15층짜리 빌딩의 최상층이었다. 베란다로 통하는 유리문을 열고 서자 그녀의 눈에 수많은 비스트들이 들어왔다.

약 10만.

그 크기와 종류가 비슷한 씽을 찾기 어려울 징도로 다양한 비스트들이 무릉IA를 둘러싸고 있었다. 무릉IA의 가장 외벽으로부터 겨우 200여 미터밖에 안 떨어진 곳에서 그들은 몸을 웅크린 채 그녀의 명령을 기다리고 있었다. 아마 그녀가 손을 뻗어 진격하라는 말만 떨어지면 무릉IA에 있는 2만여 명의 목숨은 이슬같이 사라지리라.

그때였다.

창공을 찢어발기는 날카로운 파공음이 들린 것은.

"왔군."

고개를 들어 하늘을 바라보는 류지영의 눈에 편대를 이루며 날아가는 5대의 전투기가 보였다. 저것이 의미하는 것은 무릉IA에 직접적인 피해를 주지 않고 비스트들을 처리하기 위한 작전을 세웠다는 뜻이었다.

"편대, 지금부터 적 식별 후 타격에 들어간다. 전속 우회 후 시계 방향으로 타깃을 잡도록."

"라져."

이현일 중령은 기울어진 조종석 밖으로 보이는 끔찍한 광경에 눈꼬리를 떨며 편대에 지시했다. 과천이 비스트 무리에게 습격을 받았다는 소식과 한 도시가 궤멸 상태에 빠졌다는 말에 반신반의했지만 적외선 레이더로 들어오는 도시의 잔해는 평소 냉정하다는 그에게 충격을 주기에 충분했다.

끔찍했다. 최근 신도시 계발 계획에 의해 신규 건물이 들어서고 잘 짜맞춰진 도시 계획에 의해 멋들어진 스카이라인을 보여주던 과천시는 더 이상 그가 초계 비행을 할 때의 그 도시가 아니었다. 건물은 아직도 뱀의 혀 같은 붉은 불꽃을 낼름거리고 있었고, 착륙 안내등같이 죽 늘어서 있던 가로등은 더 이상 그 영롱한 불빛을 발하지 못하고 있었다. 이맘때쯤이면 화려한 매화 꽃잎을 흩날리던 무릉IA는 눈으로 보지 않았다면 믿을 수 없으리만치 많은 수의 비스트들이 빼곡하게 둘러싸고 있었다.

"모조리 쓸어버릴 테다."

참혹한 과천시의 광경은 그는 가슴에 맺혀 있는 폭약의 도화선에 불을 붙였다. 급속 우회로 온몸에 느껴지는 육중한 G의 압력이 뜨거운 피를 머리로 몰아넣으며 파괴의 향연을 재촉했다. 할 수만 있다면 당장이라도 손가락 끝에 걸린 미사일 발사 스위치를 누르고 싶었다. 그리고 헬멧과 마스크를 벗어 던지고 저 간악한 괴물들이 괴로움에 떨며 외치는 비명을 직접 듣고 싶었다.

"편대, 상대는 인류의 적이다. 일말의 망설임도 용납하지 말도록. 편대 안전장치 해제."

이현일 중령은 명령을 내림과 동시에 조종간의 가장 상부에 달린 발사 스위치 덮개를 열었다. 그것은 곧 전투기에 달린 미사일 발사 장치 안전장치 해제를 뜻했다. 그리고 열추적 방식이 아닌 거점 파괴용으로 세팅된 미사일의 로크가 레이더에 떴다. 이제 타깃이 될 지점을 정한 다음 0.3초 정도 되는 시간 동안 목표 유지만 하면 미사일 발사를 위한 모든 조건은 충족된다. 이현일 중령은 떨리는 손가락으로 마지막 단계를 밟으려 했다.

"컨, 불을 밝혀라."

류지영은 전투기가 상공을 우회해 다시 돌아오자 나직하게 말했다. 그녀의 목소리는 마치 옆에 있는 사람에게 말하듯 작았지만 마나를 타고 퍼져 모든 비스트가 들을 수 있었다. 그러자 그녀의 말이 끝나기가 무섭게 비스트들이 운집해 있는 포위망 곳곳에서 불길이 솟아올랐다.

류지영의 지시로 피어오른 불길은 너무나 갑작스러워 이현일 중령이 이끄는 편대에 혼란을 주고 말았다.

"대장님! 적진에서 불빛이!"

"뭣?"

딸깍.

"이런!"

이현일 중령은 갑작스럽게 들려온 부하의 통신에 깜짝 놀라 자기도 모르게 미사일을 발사하고 말았다.

피싯—

투웅!

이현일 중령은 자신이 탄 기체에서 떨어져 나가는 미사일의 결속 장치가 풀어지는 소리와 함께 매서운 추진음을 들을 수 있었다. 그리고 그는 볼 수 있었다. 그가 발사한 미사일이 향하는 지점에 피어오른 불길과 그 한가운데 있는 그들을.

"이런 빌어먹을!"

사람이었다. 그것도 어린아이와 여인이었다. 그들은 수십 명씩 뭉뚱그려진 채 불길의 장막 속에서 서로를 부둥켜안고 있었다. 그걸 본 이현일 중령의 머리 속에 스쳐 지나가는 단어가 있었다.

"인질이다!"

지극히 짧은 순간이었지만 적 색별에 있어서 고도로 단련된 자신의 눈은 수십 개의 불길 속에 자리 잡은 민간인을 정확하게 확인할 수 있었다. 이현일 중령은 황급히 미사일 신관의 전자 회로를 다운시켰다.

"제발… 제발……."

이현일 중령은 고속으로 움직이는 전투기 파일럿으로서 절대 할 수 없는, 눈 감고 기도하기를 했다. 그가 발사한 미사일은 초고열을 발생시키는 네이팜 탄두를 탑재한 미사일이었다. 무릉IA를 의식해 그 파괴력을 지역적으로 제한하기 위해 열량의 방향을 한쪽으로 고정한 물건이긴 하지만 지금 그가 발사한 미사일의 위력이라면 수천의 비스트와 함께 수많은 인질들의 목숨도 함께 가져갈 게 분명했다.

쿠웅!

다행히 미사일은 하늘이 이현일 중령의 기도를 들었는지 폭발없이 바닥에 처박혔다. 하지만 그건 폭발하지 않았을 뿐이었다. 만약 저 무식한 비스트들이 미사일에 분풀이라도 하는 일이 생긴다면 폭발할 수도 있었다.

"…편대 귀환한다. 그리고 박이하 소령은 사령부에 현 상황을 보고하도록."

"라져."

이현일 중령은 박이하 소령의 대답을 한쪽 귀로 흘리면서 답답한 마음에 마스크를 벗어 던졌다.

자신은 비록 비스트들이 인질을 방패로 쓸 줄 몰랐고 상부의 지시가 없었기에 돌아간다지만, 다음은 다를 것이다. 인간의 목숨을 숫자로만 계산할 줄 아는 정치가들은 저들의 목숨을 도외시한 작전을 감행할 게 뻔했다.

"차라리 보지 못했더라면 좋았을지도……."

그랬다면 죽음의 공포조차 느끼지 못할 정도로 순식간에 죽을 수 있었을 텐데.

베란다에 선 류지영은 전투기에서 발사된 미사일을 본 순간 자기도 모르게 미간을 찌푸리고 말았다. 설마 자신이 세운 '인질을 이용한 대량 살상 무기의 사용 억제' 계획이 무용지물화되는 건가 싶었다. 통제가 제대로 이루어지지 않아 꽤 많은 인명을 살상하긴 했지만 그래도 약 1만에 가까운 인질이 준비됐다. 그런데 인질의 존재를 드러내는 데 조금 시간이 걸리긴 했지만 설마 인질을 무시하고 미사일 공격을 할 줄은 몰랐다. 만약 그렇게 된다면 모든 계획을 수정하고 비스트들을 해산시켜야 할 판이었다.

아무리 비스트가 단독 개체로서의 힘과 능력이 인간을 능가한다고 하지만 과학력으로 무장한 군대와의 전면전은 너무 불리했다. 물론 뱀파이어나 물리력이 통하지 않는 비스트들을 동원해 게릴라전을 펼치고 그녀가 지휘하는 타라투스의 마법사들을 활용하면 어느 정도 힘의 균형을 이룰 수도 있겠지만 그건 어디까지나 군대와의 전투에서만이었다. 네메시스나 티르의 검이 개입한다면 꽤나 불리한 상황이었다. 그런 사실은 자신뿐만 아니라 한국군을 움직이는 사령부 측이나 네메시스 측도 충분히 알고 있을 것이다. 그런 현재 상황을 타개하기 위해선 무엇보다 무릉IA의 공략이 시급했다. 지금까지는 비스트들의 전체적인 안전 확보를 위해 무릉IA로의 진입보다 인질 작전을 우선했지만 적이 인질의 유무를 확인했으니 더 이상의 시간적 지연은 불필요했다.

"후우."

나직한 한숨과 함께 그녀의 신형이 떠올랐다. 시동어조차 말하지 않은 채 5클래스 급의 부유(浮遊) 마법을 시전한 류지영은 베란다를 벗어나 허공에 자신의 신형을 드러냈다. 그리고 자신이 가진 오라와 마나를 한껏 개방했다.

파아아앗—

감히 인간의 그것이라고는 절대 상상할 수 없는 무시무시한 오라의 파동과 함께 마나가 진동했다. 서서히 끌어올린 불의 기운에 그녀의 몸 주위에 불꽃이 일기 시작했다. 그것은 그녀의 몸 주위를 맴돌더니 마치 뱀처럼 길게 늘어지며 하나의 원을 그렸다. 그리고 또 이내 다른 불꽃이 일어나 그 원 안쪽에 동심원을 만들었고, 계속해서 작은 불꽃이 생겨나 불꽃의 동심원 안에 마나의 수식이 새겨지기 시작했다.

"쿠우우우……."

"쿠륵."

지면에 서서 류지영의 기운을 느낀 비스트들은 그녀가 만들어내는 경이로운 광경에 침음성을 삼켰다. 그녀의 신형조차 잘 보이지 않는 허공에서 오라를 일으켰는데도 피부에 따끔따끔하게 와 닿는 오라의 파동은 은연중에 그녀에 대한 공포감을 조성했다.

"심판의 권세를 얻은 태양이여, 네 번째 천사가 창을 들어 대지를 치매 그곳에 죄인이 크게 태움에 태워지리라."

지금껏 단 한 번도 주문을 영창하지 않았던 그녀의 입이 주문을 시작했다. 눈을 감고 두 손을 부지런히 움직여 복잡한 수인(手印)을 만들며 점점 빨라지는 주문의 영창 속도는 그녀가 얼마나 고위 클래스의 마법을 사용하고 있는 건지 알게 했다. 그녀의 주문이 막바지에 이르자 화염으로 만들어진 지름 10미터의 거대 마법진은 주위의 마나를 빨아들이기 시작했고, 그 기세에 휘말려 거센 바람이 그녀의 주위에 몰아쳤다.

"…나 이곳에 진노의 대접을 쏟으니 태워라, 불붙어 타올라라, 비탄에 가득 찬 화염의 강을 이루어라! 화염의 진노! 워레스 보울!"

류지영은 시동어를 외침과 동시에 자신의 몸 안에서 유동하던 모든 마나가 마법진으로 빨려 들어가는 걸 느꼈다. 너무 갑작스러운 현상이라 하마터면 몸을 허공에 띄우는 데 필요한 마나마저 빨려 들어가 큰 낭패를 볼 뻔했다. 하지만 그런 위험을 겪었지만 그녀가 시전한 마법은 10만에 이르는 모든 비스트의 눈에 공포심과 경외감을 심어줄 수 있었다.

마법진에서 작은 불꽃이 일었다. 그것은 점점 커지더니 5초도 채 되지 않아 미법진의 직경만하게 커졌다. 그리고 시간이 길수록 그 크기가 하늘을 뒤덮을 정도로 변해갔다.

류지영의 손가락이 무릉IA, 그중에서도 정확하게는 본관을 가리켰다.

그리고 워레스 보울이란 마법으로 만들어진 불꽃은 마치 불길의 용권처럼 무릉IA 본관을 향해 뻗어 나갔다. 어찌나 위력이 컸는지 공기를 찢어발기는 파공성이 비스트의 귀를 어지럽혔고, 몇몇 체구가 가벼운 비스트들은 그 불길의 용권에 빨려 들어가 재가 되고 말았다.

워레스 보울, 요한계시록에 나오는 일곱 대접의 심판이 연상될 만큼 너무나 파괴적인 마법으로서 400년 전 타라투스의 발호를 억제한 이래 금지된 주문으로 알려진 마법이었다. 하지만 이것은 단지 너무 파괴적이라는 사실을 부각시킬 뿐 진짜 이유는 따로 있었다. 바로 이 마법을 사용하기 위해선 정교한 수인과 마나를 증폭하는 마법진이 필요했는데 그 모든 걸 계산하고 따라 하기엔 보통 사람의 머리로는 불가능했다. 또 마나는 얼마나 많이 드는지 예전 7클래스의 마법사 두 명이 마법 시전에 도전하다가 거의 재기 불능의 마나 쇼크를 먹는 해프닝이 일어나기도 했다. 공식적인 마법사 길드의 기록에 따르면 그 마법이 성공한 예는 단 한 번도 없는 대마법 중의 대마법이었다.

그런 마법을 류지영은 무릉IA를 대상으로 썼던 것이다. 특별한 일이 없다면 저 불길의 용권은 본관을 완전히 전소한 뒤에도 넘치는 여력으로 무릉IA의 태반을 잿더미로 만들기에 충분했다.

"컨."

류지영은 다시 베란다로 내려서자마자 허공에 대고 짧게 외쳤다.

"부르셨습니까, 로드."

컨은 류지영이 부르기가 무섭게 그녀의 뒤에 신형을 나타냈다.

"본관이 불타는 즉시, 인질을 감시할 병력만 남긴 채 무릉IA를 접수해라."

컨은 류지영의 지시가 끝나자 곧 신형을 감췄다. 류지영은 가만히 눈을 감았다.

한편 파르커스의 동굴에선 상상을 초월하는 강렬한 마나의 소용돌이에 비상이 걸려 있었다.

"뭐, 뭐지, 이 마나는?"

빌어먹을 정도로 강렬한 마나의 소용돌이다. 마나에 민감한 마법사는 질식할 정도였다.

"엄청난 마나야. 세… 세상에, 이 정도의 규모라면 최소 7클래스 이상의 마법이다! 류지영인가?"

절친했던 친구를 자기 손으로 화장시킬 때도 전혀 동요함이 없던 아삼이 경악했다.

"마스터, 시간이 없습니다. 결단을!"

엘리가 내 손을 잡아끌며 재촉했다. 난 더 이상 생각해 볼 시간적 여유가 없다는 걸 깨달았다. 점점 그 실체가 느껴지기 시작하는 마나의 소용돌이가 가져올 영향을 생각하자 눈앞이 캄캄해졌다. 하지만 사람은 어쩔 수 없는 생물인가 보다.

"정말… 괜찮은 거지?"

이럴 때 해도 되는 말인지 모르겠지만 난 밖의 상황보다 엘리가 그 '대결계'를 만듦으로써 무슨 해를 당하지 않을까 하는 게 더 큰 문제로 여겨졌다.

"네."

굳게 다문 입술과 의지로 가득 찬 눈동자. 예전의 엘리라면 절대 보여 줄 수 없었을 단호한 표정이다.

"그럼 부탁해."

"알겠습니다. 그럼 대결계 마법을 발동하겠습니다."

엘리는 내 허락이 떨어지자마자 한달음에 파르커스의 카드가 놓인 제단으로 뛰어올라 갔다. 그리고 제단 위에 손을 얹고 짧은 주문을 외쳤다.

"나의 이름은 리리스 제라 아르화이트. 파르커스의 의지를 이은 자. 허락된 존재로서 명한다. 발동하라! 육문의 대결계!"

그 순간 대지가 요동 쳤다.

채영은 하늘의 한 켠이 붉게 물든 지 얼마 되지 않아 공기를 찢어발기는 파공음에 하늘을 올려다봤다. 잘 보이진 않지만 붉고 푸른 점이 일정한 모양을 이루며 밤하늘을 가로지르자 그것이 뭔지 곧 알아챌 수 있었다.

"전투기?"

기종 따윈 알 수 없었다. 하지만 저것이 무엇을 목적으로 이곳에 날아왔는지는 어렵지 않게 추측할 수 있었다. 아마 더 이상 도시로서의 기능을 상실한 과천시의 존립을 부정하는 대규모 폭격이리라. 하지만 어찌된 일인지 한 번 선회를 한 전투기는 단 한 발의 미사일을 발사한 뒤 더이상의 공격은 하지 않고 날아왔던 방향으로 사라져 버렸다. 거기다 그한 발의 미사일도 아무런 폭발을 일으키지 않았다.

"불발인가? 아니… 그렇다면 한 발만 쏠 필요도 없었겠지. 그럼?"

나직하게 중얼거리는 채영의 말에 곁에 서 있던 중년, 최중신이라 이름을 밝힌 남자는 채영의 손을 잡고 체육관의 3층 계단 위로 올라갔다. 무슨 일이냐며 최중신을 다그치던 채영은 주위를 둘러보는 순간 입을 다물고 말았다.

"이럴 수가……."

군대군대 보이는 불길과 아련하게 들려오는 사람들의 비명과 울음소리. 채영은 자기도 모르게 주먹을 불끈 쥐고 말았다. 치밀어 오르는 분노 때문에 온몸이 부들부들 떨렸다. 그는 볼 수 있었다. 불의 장벽에 갇힌채 오들오들 떨고 있는 인질들을. 그리고 알 수 있었다. 어째서 전투기들이 저렇게 쉽게 물러갔는지를.

"개… 새끼… 들."

꽉 다문 이빨 사이로 거친 상소리가 흘러나왔다. 그에게 능력만 있다면 뛰쳐나가 인질을 구하고 저 빌어먹을 비스트들을 몽땅 쓸어버리고 싶었다. 할 수만 있다면 불의 장벽 안에서 오들오들 떨고 있는 인질들의 기분을 비스트들에게도 느끼게 해주고 싶었다. 하지만 그런 분노도 떨리는 목소리로 자신을 부르는 최중신이 가리킨 방향으로 고개를 돌리는 순간 사그라들고 말았다.

"아……."

너무 놀라면 말문이 막힌다고 하던가. 지금 채영과 최중신의 상태가 바로 그랬다. 아래쪽에 있는 사람들도 이 둘이 보고 있는 광경을 뒤늦게 봤는지 저마다 비명을 지르거나 절망 어린 탄식을 터뜨렸다.

불길.

붉디붉어 보는 이의 눈을 미혹으로 빠뜨릴 것 같은 불길이 하늘을 뒤덮고 있었다. 그 불길은 살아 움직이는 것마냥 이리저리 꿈틀거리고 뒤엉키더니 거대한 소용돌이로 변해 그들을 향해 날아오고 있었다. 채영은 저 불길이 마치 중국 설화에 나오는 악룡의 현신같이 느껴졌다. 세상을 저주해 자신의 몸을 불태우며 세상도 함께 불태우려 한 악룡.

"끝인가……."

체념은 간단했다. 그리고 아이러니하게도 차라리 잘됐다는 생각도 들었다. 저런 불길에 휩싸인다면 고통조차 못 느끼고 죽을 테니 말이다. 그때였다. 채영은 몸의 중심이 갑자기 흐트러진 걸 느끼곤 간신히 계단의 난간을 잡고 균형을 잡았다. 그와 마찬가지로 중심을 잃고 비틀거리는 최중신도 채영이 잡아끌지 않았다면 낙상하는 꼴을 면치 못할 뻔했다.

"뭐, 뭐야?"

채영은 자신이 딛고 선 땅이 지진이라도 만난 듯 떨리고 있는 걸 깨달았다. 그리고 그는 곧 이어 믿을 수 없는 광경을 볼 수 있었다.

쿠구구구구구―

쿠구구구구구―

거대한 탑이 솟아올랐다. 아니, 탑이라기보다는 기이한 문자와 그림이 새겨진 돌기둥이 땅에서 솟아올랐다. 높이는 약 7미터에 직경은 2미터가 넘었고 분명 땅속에 묻혀 있었을 텐데 지상으로 솟아오른 그것은 잘 가공해 놓은 대리석 같았다. 그리고 채영이 보고 있는 남문 쪽만이 아니라 다른 다섯 군데에서도 똑같은 모양의 돌기둥이 하늘 높이 솟고 있었다.

돌기둥, 정확하게는 육문이라 불리는 대결계의 핵(核)은 육망성의 모양으로 무릉IA를 완벽하게 둘러쌌다. 그리고 여섯 개의 육문에 새겨진 룬 어는 결계의 중심에 선 엘리의 마나를 받아들여 그것을 증폭시키고, 증폭시켰다.

"뭐지? 설마?!"

류지영은 자신이 소환한 심판의 불이 소용돌이치며 날아가자 곧 이어 폭음과 함께 무릉IA의 본관이 불타오르리라 믿어 의심치 않았다. 설사 무릉IA에 자신이 예상치 못한 마법사가 있다 한들 7클래스의 마법 중에서 최상위를 차지하는 워레스 보울을 막기는 힘들 거라 생각했다. 그녀가 알기론 세계에 그녀와 동수를 이룰 만한 존재는 셋을 넘지 않았다. 7현자의 수장이라 일컬어지는 헬리어드와 과거 타라투스의 수장 디노 크로세틱, 그리고 파르커스였다. 하지만 그들이 직접 온다 한들 자신의 저 마법을 막기란 결코 쉽지 않았다. 하지만 그녀의 마법은 거대한 벽에 부딪혀 산산이 흩어지고 있었다.

"육문… 대결계. 누군가가 파르커스의 시험을 통과했다는 건가?"

그녀의 눈에 거대한 돌기둥이 들어왔다. 룬 어와 마법진으로 빽빽하게 새겨진 거대한 돌기둥은 나를 비웃기라도 하는 듯 자신의 위용을 마음껏 뽐내고 있었다.

그녀는 저 돌기둥이 의미하는 바를 잘 알고 있었다. 태고의 시대 때, 신에게 반기를 들었던 81개의 종족이 만들었다는 결계가 바로 저것이었다. 신의 철퇴를 막고자 만들었기에 가진 위력이 놀랍기 그지없지만 그 효용성이 거의 사기에 가까워 7클래스 마법사 한 명의 힘으로 3일간 유지가 가능하다고 한다. 류지영은 과거 그녀가 파.수.꾼.으로 있을 때 저것의 존재 유무를 알 수 있었다. 물론 알고 있었기에 저 결계가 발동될지도 모른다는 가정을 세우지 않았던 것도 아니었다. 하지만 저 결계의 발동시키기 위해서는 파르커스의 시험을 통과해야 했는데 그 가능성이 너무나 희박했기에 지금껏 무시하고 있었던 것뿐이다.

"변덕스러운 도마뱀 같으니……."

류지영의 얼굴에 표독스러운 표정이 드리워졌다.

"그래 봤자 선택의 순간이 좀 더 늦춰진 것뿐일진대. 미련하구나, 거역할 자여."

차가운 눈으로 높게 솟아오른 육문을 노려본 류지영은 가벼운 탄식과 함께 다시 방 안으로 들어갔다. 그리고 컨을 불러 새로운 지시를 내렸다. 컨은 류지영에게 한참 동안 설명을 들은 뒤 그의 몸을 천천히 류지영의 그림자 속에 묻어갔다.

chapter 51
준비하는 사람들

엘리는 대결계를 발동시키는 순간 그대로 몸이 굳어버렸는지 제단에
한 손을 올려놓은 채 꼼짝도 하지 않았다. 난 결계가 발동할 때 대지를
타고 흐른 마나의 흐름을 읽었기에 그녀가 얼마나 많은 힘을 쏟아 부었
는지 어렵지 않게 짐작할 수 있었다.

"엘리! 괜찮아? 엘리?!"

"그만. 그녀를 건드리지 않는 게 좋을 거야. 아마 자신의 의식을 최대
한 결계의 형성에 집중시키고 있을 테니 말야. 지금 우리가 할 일은 그녀
를 걱정하는 게 아니라 밖으로 나가 상황을 알아보는 일일 걸세."

걱정되는 마음에 엘리를 흔들어 깨우려는 날 아삼이 가로막았다. 그의
말에 이성을 차리고 엘리를 찬찬히 살펴보니 과연 오라를 유동적으로 컨
트롤하면서 대지를 통해 마나를 보내고 있었다. 하지만 이대로 엘리와
아무런 의사 소통도 이루어지지 않는 것도 문제가 있었기에 난 다시 입
을 열었다.

"엘리, 내 말 들리지? 들리면 약간이라도 좋으니까 신호를 보내줘."

말이 끝나기가 무섭게 엘리의 고개가 살짝 끄덕여졌다.

"휴우… 다행이다."

난 엘리가 무사하다는 사실에 안도의 한숨을 내쉬었다. 하지만 상황은 그렇게 여유롭지 않았다.

"자, 지금은 이렇게 한가로이 지낼 때가 아냐. 어떻게 육문 대결계를 발동시키긴 했지만 그건 며칠뿐이니까. 우린 우리 나름대로 준비를 해야 돼. 우선 당장 밖으로 나가서 상황부터 파악하도록 하자."

"하지만 엘리를 이대로 혼자 두고 나가는 겁니까?"

서둘러 일행의 발걸음을 재촉하는 아삼에게 드레이크가 물었다. 그건 나도 생각했던 문제라 아삼의 반응에 신경을 곤두세웠다.

"그럼? 이곳에 누가 들어올 수 있다는 건가?"

"그래도… 만일의 사태에 대비해서 한 명 정도는 남겨야 됩니다. 혹시나 이곳에 잠입한 적이 있다면 큰일이잖습니까."

드레이크의 말에도 일리가 있는지 아삼은 고개를 주억거렸다. 잠시 동안 생각에 잠긴 아삼은 이내 뭔가를 결심한 듯 자신의 곁에 선 아론에게 말했다.

"아론, 네가 남도록 해라. 어차피 넌 직접 전투에 있어선 거의 잼병이니 이곳에 남아서 엘리를 돌보도록 해."

"네."

아삼의 선택은 내가 보기에도 적절했다. 아론은 그의 종족적 특성상 전투에 있어선 큰 힘을 발휘하지 못했다. 힘이 좋아 보이긴 하지만 내가 상대해서 싸운다면 별로 힘들이지 않아도 충분히 이길 수 있을 정도였으니 말이다.

"그럼 어서 움직이도록 하자."

아삼의 재촉에 난 일행의 뒤를 천천히 따라 걸어갔다. 하지만 스쳐 지나가며 엘리에게 한마디 하는 것을 잊지 않았다.

"꼭 데리러 올게."

계속해서 재촉하는 아삼 때문에 오랫동안 볼 수는 없었지만 난 확실하게 엘리의 미소를 볼 수 있었다.

아삼의 뒤를 따라 학장실로 들어선 우린 정택진 교수와 필립으로부터 지금까지 있었던 모든 일을 들을 수 있었다. 비스트들의 간헐적인 습격이 있었다는 것과 그것을 라시안과 하영은이 막아냈다는 것, 전투기가 터지지 않는 미사일 하나를 발사하고 사라진 것과 그 이유를 모두 들을 수 있었다.

"그러니까 저 녀석들이 인질을 써서 한국군의 공습을 저지했다 이건가?"

"네, 아마 사전에 모든 변수를 계산해 두고 있었던 것 같습니다. 이 대 결계만큼은 아닌 것 같지만요."

"음."

아삼은 필립의 말에 침음성을 삼켰다. 나를 비롯해 세리스와 훼릴, 그리고 드레이크와 알테어도 마찬가지였다. 가장 큰 힘이 되리라 생각했던 군의 개입을 저지했다는 것은 이쪽의 생존에 큰 위협이었다. 뒤이어 이어지는 드레이크의 말에 우린 또 한 번 신음성을 삼킬 수밖에 없었다.

"얼마 안 있어 한국군은 공습을 시작할 겁니다. 실질적으로 인질의 구출이 불가능에 가까운 이상 적의 궤멸을 최종 목표로 둘 테니 말입니다."

"그런! 그건 말도 안 돼! 국민을 지켜야 할 군대가 국민의 안전을 도외시하다니! 그건 있을 수 없는 이야기야."

난 드레이크의 말을 극구 부인했다. 그러나 계속해서 이어지는 드레이크의 말에 난 입을 다물 수밖에 없었다.

"하지만 사령부 측에서 보면 수천의 희생으로 수만의 생명을 구한다고 볼지도 모르지. 지금은 이렇게 우리를 포위하고 있지만 여기 있는 비스트들이 사방으로 뿔뿔이 흩어져 중소 규모의 도시나 촌락을 습격한다면? 과연 얼마만큼의 희생이 생기겠습니까. 차라리 순간의 비난을 받더라도 이곳에 있는 모든 비스트들을 궤멸시키는 게 국가적 관점에선 이익일 겁니다. 별다른 병력 낭비 없이 폭탄 몇 개, 미사일 몇 개로 수천, 수백의 비스트들을 쓸어버릴 수 있으니 그들은 절대 그런 기회를 놓치지 않을 겁니다. 그리고… 아니, 관두죠. 이런 것까지 말할 필요는 없을 것 같습니다."

"뭔데?"

갑자기 말을 끊은 드레이크에게 난 궁금증이 일었고 다른 사람들도 마찬가지였는지 계속 채근했다. 결국 세리스의 질문까지 무시할 수는 없었는지 드레이크는 헛기침을 하며 다시 입을 열었다.

"즉, 만약에 군이 비난을 감수할 뜻이 없다면 이곳에 있는 모든 민간인을 희생양으로 삼을지도 모른다는 이야기입니다. 죽은 사람이야 비스트에게 죽었다고 공표하고 언론을 조금 조작하면 끝일 테니……."

"그런!"

대다수 사람들이 경악성을 내질렀지만 난 충분히 일리가 있는 이야기라고 생각했다. 사자무언(死者無言)이라. 하지만 사태가 그렇게까지 비관적으로 흐를 거란 생각은 들지 않았다.

"그렇게까진 안 될 거야."

"어째서?"

"이곳은 결계로 보호되고 있으니까. 듣기론 웬만한 물리력은 절대 통과하지 못한다고 들었어. 밖에 있는 인질들에겐 안됐지만 현재 결계 내에 있는 사람들은 대량 살상 무기가 투하된다 해도 크게 상하는 일은 없을 거야."

마법은 물론이고 강력한 물리 방어도 가능한 게 육문 대결계였다. 마법이 꼭 만능은 아니기에 어디까지 견딜 수 있을진 모르지만 그래도 명색이 대결계인데 이름값은 하지 않겠는가.

"그렇군. 하지만 안심하고 있을 순 없어. 결계가 쳐진 이상 저쪽도 더이상 여유를 가지고 상대해 오진 않을 거다. 후우… 어서 빨리 기사단과 마법사들이 도착해야 할 텐데. 필립님, 단장님이 언제 도착한다고 했습니까?"

"한 시간 정도 뒤입니다."

"한 시간? 그렇게 빨리 올 수 있어?"

내가 알기론 기사단은 이미 해체되어 세계 각지로 흩어져 기사 아카데미의 교관으로 지내는 걸로 알고 있었다. 그런 그들이 몇 시간 만에 모두 모일 수 있을까?

"지금 오는 기사들은 네메시스 본부에 상주하는 로열가드들이다. 아마 알베르트가 지휘할 거다. 그리고 네메시스의 재력과 기동력을 얕보지 마라. 이번 일도 한국 정부 측에서 작전 허가만 빨리 내려줬어도 벌써 도착하고도 남았을 거다. 그 정치하는 돼지들 때문에…… 큭!"

드레이크는 지금 생각해도 분한지 이를 뿌드득 갈았다.

"그런데 마법사들은 텔레포트나 게이트로 오면 되는 거 아닌가? 한국 지부 길드가 그리 크다고는 할 수 없지만 마법사들의 질적인 면이나 내실 면에선 세계에서 알아주는 수준인 걸로 아는데, 내가 잘못 알고 있는 걸까?"

왠지 자화자찬한 것 같아 얼굴이 조금 달아올랐다. 하지만 내가 한 말이 꽤나 충격이었는지 필립과 아삼은 안색이 창백해진 채 허둥대며 통신 구슬을 찾았다.

"왜, 왜 그러세요?"

"빌어먹을, 문제가 생겼다."

"문제?"

아삼이 말한 문제는 꽤 심각한 수준이었다.

당연한 말이겠지만 네메시스와 티르의 검은 무릉IA의 지하에 위치하고 있는 파르커스가 적의 손에 넘어가는 걸 막기 위해서 기사와 마법사를 지원할 것이다. 그러나 적도 바보가 아닌 이상 그들의 무릉IA 입성을 방해할 것은 불문가지! 그래서 필립은 마법진을 이용한 공간 게이트를 이용한 입성을 계획했었다. 그러나 그 계획이 지금은 완전히 백지화되고 말았다. 바로 우리를 지켜주는 대결계 때문이었다.

"그러니까 이 육문 대결계는 완벽하게 밖과 안을 차단하는 결계다 이거지. 밖에 솟은 저 여섯 개의 기둥은 무릉IA를 완전히 뒤덮는 두 겹으로 된 마나의 장벽을 만들어 그 장벽의 사이는 일종의 진공 상태가 되지. 마나의 진공 상태가 말야. 즉 쉽게 말해서 오라필드를 펼친 것과 같은 효과를 낸다고나 할까? 그렇기 때문에 공간을 도약하는 마법이 전혀 통하지 않아. 만약에 공간 게이트를 쓴다면 마나의 진공 지대 때문에 게이트를 여는 것조차 불가능할 거야."

"그럼 이대로 죽을 날짜만 기다려야 하는 거란 말입니까?!"

드레이크는 아삼의 설명에 기가 막히는지 자리를 박차며 소릴 질렀다. 아삼과 필립의 지위와 나이를 생각한다면 당돌하기 그지없는 언행이었다. 하지만 아삼은 별로 신경 쓰이지 않는지 좀 전과 달리 차분한 안색으로 드레이크의 흥분을 가라앉혔다.

"모든 걸 포기하고 싶은가?"

"큭."

"솔직히 나도 우릴 지켜주리라 생각했던 대결계가 오히려 우릴 가두는 감옥이 될 줄은 몰랐네. 하지만 이걸 해제해 버린다면 우린 엘리가 힘겹게 벌어놓은 시간을 포기하는 것과 마찬가지야. 우린 포기하기보다는 최대한 짧은 시간 동안 적을 맞아 싸울 준비를 해야 하네. 잘만 하면 지원군과 연계를 펼쳐서 우릴 포위하고 있는 적을 상대로 양동 작전을 펼칠 수도 있을 거야."

아삼의 말에 드레이크는 다시 자리에 앉았다. 그리고 군말하지 않고 곧바로 그 나름대로의 계획을 세우기 시작했다. 하지만 아직 중요한 문제가 남았으니.

"그런데 류지영 선… 아니, 류지영은 도대체 무엇 때문에 이렇게 대대적인 규모로 이곳을 습격하려는 거죠? 단순히 파르커스를 종속시키고자 하는 거라면 혼자 와도 되는 거 아니었어요? 제가 파수꾼으로 있긴 하지만 듣기론 제가 할 일이라곤 누가 들어가고 또 죽어 나가는지만 체크하면 된다고 들었는데요."

그렇다. 나를 비롯해서 세리스와 훼릴, 그리고 엘리는 류지영의 목적을 알지 못했다. 그래서 난 뭔가 확실히 알고 있는 것 같은 아삼과 필립에게 물었다. 나 스스로 조심스럽게 확신할 수 있는 것은 절대 파르커스의 종속만이 류지영의 목적이 아니란 거다.

파르커스를 종속시키기 위해선 절대 쪽수로 밀어붙여서는 아니 될 일이다. 파르커스의 사념체를 오직 혼자의 힘으로 제압해야 했다. 사념체라고는 하나 그는 8클래스 마법사의 마력과 노련한 기사를 능가하는 체술을 가지고 있어 혼자 힘으로 그의 사념체를 쓰러뜨린다는 것은 불가능에 가까웠다. 실제로 7클래스 급의 마법사를 포함한 우리 일행 9명이 달려들었지만 결과는 거의 죽지 않음이었다. 더군다나 결계로 그의 힘을 어느 정도 감소시킨 상태였으니 류지영 혼자서 그를 쓰러뜨린다는 것은 말도 안 되는 이야기였다.

'하지만… 파르커스의 종속이 아닌 다른 목적이 있다면?'

예를 들어 최영은 학장처럼 뭔가를 제물로 삼아 부탁을 한다거나 말이다. 하지만 그 도마뱀이 꼭 들어준다는 보장도 없으니 이것 역시 가능성이 희박했다. 이런 대대적인 공격을 감행하는 걸 보면 류지영 나름대로의 확신이 있는 게 틀림없었다. 단순히 과천시를 상대로 한 살육이 목적이 아닐 테니 말이다.

"후우… 그녀가 노리는 게 있다면, 아마 복수겠지."

"복수?"

내 질문에 대답한 건 처음 봤을 때부터 가장 많은 걸 숨기고 있던 아삼이었다. 그는 평소 습관인지 한껏 인상을 쓰면서 파이프에 담뱃잎을 꼭꼭 눌러 담더니 작은 불꽃을 만들어 불을 붙였다.

"후우……."

아삼은 담배 연기를 길게 뿜으며 천천히 과거에 있었던 일을 읊조리기 시작했다. 그의 목소리는 낮게 깔려 있었지만 그가 내뱉는 한마디 한마디는 나의 심장을 움켜쥐는 것만 같았다.

"내가 그녀에 대해서 알게 된 건 그리 오래된 일이 아니다. 내가 현자라는 칭호를 얻은 뒤, 우연한 기회에 나의 스승이 남긴 일기를 발견해 읽을 수 있었지. 스승님이 남긴 일기엔 티르의 검이란 조직이 저질렀던 죄악이 낱낱이 적혀 있었다. 훗… 뭐, 그런 걸 지금 이 자리에서 말해 봤자 마음만 흐트러질 뿐이니 하나만 이야기하도록 하지."

나와 세리스, 그리고 훼릴을 가만히 바라보던 아삼은 다시 내게 시선을 고정하더니 충격적인 사실을 말했다.

"스승님의 일기장엔 이렇게 적혀 있었다. '1924년 8월 2일… 부활한 이종족(異種族)의 말살을 위해 42명의 형제들이 모였다' 라고."

부활한··· 이종족?

"설마!"

"그리고 같은 날에 쓰여진 일기장의 마지막엔 이렇게 적혀 있었지. '태양의 일족 말살 도중 봉인을 푼 종속자 류지영이 탈출. 후환을 남기지 않기 위해 추격자 하르키 학파의 이안과 그에게 종속된 세라프 스칼렛을 보냄' 이라고."

"그··· 그런."

아삼의 말이 끝나는 순간 머리 속에 무분별하게 흩어져 있던 퍼즐 조각들이 하나하나 맞춰지는 것처럼 느껴졌다.

더 썬의 종속자는 지영 선배였다.

그리고 더 썬은 영혼을 찾았고 신과의 약속대로 그의 일족은 봉인에서 벗어났다.

하지만 그런 더 썬의 일족과 더 썬은 티르의 검이 보낸 자들에게 모두 죽고 말았고, 지영 선배만 홀로 탈출해 복수의 칼날을 갈고 있었다?

아니다, 뭔가 이상하다. 물론 아삼이 한 이야기대로라면 지영 선배가 타라투스의 수뇌가 될 이유가 충분했다. 당시 티르의 검과 견줄 수 있었던 세력은 교황청과 타라투스뿐이었을 테니까. 하지만 그런 그녀가 왜 굳이 이곳 과천을 노리고 있는지는 여전히 이해할 수 없었다. 이곳은 단지 파르커스가 있다는 것 말고는 별다른 특이점이 없다. 티르의 검에 복수하기 위해서라면 이곳을 노리기보다는 차라리 네메시스의 총단이나 길드장이 있는 곳을 치는 게 더 효율적이다. 그러나 지영 선배는 그렇게 하지 않았다. 어째서일까?

분명 이곳에서만 할 수 있는 일이 있는 것이다.

하지만 그 사실을 확인하기 전에 짚고 넘어가야 할 일이 있었다. 바로 아삼이 한 말 중에 나왔던 '이안'과 '스칼렛'의 이름 때문이었다.

"이안 선생님과 스칼렛 누나? 설마 그때 류지영을 쫓았던 사람이 제 스승님이었단 건가요?"

"아마도."

아삼의 말에 난 이안이 남긴 일기장이 머리 속에 떠올랐다. 젠장, 이럴 줄 알았으면 나도 시간 있을 때 그 일기장을 한번 탐독해 보는 건데. 만약 그랬다면 지금 일어나고 있는 이 모든 사건의 전말을 예상할 수도 있었을 것이다.

후우…….

나도 모르게 나온 한숨에 훼릴과 세리스가 내게 몸을 가까이 붙여왔다. 누가 보면 별것 아니라고 생각할 수 있는 행동이지만 인간이란 누군가가 내게 기대고 있다는 단순한 사실만으로도 마음의 안정이 빨리 찾아오는 존재이기에 난 꾸꾸무리한 기분을 빨리 떨쳐 낼 수 있었다.

"후흡! 아무래도 그 이야기는 저도 스승님이 남긴 일기장을 통해서나 알아봐야겠네요."

"후후, 좋은 마음가짐이야. 묻고 싶은 게 많겠지만 지금은 가슴 한 켠에 묻어두도록 해. 지금은 어떻게 해서든 지원군을 받아들일 준비를 해야 해."

그렇다. 지금 중요한 것은 생존이었다!

아삼과 필립은 공간 게이트와 마나의 위상 차를 이용한 고차원적 마법 수식을 사용해 가까스로 네메시스와 통신을 연결할 수 있었다. 핸드폰이나 전화기는 아카데미 내부 회로를 제외하곤 완전히 먹통으로 변해 버렸기에 통신 구슬만이 네메시스와 연락을 취할 수 있는 유일한 방법이었기 때문이다.

아삼은 네메시스와 연결되자마자 가장 먼저 기사단의 움직임과 티르의 검 측에서 지원하기로 한 마법사들의 수를 파악했다. 기사단의 숫자는 약 천백 내외였고, 마법사는 5클래스 이상의 마법사만 뽑았기에 백 명을 못 넘겼다.

"후우… 10만 대 2천의 싸움이라. 휘발유를 껴안고 불구덩이에 뛰어드는 기분이군 그래."

드레이크는 확연한 전력 차에 한숨을 푹 쉬고 말았다. 아무리 용병의 꽃이 적은 병력으로 많은 적을 쓰러뜨리는 것이라곤 하지만 이렇게까지 큰 차이가 난다면 문제가 컸다. 산술적인 계산만으로도 한 명당 50명은 쓰러뜨려야 수지 타산이 맞는다는 소리가 아닌가. 하지만 적은 우리 쪽의 두 명이 달라붙어도 하나를 상대하기 힘들 정도로 강한 놈들로만 구성돼 있었다.

"알베르트, 지금 주둔하고 있는 곳이 어디지?"

[청계산 근처다. 한국군 주둔지를 같이 쓰고 있는 중이지.]

"청계산이라… 그럼 열어야 하는 것은 동문인가?"

아삼과 필립이 통신에 필요한 마나를 공급하기 위해 땀을 뻘뻘 흘리는 동안 드레이크는 알베르트와 작전 회의를 하며 깊은 생각에 잠겼다.

"한국군의 동태는 어떻지?"

[별로 좋지 않아. 다행히 마법사 길드 측에서 정부 쪽에 압력을 넣어 전멸전은 피할 수 있었지만 그걸로는 부족하다. 김진욱 준장, 상당히 냉철한 사람이더군. 자기 부하를 희생해서라도 목적을 이루는 사람이야. 아마 하루 이틀 정도 시간을 끌다가 여차하면 대규목 폭격이라도 할 것 같아. 그걸 막기 위해선 정부 측의 압력만이 아니라 여론을 움직일 만한 뭔가가 있어야 해.]

"여론이라……."

드레이크는 알베르트의 말에 침음성을 삼켰다.

여론.

민주주의 국가에선 가장 강하면서도 가장 약한 힘의 표현이다. 국민과 정부가 올바른 기능을 담당한다면 여론은 나라의 미래를 바꿀 수도 있는 힘이 되지만 그렇지 않다면 잘못된 권력의 꼭두각시가 되어버린다. 지금까지 여론을 움직여 자신의 사리사욕을 채운 정치인과 정권이 얼마나 많았던가!

"하지만 매스컴을 어떻게 움직인다는 거지? 이곳에서 기자 회견이라도 하란 말인가? 아니면 우리가 싸우다 죽는 모습을 비디오로 담아보란 거야? 죽어서 영웅이 되긴 싫다구."

[흐음…….]

닭이 먼저냐 계란이 먼저냐를 두고 싸우는 것마냥 순환의 오류를 범하던 알베르트와 드레이크는 결국 결론을 찾지 못한 채 끙끙 앓고 있었다.

"기자는 아카데미 내에도 있어."

"뭐?"

문득 생각난 게 있어 내가 입을 열자 드레이크가 민감한 반응을 보였다.

"기자로 활용할 사람은 많아."

"어떻게?"

이런이런… 상황이 이렇게 변해서 그렇지 원래 오늘은 축제 일이다.

"잊었어? 오늘은 무릉IA의 명물인 매화제라구. 아마 확실하진 않겠지만 호기심이 많거나 특종에 목마른 기자라면 아직 아카데미 내에 있을 거야. 그리고 낮에 텔레비전 중계차도 한번 본 것 같아."

"좋아! 정택진 씨? 당장 방송으로 기자나 리포터 같은 사람들을 모아

쥐요. 물론 방송 장비도 함께!"

"아, 네."

정택진 교수는 드레이크의 말에 부리나케 마이크 쪽으로 달려가 방송을 시작했다. 내용은 드레이크가 말한 그대로였다. 하지만 아무런 이유 없이 기자를 모은다면 호응이 별로 없을 거라며 정택진 교수는 드레이크와 알베르트가 나눴던 대화 내용을 적당한 과장과 생략을 사용해 일장 연설을 했다. 마치 군이라는 존재가 결계 밖에 있는 비스트들보다도 더 잔인무도하게 그려질 정도였다.

'쪼금만 삐딱하게 말하면 한국군이 배후 세력쯤 되는 줄 알겠네.'

이런 생각이 드는 건 아마 나만이 아닌지 훼릴과 세리스, 그리고 필립도 어이없다는 표정이다.

"조금 심하지 않나요?"

"이 정도는 하는 게 좋겠지요. 전 좀 전에 사람들에게 죽어달라는 부탁도 했던 사람입니다. 이번엔 조금 과장도 하고 생략도 했습니다만 절대 지금 상황에 마이너스가 되진 않을 겁니다. 이곳에 있는 사람들이 결코 좌절만 하고 있을 사람들은 아닐 겁니다. 아마 사람들은 예상하고 있던 배신 아닌 배신에 분노하겠죠."

예상하고 있던 배신. 그렇다, 군이란 존재는 최소한의 희생으로 최대한의 성과를 내야 한다. 적과 아군, 아니, 일반 시민 3만을 희생해서 10만의 적을 쓰러뜨릴 수 있다면 충분히 3만을 희생할 수 있는 존재가 바로 군이란 존재다. 아마 그런 군의 생리를 잘 아는 사람이라면 이미 눈치 채고 있지 않았을까?

"분노하면, 그걸로 됩니다. 별로 좋은 원동력은 아니지만 사람들을 움직일 수 있다면 그걸로 된 거 아닙니까."

"후우… 당신도 꽤나 손해 보고 사는 성격이군."

필립의 말에 가볍게 웃은 정택진 교수는 방송이 끝나기가 무섭게 울리는 전화를 받아 들었다.

"음… 그래? 알았네. 당장 이쪽으로 모셔오도록."

"무슨 일이죠?"

"바다 군의 예상대로 미처 아카데미를 빠져나가지 못한 기자와 보도진들이 들고일어섰군. 그리고 윤세정 양도 보도진을 돕겠다며 같이 오고 있다고 하네."

윤세정? 그 애가 아카데미에 남아 있었나? 그러고 보니 오늘 축제 때 그녀의 목소리가 언뜻언뜻 들렸던 것 같은 기억이 난다. 그때가… 아삼과 아론을 만날 때였던가?

"자자, 여론 형성에 관한 문제는 보도진이 오면 생각하기로 하고, 지원군의 진입 문제를 다시 논해봐야 하지 않겠어? 모두 이곳으로 모여주세요."

드레이크가 모두를 불러 모았다. 필립은 여전히 마나 공급에 여념이 없었지만 아삼은 알테어를 불러 자기 대신 마나를 공급하게 하고는 드레이크 옆에 와 앉았다. 하여튼 힘쓰는 거랑 귀찮은 건 죽어라 싫어하는 영감이라니깐.

"현재 우리가 생각해야 하는 건 세 가지입니다. 첫 번째는 지원군을 어떻게 결계 안으로 받아들이느냐 하는 것. 둘째는 결계가 사라지고 난 다음엔 어떻게 싸울 것인가에 대한 것. 마지막으로 이렇게 하면 적들이 물러갈 것인가입니다. 지금 가장 시급한 건 첫 번째니까 우선 그것부터 해결하도록 하죠."

역시 장미의 연대를 이끌던 대장답게 드레이크의 회의 진행은 매끄러웠다.

지원군을 받아들이는 방법은 약 십 분간 토론해 본 결과 두 가지로 압

축될 수 있었다.

하나는 좀 무리가 되더라도 최대한 빨리 기사단을 결계 내부로 텔레포트받는 것과 다른 하나는 결계를 부분적으로 해제한 다음 적진을 돌파한 기사단을 수용하자는 것이었다. 우리가 선택한 것은 후자의 방법이었다.

"텔레포트로 받아들이는 건 불가능한 게 아냐. 하지만 공간 게이트를 열고 마나의 위상 차를 재배열하고, 마법진까지 병행해서 매스 텔레포트를 한다는 건 현재 인원으로는 무리야. 한 번 시도하고 나면 한 사흘을 앓아 누울걸? 그리고 한 번에 옮길 수 있는 인원도 겨우 열 명 남짓인데다 실패할 가능성도 매우 높아. 자칫 잘못하면 수십 명을 개죽음으로 몰아넣을 수도 있다는 말이지. 차라리 좀 위험 부담이 있더라도 기사단에게 중앙 돌파를 시키고, 이쪽에서 순간적으로나마 결계를 해제해 주는 게 나을 거야."

애초에 텔레포트가 가능하다고 한 사람이 아삼이었지만 가장 먼저 가능성을 부인한 사람도 아삼이었다.

"하지만 저 많은 적들을 어떻게 돌파해 온다는 거죠? 비스트들이 조금만 민활하게 움직이면 포위돼서 죽는 건 시간문제라고요. 그리고 인질이 있다면서요! 만약 적들이 인질을 내세운다면⋯⋯."

[인질은 걱정할 필요 없어. 적들도 바보가 아니라면 인질을 함부로 하진 않을 거야.]

인질을 염두에 둔 드레이크가 비관적인 전망을 말하자 통신 구슬로 대화를 나누던 알베르트는 그럴 리 없을 거라며 드레이크의 의견을 반박했다.

[저들에게 있어서 인질은 대량 살상 무기를 저지하기 위한 안전선 역할을 하고 있어. 적들도 그걸 잘 알고 있을 테니 기껏 2천밖에 안 되는

기사들이 쳐들어왔다고 해서 인질을 함부로 죽이진 않을걸?」

"그래도……"

협박을 하는 입장에선 본보기를 보일 수도 있는 것이다.

[만약 그들이 본보기를 보인다고 무고한 사람들의 목을 쳐버린다고 해도… 어쩔 수 없어. 다수를 위한 소수의 희생은. 기습을 한다면 그들이 협박을 할 틈도 없이 우린 무릉IA에 진입해 있을 거고 말야.]

"그럼 어떻게 기습을 하겠다는 거지? 적들의 눈에 띄지 않는 곳에서부터 움직일 수 있을 거라 생각해? 플레이트 갑옷을 입은 채 그렇게 빨리 움직일 수 있을까?"

천오백 남짓한 인간이 마법사란 존재를 부담한 채 10만의 대군을 가로지른다는 건 불가능에 가깝다. 중세 때야 기마병이 랜스를 들고 보병들의 한가운데를 중앙 돌파하곤 했다지만 지금은 현대다. 그런 게 가능할 리가 없었다.

"기동성 보강이야 어려울 것도 없지 않아?"

아삼은 드레이크가 투덜거리자 조금 짜증난다는 어투로 말했다.

"네?"

멍청한 표정을 짓는 드레이크.

"기사가 꼭 말만 타란 법 있어? 그리고 누가 뛰어서 돌파하래? 시속 150킬로는 너끈하게 나오는 자동차가 사방 천지에 널린 나란데 자동차나 오토바이 2천 대쯤이야 못 구할까!"

"아!"

감탄하는 드레이크의 얼굴에 아삼은 혀를 쯧쯧 차고 말았다.

"명색이 지휘관이란 놈이 이런 간단한 것도 생각 못해 가지고서야……"

아삼이 뒤에서 뭐라고 하든 말든 드레이크는 아삼의 의견이 무척 현실성이 높다는 생각에 이 모든 계획을 알베르트에게 당장 보고했다.

[흠… 자동차와 오토바이라… 알았어. 참고하도록 하지.]

말은 짧았지만 알베르트의 얼굴에 미소가 떠오른 걸 보니 그도 꽤 마음에 들어하는 것 같았다. 흐음… 갑옷을 입은 기사들이 자동차와 오토바이를 타고 칼질이라? 뭔가 언밸런스한 그림이 되는 것 같지만 알베르트도 바보가 아닌 이상 부족한 것은 보완하겠지.

[하지만 준비를 완전히 끝내려면 당초 우리가 돌입하려던 시간보다 한두 시간 정도 더 걸릴 거야. 현지 조달을 한다고 해도 조건에 맞는 기계를 선별하고 수량에 맞게 물건을 끌어 모으려면 공권력을 이용한다고 해도 그게 최대한 시간을 절약한 거야.]

하긴 2천이란 수량은 결코 작은 게 아니다. 인근에 자동차 공장이 있다 해도 순간적으로 끌어 모을 수 있는 양이 아닌 것이다. 하지만 국가의 공권력과 군부대의 지원을 받는다면 그럭저럭 알베르트가 말한 제한 시간 안에 끌어 모을 수는 있을 것이다.

"그럼 두 번째 안건은 결계가 사라지고 난 다음의 대책입니다."

알베르트가 바빠질 것 같다며 통신을 끊자 드레이크는 곧바로 다음 안건을 내놓았다.

"흠… 달리 대책을 세울 필요가 있을까?"

"어째서?"

드레이크가 두 번째 안건을 말하자마자 훼릴이 옆에서 고개를 절레절레 흔들며 말했다.

"현 상황에서 결계가 사라지면 저 10만의 비스트들을 막아낼 재주가 우리에게 있을까? 저들이 대규모 살상 무기를 봉쇄하기 위해서 인질 작전을 펴는 동안 운좋게 결계를 쳐서 그렇지, 그렇지 않았다면 우린 이미 죽은 목숨일 거야. 만약 군이나 정부 측에서 대량 살상 무기를 사용해 밖의 비스트들을 몽땅 쓸어주지 않는 이상 우리의 생존 확률은 턱없이 낮

아. 차라리 세 번째 안건인 비스트들을 물러가게 할 것인가나 생각하는
게 낫지 않겠어?"

"……."

훼릴의 말에 우린 입을 다물 수밖에 없었다. 그녀의 말 중에 틀린 말
이 없기 때문이었다. 하지만 난 그런 훼릴의 말에 전적으로 동의할 수 없
었다. 결국 세 번째 안건인 비스트들을 물러가게 할 방법을 찾지 못한다
면 밖에 있는 모든 인질들을 희생시켜야 한다는 말이 아닌가.

"그리고 이건 내 생각인데 적들을 물러나게 할 방법은 단 하나야."

"뭐?"

우린 자신의 목숨과 타인의 생명을 저울질할 시간도 없이 훼릴의 말에
고개를 돌려야만 했다.

"적들의 대장을 쓰러뜨리면 돼."

"어떻게? 또 적들의 수뇌가 누군 줄 알고?"

훼릴의 말이 끝나기가 무섭게 드레이크는 반박했다. 달리 생각해 볼
틈도 없이 말하는 걸로 봐서 이건 드레이크도 생각해 봤던 문제인 것 같
았다.

"그거야 조금 있으면 스스로 드러널 텐데 우리가 신경 쓸 필요 있을
까?"

"뭐?"

"잘 생각해 봐. 조금 있으면 기사단과 마법사들이 이곳을 향해 돌진할
거야. 당연히 비스트들은 그들을 저지하겠지? 하지만 기습인데다 강력한
마법 지원을 바탕으로 한 그들의 돌격을 쉽게 멈출 순 없을 거야. 그럼
당연히 적의 대장이 실력 발휘를 하겠지. 우린 그걸 노려서 적의 수장을
치면 되는 거야. 운만 좋으면 단 한 방에 끝을 볼 수도 있어."

"그건 지금 기사단을 미끼로 쓰자는 건가?"

드레이크의 인상이 험악해졌다. 누구라도 자신의 가족이나 동료를 미끼로 쓴다고 하면 화가 날 것이다. 하지만 훼릴은 그런 드레이크에게도 아랑곳하지 않고 자기 할 말을 다 했다.

"미끼가 아닌 일석이조(一石二鳥)의 계획이라고 하는 게 어떨까? 또 다른 말로 하자면 양동 작전, 혹은 유비무환 대책이라고 할 수도 있지."

12월 12일 PM 10시 정각.

과천에서 동쪽으로 약 4킬로 떨어진 141번 국도는 도로가 개통된 이래 최고의 교통 대란에 시달리고 있었다. 약 수백여 대의 대형 컨테이너 트럭이 바퀴를 들이댈 수 있는 모든 땅에 들어서 있었고, 수십 명의 경찰과 군인들이 이곳을 중심으로 도로의 양쪽 5킬로 밖에서 교통 통제를 하고 있었다.

"늦었어."

알베르트는 자신의 부관인 헤르밀을 질책했다.

"정부의 승인을 얻는 데 시간이 너무 많이 걸렸습니다. 그리고 기준에 맞는 차량을 섭외하는 것도 결코 쉬운 일이 아니었습니다."

"쳇, 이 나라는 융통성이 너무 없어. 뭐, 정치가란 존재는 어딜 가나 마찬가지겠지만 말야. 기사단과 마법사의 준비는?"

"총 1,972명을 493조로 나눠 각 조마다 기사 세 명과 마법사 한 명이 조를 이루게 했습니다."

알베르트는 헤르밀의 말에 한쪽 구석에서 분주하게 움직이고 있는 기사단을 쳐다봤다. 하나같이 하프 플레이트 메일을 입고 그들의 무기인 랜스와 바스타드 소드를 손질하고 있는 모습이 진중하기 이를 데 없었다. 그리고 그런 기사들보다 먼저 자동차에 자리를 잡고 있는 삼백여 명의 마법사들은 메모라이즈를 하는지 가만히 앉아서 뭔가를 중얼중얼거리고 있었다. 한편 그런 그들과 좀 떨어진 곳에선 중세를 방불케 하는 기사단과는 달리 최첨단 무기를 손질하는 이십여 명의 군인들이 있었다. 총알을 받아낼 수 있는 강화 수지 플라스틱으로 덧댄 옷을 입고 위장 크림으로 얼굴을 검게 칠한 그들은 인간의 몸에 얼마만큼의 무기를 매달 수 있는지를 알아보는 중이었다. 얼추 봐도 그 유명한 '바주카포'와 기관총은 둘째 치고, 오이 덩쿨이라도 몸에 감아놨는지 온몸에 주렁주렁 달려 있는 수류탄은 차마 가까이 다가설 수조차 없게 만들었다. 막말로 봉숭아 씨처럼 '툭' 건드린 순간 '펑' 하고 터져 버릴 것만 같았다.

"저들은?"

"전(前) 뢰종 바르도 용병 부대 소속이었던 신입 대원입니다. 스론다이크님이 현대식 무기에 능통한 사람이 한둘은 필요할 거라며 함께 보내셨는데, 잊으셨습니까?"

"뢰종 바르도라… 뭐, 좋아. 예전 파리에서 그들과 함께 싸워본 적이 있었는데 꽤나 믿음직한 친구들이었지. 거치적거리진 않겠군."

"어이, 형씨. 거치적거리다니? 그런 섭한 소리 말라구."

"응?"

작게 중얼거린 알베르트의 말을 들었는지 온몸에 무기를 두른 거한이 능글능글하게 웃으며 걸어왔다. 양쪽 어깨에 HK21E 기관총을 메고 탄띠로 몸을 휘감은 이 거한은 버릇인지 가슴 어림에 매달아놓은 수류탄을 톡톡 쳤다.

"자네는?"

"후크 린스키라고 하지. 아니지, 알베르트라고 하면 기사단장이니까 '입니다' 라고 해야 하나?"

후크는 혼잣말인 양 마지막 말은 들릴락말락하게 웅얼거렸지만 알베르트가 못 들었을 리가 없었다.

"무례하군. 시비를 거는 거라면 다른 사람에게 본보기도 보일 겸 상대해 줄 수도 있다."

"이크~ 우리 대장님 화나셨나 보네. 농담입니다, 농담. 파리에서 함께 싸우면서 기사의 힘을 두 눈으로 확인했는데 미치지 않은 이상 시비를 걸 리가 없잖습니까."

알베르트의 눈에서 서늘한 안광이 빛나자 얼른 저자세를 취하는 후크였다. 알베르트보다 머리 하나는 더 큰 후크가 온몸에 중화기를 두른 채 굽신거리자 병기를 손질하던 용병 중 한 명이 달려와 그의 엉덩이를 후려차며 소리쳤다.

"이 멍청아! 덩치는 산만해 가지고 그렇게 할 짓이 없냐? 너 자꾸 이렇게 얼간이 노릇 하면 돌격할 때 비스트 간식거리로 던져 버린다."

"윽, 엠마아~ 그런 심한 소릴 하다니 너무하잖아."

"너무한 게 누군데 그래! 아, 이번에 지휘를 맡으신 알베르트 경이죠? 모자란 녀석이니 너그럽게 이해하세요."

폭풍처럼 달려와 자기보다 훨씬 큰 상대를 사정없이 두들기며 잔소리를 퍼붓는 여자 용병의 모습에 알베르트는 멍하니 있다가 그녀가 자신에게 덩치 대신 사과하자 문득 이 둘의 존재가 재미있게 느껴졌다.

"뭐, 이 정도 일로 사과할 필요까지는 없습니다."

가볍게 웃으며 엠마의 사과를 받아들인 알베르트는 곧 사열이 있을 거란 헤르밀의 말에 신형을 돌려 기사단 쪽으로 걸어갔다.

"후우……."

점점 멀어져 가는 알베르트를 지켜보던 엠마는 알베르트의 수려한 외모에 자기도 모르게 두근거리는 심장을 서서히 가라앉히며, 입속으로 뭐라뭐라 꿍얼거리는 후크의 귀를 잡아끌었다.

"아아아야! 뭐야, 엠마! 아파! 아프다고!"

"닥쳐! 시간없으니까 얼른 니 무기 손질이나 끝내! 곧 사열이 있다잖아. 하여튼 바다랑 개들이 위험하다는 말에 앞뒤없이 뛰어들었으면 조금이라도 도움이 되어야 할 거 아냐!"

"쳇, 알았어, 알았다고! 그러니까 이 손 좀 놔."

부관인 헤르밀이 무전기를 이용해 사열을 시작한다는 말을 하자마자 무질서하게 앉아 있던 기사들과 마법사들은 자신이 속한 조별로 신속하게 움직이기 시작했다. 그건 엠마와 후크가 속한 용병들도 예외는 아니어서 좀 전까지 티격태격하던 모습을 완전히 감춘 채 발걸음을 빨리했다. 조금 후에 있을 전투 때문인지 모두의 얼굴은 딱딱하게 굳어 있었다. 알베르트는 3분도 안 되는 시간에 모두가 자리를 잡자 자기 앞에 멈춰 있는 지붕이 없는 지프에 올라섰다.

"지금부터 무릉IA로의 돌입 작전을 개시한다. 선두는 내가 탄 1호차다. 모두 각자 가진 모든 능력을 쏟아 붓고, 살아서 무릉IA에 입성해라. 행여라도 낙오하지 않도록 조심하길 바란다. 우린 사지로 뛰어드는 것이다. 한순간의 방심도 허락하지 말도록!"

짧은 연설을 끝으로 알베르트는 허리춤에 달린 롱 소드를 꺼내 하늘 위로 쳐들었다. 그리고 있는 힘껏 외쳤다.

"죽음이 두려운가!"

"아닙니다!"

알베르트의 외침 하나하나에 기사단은 입을 모아 대답했다. 곧 있을 전투에서 죽음을 맞이할지도 모르는데 그 누구의 얼굴에도 두려움은 없었다.

"죽음이 두렵다면 사신마저 쓰러뜨려라!"

사신을 쓰러뜨리란 말에 기사단 모두가 검을 뽑아 들었다.

"로열가드! 출진!"

"명예로운 죽음을!"

입을 모아 그들만의 구호를 외친 로열가드 기사단은 일제히 자동차에 올라탔다. 선두로 알베르트의 차가 출발하자 2열 종대로 죽 늘어선 자동차들도 서서히 움직이기 시작했다.

"뭐 해? 안 타?"

"아, 타, 탈 거야."

후크는 알베르트의 연설과 외침, 그리고 기사단의 기상에 취해 자기도 모르게 기관총을 쳐들고 '명예로운 죽음'을 외치다 엠마의 외침에 얼른 정신을 차리고 차에 올랐다.

"으이그, 애도 아니고 뭐 하는 거야?"

"애라니!"

"기사도 아니면서 '명예로운 죽음'을 운운하니까 그런 거 아냐!"

"이씨! 넌 남자의 로망을 몰라!"

"그래그래~ 아마 너두 죽을 때까지 여자의 로망은 이해 못할 거다."

"그 딴 건 몰라도 돼."

엠마는 아무 생각 없이 소풍 전날 잠 못 드는 초등학생마냥 잔뜩 몸이 달아오른 채 상기된 얼굴로 총을 만지작거리는 후크를 물끄러미 보다가 한숨을 쉬고 말았다. 과연 저 녀석은 자기 마음을 알긴 아는 걸까?

"후우… 너 같은 녀석한테 뭘 바라는 내가 바보지."

"뭘 바랐는데?"

후크는 여전히 분위기 파악을 못한 채 멀뚱멀뚱한 얼굴로 엠마를 바라보며 말했다.

"여자의 로망."

"엥?"

퍼억!

결국 엠마는 무슨 소릴 하는 거냐는 듯 멍청한 얼굴로 자신을 보고 있는 후크의 면상을 한 방 갈겨 버리고 말았다.

같은 시각 수원에 위치한 비행장에선 C-130J 수송기가 이륙 준비를 하고 있었다. 약 21톤의 화물을 실을 수 있는 C-130J는 후위 적재함에 더 이상의 짐을 실을 수 없을 정도로 꽉 채운 상태였다.

"이거 제대로 뜰 수나 있으려나?"

땀을 뻘뻘 흘리며 충격 완화제가 가득 든 소형 컨테이너를 옮기던 정환영 상병은 앞서 쌓아놓은 화물의 산을 보자 과연 이 비행기가 뜰 수 있을까 하는 소박한 의문을 가질 수밖에 없었다.

"야, 임마! 뭐 해? 빨랑빨랑 움직이라고!"

"넵!"

뒤에서 또 한 개의 컨테이너를 끌고 온 선임의 외침에 정 상병은 얼른 컨테이너를 빈 적재함에 올려놨다.

"이 새끼, 어리버리해 가지고는… 안 그래도 자유 시간에 비상 걸려서 짜증나 죽겠는데."

"권태혁 병장님, 죄송합니다."

"죄송할 거까진 없고, 좀 쉬자. 너나 나나 인간인데 좀 쉬면서 일해야지."

"네."

활주로 위라 담배를 피울 수 없었던 정 상병은 권태혁 병장에게 사탕을 하나 건네주고는 자기도 입에 하나 물었다.

"그런데 권태혁 병장님, 이거 말입니다. 뭐가 들었기에 이렇게 무거운 겁니까?"

"보면 모르냐? 여태껏 허벌나게 옮기면서 저게 뭔지도 모르다니, 가서

함 봐라, 임마. 뚜껑에 뭐라고 적혀 있는지."

한심스럽다는 듯 머리를 한 대 툭 치는 권태혁 병장의 말에 정 상병은 자리에서 일어나 컨테이너에 붙은 라벨을 확인했다.

"케이… 투 40정? 이건… 5.56MM탄?"

"그래, 이거 공수한다고 하더라. 그 어디더라? 왜 오늘 뉴스에 나온 동네 있잖냐."

"과천말입니까?"

"그래그래. 거기. 그쪽에 공수한다고 하던데?"

"거기에 이걸 쓸 사람이라도 있습니까?"

"그걸 내가 어떻게 알겠냐? 우리 나라에서 사지 멀쩡한 사람치고 소총 다룰 줄 모르는 사람은 거의 없다고 봐도 되니까 상관없겠지. 자자, 그만 쉬고 빨리 옮기자. 얼렁 자고 싶다."

권태혁 병장의 채근에 정 상병은 다시 한 번 적재함 안에 있는 컨테이너 박스를 쳐다봤다. 이 한 대의 비행기에 실린 물건만 해도 어림잡아도 천여 명을 충분히 무장시킬 수 있는 양이었다. 게다가…

"얌마! 다른 두 대는 작업 다 끝나간단다. 어서 움직여."

"네!"

수송에 동원되는 C-130J는 총 세 대였다.

정확하게 말하자면 K-2소총을 비롯해 가장 가까운 병기고를 털어 모은 M-16소총까지 모두 해서 약 4,000정이 수송기에 실려 있었다. 그리고 이 무기들을 운용하기 위해 탄약고와 P/L탄약고(전시에 쓰이는 탄약을 저장해 놓는 탄약고)에서 운반해 온 2백만 발의 소구경 탄약이 적재되어 있었다. 거의 일개 연대급 병력을 무장시킬 수 있는 양이었다.

키이이잉―

날카로운 엔진음이 활주로의 공기를 진동시키며 C-130J 세 대가 하늘로 날아올랐다.

"씨발, 개새끼들 때문에 좆뺑이쳤네."

권태혁 병장은 말년에 지랄 같은 군 생활 한다며 투덜거리더니 땀으로 범벅된 몸을 씻는다며 먼저 들어가 버렸다. 혼자 남은 정 상병은 주위를 슬쩍 둘러보고는 담배 한 개비를 입에 물었다. 그리고 이젠 식별등도 보이지 않는 수송기의 꽁무니를 바라보며 작게 중얼거렸다.

"힘내십쇼."

자신이 옮긴 무기를 쥐게 될 누군가에게 건네는 작은 격려였다.

교정을 걸었다. 스산한 초겨울의 바람이 낙엽마저 다 진 플라타너스 나무를 흔들었고, 황금색으로 변한 잔디밭은 스치는 바람에 사그락사그락거리며 서로의 몸을 부대꼈다. 적지 않은 시간을 이곳에서 보냈지만 이런 밤의 정경은 처음처럼 느껴졌다.

"오라버니, 안 추워?"

훼릴이 내 팔에 매달리며 속삭였다. 세리스가 옆에서 새침한 얼굴로 서 있다가 살며시 내 옷소매를 잡아끌었다. 난 가볍게 웃으며 세리스의 팔을 잡아끌어 어깨를 보듬어 안아줬다.

"이렇게 셋이 같이 있으니까 전혀 안 추운걸?"

"헤헤, 엘리가 그 말 들으면 서운해하겠다."

"그렇구나."

"……?"

나의 미적지근한 대답에 훼릴이 이상한다는 듯 내 얼굴을 쳐다봤다.

"왜 그래?"

"아아, 별거 아냐."

달리 할 말이 없어 별거 아니라곤 했지만 사실 속으로는 조금은 쓸쓸

한 안타까움을 쓸어 내리고 있었다. 훼릴이 한 말, 엘리란 존재가 내 가슴에 무겁게 다가왔기 때문이었다.

과연 지금의 엘리가 예전의 그 엘리인 걸까? 스스로를 리리스 제라 아르화이트라 칭한 그녀를 엘리라 부를 수 있을까? 난 인정하기 싫지만 아니라는 대답을 할 수밖에 없었다.

엘리는 없었다. 예전 그렇게 내게 안기길 좋아했고 순진하면서도 조금은 맹한… 그런 엘리는 이제 없었다. 너무나 경황이 없어 그녀를 오랜 시간 동안 지켜볼 수 없었지만 엘리는 리리스란 전생의 기억을 가진 전혀 다른 존재가 되어버린 것이다. 물론 훼릴의 경우처럼 레시안이 스스로의 존재를 소멸시켜 가며 지금의 상태를 유지시켜 주는 것도 사양하고 싶은 일이지만 말이다.

"후우……."

괜찮아지겠지. 아직 그녀와 많은 이야기를 나눠본 것도 아니지 않은가. 조금씩, 조금씩, 갑작스레 생긴 벽을 허물어가면 될 것이다.

그런 생각을 하며 길을 걷는데 뒤에서 인기척이 느껴졌다.

"스승님."

"라시안이랑 영은이구나."

익숙한 오라라고 생각했더니 라시안과 영은이었다. 그런데 어째 둘의 팔이 얽혀 있는 것이 꼭 '팔짱'이란 걸 하고 있는 것 같다. 내 눈이 잘못된 건가?

"너희들 언제부터 그런 사이가 된 거냐?"

밑도 끝도 없이 단도직입적으로 묻는 내 말에 라시안은 얼굴만 붉힐 뿐이었고 하영은은 입술을 삐죽 내밀면서 한마디 톡 쏘았다.

"홍~ 그런 선생님은 제 스승님이랑 훼릴이랑 뜨거워 보이는데요? 한 명두 아니고 두 명이라… 선생님, 바람둥이 기질이 너무 농후한 거

아녜요?"

역시 자기 성질 어디 갖다 버리지 못한 하영은이다. 하지만 내가 생각하지 못한 게 있었으니 바로 훼릴이었다. 따지고 보면 훼릴도 하영은에 비해서 절대 뒤처지는 성깔이 아닌데 말이다.

"무슨 말 하는 거야? 두 명이라니!"

"윽."

하영은은 놀란다고 그냥 한마디 한 말이 설마 훼릴의 성질을 긁을 줄은 몰랐는지 날카로운 훼릴의 언성에 그만 쫄아버리고 말았다.

"두 명이 아냐!"

"훼… 훼릴, 미안."

"세 명이지!"

"그래, 세… 명… 에?"

하영은은 훼릴의 말에 어안이 벙벙해졌는지 멍한 얼굴이 되고 말았다. 그리고 시시각각 그녀의 안색이 변하기 시작하더니 급기야 내 뒤통수를 후려치는 소릴 해댔다.

"설마 엘리까지? 선생님, 그렇게 안 봤는데 변태였어요? 설마 로리콘이었다니! 라시안, 지금이라도 저 선생님한테 마법 배우는 거 고려해 보는 게 좋을 거 같아. 같이 다니다가 변태 기질까지 물들어 버리면 곤란해진단 말야!"

로, 로리콘! 변태 기질? 그리고 뭐? 곤란해져?

"하… 영… 은!"

결국 시답잖은 소릴 한 대가로 하영은은 이마에 자그마한 혹을 선물받았고, 라시안은 하영은을 잘못 교육시키고 있다는 죄로 하영은과 똑같은 자리에 혹을 하나 달고 말았다. 나름대로 커플룩을 만들어줬달까?

잠깐의 소란이 지나간 뒤 우린 단 몇 시간을 못 본 것일 텐데 마치 몇

년을 못 본 사이처럼 그간 있었던 일에 대해서 이야기를 나눴다.

나와 세리스, 그리고 휘릴은 파르커스에 대한 이야기를 적당히 각색하면서 엘리가 육문 대결계를 지탱하고 있다는 것까지 이야기해 줬다. 물론 학장이 죽었다는 사실도 불의의 사고로 안타깝게 죽었다고만 해뒀다. 그의 행동이 영웅적인 것은 맞지만 그가 그걸 세상이 알아주길 바라고 한 것이 아니란 걸 알고 있기 때문이었다. 더군다나 마법사인 그가 학장을 하고 있었어야 하는 과거지사까지 들춰내게 되면 파르커스에 대한 이야기가 어쩔 수 없이 나오기 때문이기도 했다.

한편 라시안은 의외로 담담하게 하영은과 사귀게 됐다고 말했다. 들어보니 우리가 파르커스를 만나러 간 지 얼마 안 돼 몇 마리의 비스트들이 쳐들어왔을 때 서로를 의지하며 싸우다 보니 자연스레 그런 감정을 확인하게 됐다고 했다. 쯧, 어린것들이 벌써부터 연애질이라니 하는 생각이 들긴 했지만 굳이 반대하진 않았다. 요즘 세대들에게 있어서 저 나이에 연애 한 번 못해보는 게 더 이상하리란 생각이 들기도 했고, 저들이 보기엔 내가 휘릴이나 세리스랑 사귀고 있다는 사실이 더 이상하게 보일 거란 생각도 들어서였다. 실상은 그렇지 않지만 사정을 모르는 사람이 보면 거의 원조 교재 수준이 아닌가. 제일 나이가 많아 보이는 휘릴도 나와 비교한다면 거의 7살 정도의 차이는 있어 보였다.

고오오오오—

10시가 다 되어간다는 걸 느낀 난 곧 시작될 작전 때문에 학장실 쪽으로 돌아가려다가 멀리서 들리는 엔진음에 가만히 귀를 기울였다.

"세리스, 지금 이 소리가 어디서 나는지 알 수 있겠어?"

"…하늘입니다. 커다란 비행기 세 대가 보입니다."

문 나이트라 그런지 몰라도 우리 중 가장 밤눈이 밝은 세리스였다.

이 시간에 이곳의 상공을 나는 비행기라면 한국군과 미리 약속된 수송기임이 분명했다.

"왔군."

수송기는 정확히 우리 머리 위를 지나가기 얼마 전부터 뒤쪽 해치를 열더니 커다란 상자를 줄줄이 투하하기 시작했다. 낙하산에 매여진 상자들은 공중에서 이리저리 헤엄치더니 빠른 속도로 아카데미 이곳저곳에 떨어졌다. 원래대로라면 결계에 막혀 들어올 수 없었을 테지만 아론을 시켜 엘리에게 미리 언질을 줘 10시 정각부터 5분간 아카데미 상공의 결계를 거두라는 지시를 해뒀기에 이런 일이 가능했다.

"온다. 라시안, 훼릴, 내려오는 물건들이 다른 곳으로 세지 않게 해!"

"네? 넷!"

체감상 바람은 느껴지지 않지만 상공의 기류는 무척 드셀 게 틀림없었다. 평온한 날에도 고층 빌딩 옥상에 올라가면 거센 바람이 느껴지지 않던가. 평소라면 한두 개 정도야 상관없겠지만 지금은 저 컨테이너 하나하나가 아쉬울 지경이다.

"흐읍!"

컨테이너를 부수는 게 목적이 아니었기에 난 물리력을 가진 공격 마법이 아닌 순수한 마나의 실을 뻗어 낙하산에 매달린 컨테이너를 넓은 공터 쪽으로 유도했다. 다행히 바람이 거세지 않았는지 낙하산은 별다른 유동 없이 거의 수직으로 떨어지고 있었다. 세리스와 훼릴도 간간이 옆으로 세는 낙하산들을 향해 검기를 날리거나 바람 계열의 마법을 써서 컨테이너를 한쪽으로 모으고 있었다. 하지만 가장 발군의 능력을 보인 건 다름 아닌 라시안이었다.

"하아아앗!"

"오오~"

감탄사가 절로 나온다. 선천적으로 가진 사이코키네시스트 능력에 마법적인 힘까지 추가시키니 아무리 높은 곳에 있는 컨테이너라도 라시안의 손짓 한 번에 궤도를 바꿔 의도한 장소에 착착 쌓인다. 저 능력을 잘만 살린다면 나와 한판 붙어도 충분히 승산을 점칠 수 있는 수준이었다. 아니, 시간이 조금만 더 지난다면 능가하고 남을지도 모른다.

"그럼 학장실로 가볼까나."

컨테이너를 모두 한곳에 모은 우리는 곧장 학장실로 향해 기다리고 있던 물품이 도착했다는 걸 알렸다.

"좋아, 시간 약속 하난 확실하군. 그럼 이 나라 남자들의 힘을 한번 볼까?"

드레이크는 정택진 교수에게 사람들을 불러 모으라는 말을 했고, 곧 실내 체육관에 모인 장정들은 컨테이너가 쌓여 있는 대운동장 쪽으로 모이란 방송이 나갔다.

"뭐야, 이건?"

"어라? 이거 K-2소총이잖아? 5.56MM탄도 있어!"

약 사천 명 가까이 되는 사람들은 대운동장에 쌓여 있는 무기 더미를 보더니 서로 뭐라뭐라 말하며 탄성을 질러댔다. 하긴 척 보기에도 평균 연령 20대 이상으로 보이는 사람들이니 군 경험자가 대부분인 게 당연했고 우리 나라 군인치고 K-2소총이나 M16소총 한번 안 쏴본 사람이 몇 명이나 될까? 아주 오래전에 군에 갔다 온 사람들이야 M1이나 켈빈을 썼다지만 말이다.

"역시 상비 전투 병력 천만의 국가다운 저력이다 이건가?"

40대와 30대 중에서 특수 부대 출신자나 군 경험자 몇 명을 차출해 무기 분배를 시킨 드레이크는 소총을 아무렇지도 않게 다루는 사람들의 모습에 기가 막힌 듯 허허 하고 웃고 말았다. 심지어 개중에 어떤 사람은 얼마 만에 만지는 소총이냐며 제식 동작을 하는 사람도 있었고 집총 16개

동작을 하는 사람도 있었다. 물론 주위에 있는 사람들의 박수를 받아가며 말이다. 만약 상황이 이렇지만 않다면 예비군 훈련소의 정경으로 치부되고도 남을 정경이었다.

"자자, 각자 자기가 다룰 줄 아는 소총을 분배 받으시고 무기를 지급 받은 분들은 저쪽으로 가셔서 탄약도 지급 받으시기 바랍니다. 당연한 말이겠지만 조정간은 안전에 두시고 절대 장전을 해서는 안 됩니다."

무기 분배를 담당하고 있던 40대 남자가 주의 사항을 말하자 여기저기서 걱정 말라는 소리와 함께 모두가 자기 무기의 상태 점검에 여념이 없었다. 전역한 지가 십수 년은 넘었을 법한 남자가 M16소총을 능숙하게 분해 조립하여 총열이 더럽다며 '총기 수입 도구'를 찾는 사태까지 발생하자 드레이크는 고개를 절레절레 흔들었다.

"무섭군."

드레이크는 이스라엘도 이보다는 못하다며 의용군─우린 이들을 이렇게 부르기로 했다─을 은연중에 지휘하던 40대 남자에게 다가가 몇 가지 말을 하고는 대운동장의 단상 위로 올라갔다.

총기 분배는 빠르게 진행됐다. 아마도 현실을 직시하고 있는 사람들의 심리와 그들의 가족과 스스로를 지켜야 된다는 심리가 그들의 행동을 민첩하게 만들었기 때문이리라.

사천여 명의 사람들을 한 번에 통솔하는 것은 무리가 있었기에 드레이크는 그들을 40여 개의 중대 규모로 인원을 나눌 것을 제안했고, 10명씩 조를 만든 뒤 다시 그 조를 열 개씩 모으는 방법으로 40여 개의 조를 만들 수 있었다. 그리고 각 중대에선 가장 나이가 많은 사람이나 스스로 지휘를 하고 싶다는 사람을 기준으로 대장을 뽑았다. 이런 상황에 나이나 자신감 하나로 100명의 목숨을 책임지는 대장의 지위를 뽑는다는 건 말도 안 되는 일이었지만 그것 말고는 달리 선택의 여지가 없었다. 정식 군사 행위가 아닌 이상 군번을 따질 수도 없는 노릇이 아닌가. 하지만 왕년에 직업 군인 출신이 많아 반수 이상이 그런 사람들을 대장으로 내세울 수 있었다. 겨우겨우 20여 분 만에 무기 분배와 40여 개 중대로 부대 편성을 끝낸 알베르트와 정택진 교수는 대운동장의 단상 위로 올라갔다.

웅성웅성.

군대라곤 생각할 수 없을 정도로 흐트러진 자세로 여기저기 앉아 있던 사람들은 정택진 교수와 새파랗게 젊은 외국인이 단상 위로 올라가자 웅성거리기 시작했다.

"정택진입니다."

아삼이 마법으로 음성 증폭 마법을 걸어 정택진 교수의 목소리는 마이크가 없음에도 불구하고 운동장에 모인 모든 사람의 귀에 들렸다.

"상황이 이렇다 보니 '안녕하십니까'란 말은 못하겠군요. 달리 군말하지 않겠습니다. 지금부터 여러분이 처한 상황과 할 일을 말씀드리겠습니다."

일말의 동요도 없이 침착하게 자기 할 말을 하기 시작하는 정택진 교수의 모습에 사람들은 일순간 조용해졌다. 정택진 교수는 천천히, 그리고 간략하게 현재 우리가 처한 상황을 설명하기 시작했다. 우선 나를 비롯한 몇 명의 마법사가 죽을힘을 써서 대결계를 만들어 비스트의 진입을 막고 있다는 것과 그 때문에 네메시스의 기사단과 티르의 검이란 마법사 단체에서 나온 지원군이 비스트 군단을 뚫고 와야 한다는 사실을 말했다. 물론 그 와중에 결계를 해제하면 되지 않냐고 묻는 사람이 있었지만 정택진 교수가 '10만 대 1만이 싸우는데 들판에서의 싸움이 쉽겠습니까, 아니면 다리 하나를 사이에 두고 싸우는 편이 쉽겠습니까?'란 말에 곧 입을 다물고 말았다.

다음으로 꺼낸 이야기는 현재 밖에 잡혀 있는 인질들에 대한 이야기였다. 정택진 교수는 이 부분에서 모든 것을 아주 진술하게 이야기했다. 약 1만 명의 인질이 국군의 개입을 막고 있다는 것과 어쩌면 비스트를 없애기 위해 국군이 인질은 물론이고 이곳에 있는 사람들의 안위조차 무시할지도 모른다는 사실을 말했다. 그러자 그의 말이 채 끝나기도 전에 몇몇 사람들은 말도 안 되는 처사라며 울분을 토하기도 했다.

"그래서 지금 우린 스스로 살아남기 위해 발버둥 쳐야 합니다. 지금 여러분께 지급된 무기는 여기 있는 네메시스 소속 기사인 드레이크 경의 요청과 국군의 협조 아래 지원된 것입니다. 곧 있으면 네메시스 소속의 기사들과 마법사들이 이곳으로 달려올 겁니다. 우린 그들을 받아들이기 위해 결계의 한 축을 무너뜨릴 겁니다. 여러분이 하실 일은 결계가 제 기능을 상실하는 동안 여러분의 손에 들린 총칼로 비스트들을 막는 것입니다."

정택진 교수가 담담한 말투로 모든 설명을 마치자 사람들은 자기 손에 들린 소총과 철통 안에 든 탄약을 떨리는 눈빛으로 바라봤다. 분명 누군가를 향해 총을 쏴야 하는 순간이 왔다는 사실이 믿기지 않기 때문일 것이다. 하지만 대부분의 사람들은 자신이 총을 겨눠야 할 존재가 비스트란 사실을 떠올리고는 총과 탄통을 꼭 쥐었다.

"그럼 지금부터 여러분이 지켜야 할 곳과 각 부대별 위치를 지정해 드리겠습니다."

학생회에서 만든 연명부와 부대 편성표를 손에 든 정택진 교수는 각 조장의 이름을 부르며 순서대로 1조, 2조 하는 식으로 부대명을 지정해 줬고, 순서대로 무릉IA의 동문 쪽으로 보냈다. 동문엔 알테어가 오는 순서대로 동문을 방추형으로 감싸는 진을 구성하도록 위치를 잡아줬다. 날개가 있는 만큼 그녀는 높은 곳에서 가장 이상적인 위치에 부대를 배치시킬 수 있었던 것이다.

총과 탄약을 든 의용군 말고도 한참 전부터 와서 땀을 뻘뻘 흘리는 사람들이 있었다. 바로 아카데미의 화공대, 공대, 체대의 남학생들이었다. 그들은 마스크와 장갑을 낀 채 소방용 호스와 펌프를 연결하거나 땅속에 파이프를 파묻기도 했다. 40여 개 조가 각자 대장의 말에 따라 땅을 파거나 흙을 쌓거나 하면서 은폐, 엄폐가 끝날 때쯤 되자 학생들의 작업도 그 끝을 보고 있었다.

　"후우… 대충이나마 끝낸 건가?"

　"아니, 이제 시작일 뿐이야."

　수천 명의 사람들을 움직이느라 진이 다 빠져 버린 내가 한숨을 푹 내쉬며 말하자 드레이크가 내 말을 간단히 부정하며 옆에 섰다.

　"응? 그 검은 어디서 난 거야?"

　"아아, 아삼님한테 맡겨놨던 거야."

　드레이크의 검은 폭 12㎝, 길이 1m 30㎝의 바스타드다. 도대체 아삼의 어디에 그 검을 숨겨놨다는 걸까? 하긴 지금까지 아삼의 안주머니에서 별별게 다 나왔었는데 검 하나쯤이야 뭐가 대수랴. 그냥 그러려니 해야지.

　"세리스님과 훼릴은?"

　드레이크는 여전히 세리스에게 '님' 자를 붙였다. 한번 우상은 영원한 우상으로 섬긴다 이건가? 혈십자 기사단 때부터 느낀 거지만 기사들의 집념은 무서울 정도다. 상대가 인정해 주든 주지 않든 자신의 주관을 철저하게 관철시키는 것, 어쩌면 그게 기사도란 게 아닐까라는 생각마저 든다.

　"곧 올 거야."

　그 둘은 중앙 도서관을 지키기로 한 라시안과 하영을 잠깐 보러 갔다. 물론 나도 가야 하는 입장이지만 혹시 모를 일에 대비해야 했기에 가지 않았다.

"5분 남았다."

"응.'

시계를 보니 10시 35분이었다.

"죽지 마라."

내 어깨에 손을 올리며 말하는 드레이크의 억양이 조금 떨려 나왔다.

"너야말로."

서늘한 바람이 긴장으로 콧잔등에 잔뜩 맺힌 땀을 식힌다. 시간이 흐를수록 높게 솟은 육문의 기둥과 차가운 달빛에 희미하게 비치는 결계의 벽이 마치 종잇장처럼 느껴져 불안해진다. 하지만 난 안경을 밀어 올리며 조용히 읊조렸다.

"담배 한 개비 없나……."

chapter 52
싸우는 사람들

검은 피를 불태워 지축을 떨어 울리는 철마(鐵馬).

알베르트는 자신이 타고 있는 지프를 그렇게 생각했다. 사실 그나 다른 로열가드들에게 있어 자동차가 결코 낯선 물건은 아니었다. 아무리 말을 타고 기마전을 연습하는 그들이라지만 지금은 21세기다. 1인 1자동차 시대라고 해도 과언이 아닌 시대에 그들이라고 운전면허증 하나 없을 리가 없었다. 다만, 갑옷을 입은 채 자동차를 타고 있다는 사실이 어색할 뿐이었다. 거기다 평소와는 달리 그의 손엔 전혀 생소해 보이는 총 한 자루도 들려 있었다. 비단 그것은 알베르트만이 아니라 다른 기사들도 모두 한 자루씩 들고 있었다. USAS-12. 이 총의 모델명이었다. 김진욱 준장이 국방부에서 샘플링으로 가지고 있다던 무기들 중 쓸 만한 걸로 보내준 무기였다. 들어보니 완전 자동식 산탄총이라고 하는데 아직 그 위력은 알 수 없었다. 뼛속까지 칼 싸움 하는 데 미친 그가 총의 성능에 신경 쓸 리가 없었다. 게다가 디자인도 별로 마음에 들지 않았다. 투박해 보이는 외형에 2차 세계 대전을 배경으로 한 영화에서나 볼 것 같은 드럼형 탄창은 들고 있는 자신을 묘한 감흥에 젖게 만들었다.

"후우, 기사가 이런 총을 들고 싸워도 되는 걸까?"

"지금은 이것저것 가릴 때가 아니지 않습니까. 수적인 열세에 따른 핸디캡을 메운다고 생각하십시오."

"흐음."

헤르밀은 샤프하게 생긴 외모답지 않게 고지식한 자신의 상관이 꽤 귀엽다는 느낌이 들었다. 그리고 귀엽다는 느낌만큼 무모하다는 생각도 들었다. 2천 명의 기사로 10만의 비스트 군단을 가로지를 생각을 하다니, 웬만한 담력으로는 시도조차 불가능한 일이 아닌가! 자신 같은 부하야 믿고 따르면 그만이지만 지휘관은 부하들보다 더 앞을 바라봐야 하고 그들의 목숨에 대한 책임감을 짊어져야 한다. 무능하고 유능하고를 떠나서 그것이 지휘를 하는 사람과 지휘에 따르는 사람의 차이였다.

"지금 시각은?"

알베르트는 저만치 보이는 불빛에 계획에 맞게 움직이고 있는지 체크하고 싶었다.

"10시 36분입니다."

과연 운전석의 프런트에 달린 시계를 보니 막 10시 36분을 가리키고 있었다. 드레이크와 약속한 시간이 다 되어가고 있었다. 결계가 열리는 시간은 단 한 시간! 그 시간 안에 알베르트와 2천의 지원군은 10만이란 비스트의 대군을 돌파해 내야만 했다. 그것도 최소한의 희생으로.

"이거야 원… 죽자고 덤벼들어도 겨우 돌파해 낼까 말까 한데 최소한의 희생으로 돌파해야 하다니. 헤르밀, 내가 무모한 걸까?"

"당신이 불가능하다고 생각된다면 저희는 같이 죽어드릴 수밖에 없는 거 아닙니까?"

"그런가? 후후……."

헤르밀의 말에 알베르트는 자신의 검을 빼 들고 가만히 검신을 응시했다.

그래. 우린 기사다. 적을 앞에 두고 겁부터 집어먹으면 안 될 말이지.

"헤르밀, 저쪽 사거리를 지나는 순간부터 경적을 울려라. 돌격하는데 나팔 소리가 없어선 안 되지."

"네."

"그리고 이제부터 브레이크 따윈 밟지 마라."

"당연한 말씀을."

헤르밀은 애초에 브레이크를 밟을 생각 따윈 없었다는 듯 서서히 기어를 바꿔가며 속도를 올리기 시작했다. 비상 깜빡이를 넣자 뒤를 따르는 자동차들도 서서히 속도를 올렸다. 그리고 알베르트가 말한 사거리를 지나는 순간 헤르밀은 원수의 면상을 후려갈기듯 클랙슨 버튼을 내려쳤다.

빠아아아아아아아앙!

빠아아아아아아아앙!

투투투투!

헤르밀의 경적 소리에 맞춰 알베르트가 허공에 총알을 갈겼다.

"여기 죽음을 두려워 않는 기사가 왔다! 선봉은 나! 알베르트 폰 로펜하임!"

알베르트의 입가에 미소가 걸렸다.

"덤벼라아아아!"

심장의 박동 수가 증가하기 시작한다. 뇌류를 타고 흐르는 피가 뜨겁다. 강철마저 녹여 버릴 듯한 열기가 대지를 딛고 선 다리에서부터 허리와 등골을 타고 흐른다. 가볍게 떨구고 있던 주먹이 불끈 쥐어졌다. 나의 오감(五感)에 그 어떤 징후도 포착되지 않았음에도 나의 몸은 강한 휘발성 화공 약품에 붙은 불길처럼 불타오르기 시작했다. 난 알 수 있었다.

이건 본능이었다.

조금이라도 더 어둠에 익숙해지기 위해 감고 있던 눈을 떴다. 아무것도 막아선 게 없는 나의 시야에 희끄무레한 비스트들의 움직임이 포착됐다. 결계의 바깥쪽 면에서 겨우 오십여 미터 정도 떨어진 곳이었다. 그들의 움직임에서 호시탐탐 틈만 나면 결계 안으로 뛰어들겠다는 의지가 보였다. 누런 안구에서 뿜어져 나오는 안광이 역겨운 욕망에 잔뜩 절어 있었다. 인간의 살을 찢고 피를 마시고 싶다는 욕망. 하지만 곧 그들의 움직임이 변화를 보이기 시작했다.

'응?

나의 귀에 희미하게 자동차의 경적 소리가 들렸다. 그리고 그것은 시간이 갈수록 커져 갔다. 난 한두 대의 것이 아닌 수십 수백 대의 자동차가 한꺼번에 내는 소리라는 것을 알 수 있었다. 간간이 총소리도 들렸다. 시계를 잠깐 들여다봤다.

PM 10시 45분.

조금 늦은 감이 있지만 약속 시간이었다.

"훼릴, 엘리에게 결계를 열라고 해."

텔레파시 마법을 어렵지 않게 쓸 수 있는 훼릴에게 시켜 엘리보고 미리 말한 대로 결계를 열게 한 나는 조용히 주문을 영창하기 시작했다. 나뿐만 아니라 아삼과 필립, 알테어도 있는 힘껏 마나를 끌어 모으며 주문을 영창하고 있었다. 순식간에 주변의 마나가 요동 치기 시작했다.

"고대의 계약에 따라 나 한바다가 명한다."

절대 어설픈 마법을 쓸 수 없었다. 아삼은 7클래스 급의 대단위 파괴 주문을 영창하고 있었고 필립 역시 6클래스 7서클 급의 빙속성 주문을 영창하고 있었다. 알테어도 있는 힘껏 주위의 마나를 끌어 모아 자신의 두 날개로 집중하고 있었다. 어림잡아도 거의 7서클 급의 마나였다.

"여기 일곱 개의 봉인을 열어 어둠에 갇힌 자의 불길을 부르나니."

내가 영창하는 주문은 이안의 일기장에 있던 고대 마법 중 하나였다. 사실 이 마법은 현재의 나에겐 상당히 벅찬 마법이다. 이곳에 와서 수련을 안 한 탓도 있지만 나의 클래스와 마력 서클이 높지 않다는 것이 가장 큰 이유였다. 지금 영창하는 주문이 6클래스 7서클 급 주문이기 때문이다.

"아비돈의 업화여, 영혼을 불태우는 흑염의 불꽃이여."

그것도 단순한 6클래스 7서클 급 주문이 아니다. 이건 하르키 학파에서 발굴해 내고 해독해 낸 전승 마법(傳承魔法)으로 세상에 몇 개 밝혀지지 않았다는 고대 주문이었다.

"파괴와 탐욕에 가득 찬 존재여, 이곳에 임하라!"

겨우 5클래스 5서클 급의 내가 쓸 수 있는 마법이 아니다. 하지만 난 주문을 영창했고 이미 상당량의 마나와 오라를 소진한 뒤였다. 왜 그랬을까? 당연한 말이겠지만 다 믿는 구석이 있기 때문이었다. 난 시동어만을 남겨둔 채 단검을 꺼내 왼손 약지 끝에 상처를 냈다. 어설픈 상처는 고통스럽기만 하고 별 도움도 안 되기에 난 이왕 하는 거 화끈하게 하자는 생각으로 거의 뼈가 보일 정도로 깊은 상처를 냈다.

"마스터?"

옆에서 세리스가 나의 행동에 놀랐는지 날 불렀다. 하지만 이건 내가 의도한 일인만큼 가만히 손을 흔들어 걱정스런 눈을 하고 있는 세리스의 마음을 진정시켰다. 그리고 손끝에서 흘러내리기 시작한 피로 허공에 마법진을 그렸다. 간단한 증폭진(增幅陣)이지만 나의 피를 촉매로 만들었기에 내가 쓰는 마법을 가장 극대화시킬 수 있는 마법진이었다.

"나와랏, 멸세천사(滅世天使)!"

온몸의 모공에서 마나가 뿜어져 나와 내 앞에 하나의 형상을 만들기 시작했다. 검고 붉은 불꽃의 천사를. 마치 나의 피로 만들어지는 것마냥 온몸의 진이 빠져나갔지만 난 그만둘 수 없었다. 여기서 멈추면 오히려 마법을 시전한 내가 죽고 말 것이기 때문이었다.

"크윽!"

단 몇 초였지만 나에겐 몇 시간처럼 느껴졌다. 그리고 서서히 결계를 구성하는 마나가 흐트러지는 게 느껴졌다. 아마 엘리가 결계를 해제시키는 것이리라.

카아아악!

쿠워어어억!

그리고 그때를 기다렸다는 듯 땅속에 숨어 있던 비스트들이 일제히 몸을 드러내고 활짝 열린 결계의 문으로 들이닥쳤다.

"흐읍!"

사람들이 헛바람을 삼키는 게 보인다. 당연한 반응이었다. 상어의 이빨을 무색하게 할 정도로 무질서하게 솟아난 비스트들의 이빨에 흐르는 광기 어린 침은 그들의 몸을 굳히기에 충분할 테니까. 가물가물해지는 나의 눈에 보이는 놈들은 2급과 3급으로 분류된 리자드맨과 땅속을 헤집고 다니는 블러드 웜이었다. 특히 핏빛 진액을 몸의 여기저기에 뚫린 구멍으로 뿜어내는 블러드 웜은 웬만큼 담력을 키웠다고 자신하는 내가 보기에도 흉포하기 그지없었다.

"으윽!"

흉포한 비스트들의 모습에 내 옆에 있는 의용군 중 한 사람의 입에서 헛구역질이 나왔다. 총열 손잡이와 방아쇠에 걸린 손가락이 부들부들 떨리는 게 당장이라도 자신이 가진 모든 총알을 저놈들에게 쏟아 붓고 싶어하는 것 같았다. 하지만 그는 물론이고 매복하고 있는 수천의 의용군 중에 단 한 명도 방아쇠를 당기지 않고 있었다. 왜냐하면 드레이크가 마법사들의 마법이 비스트들을 한번 쓸고 난 다음에 공격을 하라 했기 때문이었다. 약 사천 쌍의 눈동자가 검집에 꽂혀 있는 드레이크의 검을 주시하고 있었다. 그의 검이 뽑히는 순간이 바로 공격 개시였으므로.

끼아아아아악!

오랜 시간, 아니, 실제로는 십 몇 초간 나의 마나를 긁어가던 흑염의 천사가 자신의 몸을 완전히 이루자 온몸의 털을 곤두세울 듯한 비명을 질렀다. 난 그 소리에 내가 구현해 낸 마법의 결과물을 두 눈으로 확인할 수 있었다. 여섯 장의 검은 날개, 일곱 개의 뿔, 그리고 붉게 불타오르는 머리털의 천사를.

"쿨럭, 겨우 성공한 건가?"

난 제자리에 털썩 주저앉고 싶은 충동을 겨우 억눌렀다. 단 한 번의 마법에 온몸의 진이 다 빠져 버렸다. 몸 상태로 봐선 웬만큼 기력이 돌아오지 않는 이상 간단한 마법도 시전하지 못할 정도였다. 하지만 난 후회하지 않았다. 그만큼 내가 만들어낸 마법은 대단한 것이었으니까. 내가 소환해 낸 천사의 뜨거운 열기와 절로 공포를 자아내는 모습에 사람들이 삼키는 신음 소리가 커졌다.

캬르르르르륵!

비스트들이 바로 눈앞에까지 쳐들어왔다. 난 빠르게 필립과 아삼, 그리고 알테어를 살폈다. 모두 이마에 땀이 송골송골 맺힌 채 날 보며 고개를 끄덕였다. 준비가 끝났다는 신호였다.

"가라! 나의 적에게 불의 심판을 내려라! 세븐스 저지먼트 파이어!"

여섯 장의 날개를 가진 흑염의 천사는 내가 손끝으로 적을 지정하며 최후의 시동어를 외치자 검은 불꽃이 넘실거리는 날개를 활짝 폈다. 그리고 귀청을 찢을 듯한 비명성과 함께 날아가 비스트 군단의 선봉과 정면 충돌했다. 멸세의 천사, 그녀의 검은 날개가 선두에서 달려오던 비스트들을 한 줌의 핏물로 만들며 붉은 핏빛 안개를 만들었다. 비단 그것뿐만이 아니었다.

"커틀러스 스피어!"

아삼이 시동어를 외치자 붉게 달아오른 창 하나가 허공에 나타나 비스트들을 꿰뚫었다. 속으로 '에게, 겨우 불타는 창 한 개?'라고 생각했던 나는 놀라운 광경을 목격할 수 있었다. 단 한 개뿐이던 창은 하나의 비스트를 꿰뚫으며 두 개의 창날로 변해 갈수록 많은 비스트들을 꼬치 꿰듯 엮기 시작했던 것이다. 하나가 두 개로 되고, 그 두 개가 네 개로 변해 뒤로 갈수록 많은 수의 비스트가 고통에 찬 비명을 질렀다. 순간적으로 저 마법 몇 번이면 10만이 아닌 100만의 비스트들도 전멸시킬 수 있을 거란 생각마저 들었다. 하지만 그와 비례해서 아삼의 안색도 눈에 띄게 창백해지기 시작하자 난 '커틀러스 스피어'란 마법이 무적이 아님을 알 수 있었다. 아삼의 반응은 분명 마법의 구현이 끝났음에도 계속 마나가 소모되고 있어서가 틀림없었다.

"큭!"

결국 아삼이 소모되는 마나를 감당하지 못하고 무릎을 꿇고 말았다. 그리고 동시에 비스트들을 꿰뚫던 창도 사라지고 말았다.

"하아아아앗!"

"데모닉 블레스터!"

아삼이 쓰러지자마자 필립과 알테어의 마법이 작렬했다. 정확히 말하자면 알테어가 쓴 것은 마법이 아니었다. 그녀는 고농도의 마나를 집약시킨 수십 개의 깃털을 화살처럼 쏘아냈다. 깃털은 마치 살아 있는 것처럼 불규칙적인 궤도로 움직이며 비스트들의 미간을 관통했다. 웬만큼 재생 능력이 뛰어난 비스트가 아닌 이상 머리가 박살난 순간 그대로 절명할 게 틀림없었다. 한편 필립이 쓴 마법은 중력계 마법이었는지 결계가 열려 있는 지점에서부터 바깥쪽으로 수십 미터가 납작하게 짜부라지고 말았다. 마치 거대한 해머로 찍어버린 모양이었다.

"전군……"

필립의 마법이 그 효력을 다해가자 드레이크가 더 이상 공격을 늦출 수 없었는지 막 그의 검을 뽑으려고 했다. 그리고 그와 동시에 일제히 소총의 조종간을 움직이는 소리가 들렸다. 하지만 그는 곧 이어 들려오는 외침에 명령 하달을 멈추고 말았다.

"아직 제가 남아 있어요!"

"응?"

훼릴이었다.

"기레인 인페르날!"

쿠오오오!

"크윽?"

놀라운 위력이었다. 과연 화염 계열의 원파워 마스터다운 실력이랄까? 지금껏 그녀가 보여줬던 화염 계열 마법과는 차원을 달리하는 불길이 그녀의 손끝에서 뿜어져 나왔다.

키에에에엑!

크레렉!

마치 수십 수백 개의 화염 방사기에서 쏟아져 나오는 불길처럼 비스트들을 덮쳐 가는 훼릴의 마법은 전율 그 자체나 마찬가지였다. 나의 마법과는 비교도 불가능할 정도의 위력이었다.

"이때다! 전군 공격 개시!"

"와아아아!"

투투투투—

4천여 개의 소총이 벼락을 무색케 하는 굉음을 토해냈다.

콰앙!

투드드드드!

"하잘것없는 반항이군."

류지영은 결계의 한쪽이 흐트러지고 있다는 걸 발견하곤 그쪽으로 비스트들을 집중시켜 논 상태였다. 육문 대결계같이 규모가 엄청난 결계는 약간의 변화를 주려는 것만으로도 상당한 마나의 변화를 꾀해야만 했기에 류지영은 어렵지 않게 그걸 포착할 수 있었다. 자신은 현자도 울고 간다는 8클래스의 마도사가 아니었던가. 게다가 좀 전에 있었던 수송기에서의 공수 지원과 좀 전부터 시끄럽게 클랙슨을 울리며 돌진하는 수백 대의 차량을 본 순간 상대편의 의도를 대강이나마 짐작하고 있었다.

"저쪽의 시끄러운 깡통은?"

"알아본 결과 네메시스의 기사단으로 보입니다."

"흠… 보나마나 티르의 검도 가담하고 있을 거다. 컨, 너와 너의 일족은 기사단을 막아라. 그리고 오슬레어와 수인족의 3대 수장들에게 최대한 빨리 무릉IA의 진입로를 확보하라고 전해. 행여라도 기사단이 저 안으로 진입하게 되면 귀찮아진다."

"네. 하나 그냥 인질들을 방패로 세우면 오히려 더 쉽지 않겠습니까?"

"컨."

류지영은 자기 앞에 무릎을 꿇은 채 머리를 조아리고 있는 뱀파이어의 어깨에 한쪽 발을 걸쳤다. 그리고 지그시 눌러 그의 머리가 바닥에 닿게 만들었다.

"내가 원하는 것이 무엇이라 생각하는가?"

컨은 굴욕적인 자세를 취하게 됐지만 일말의 반항도 하지 않았다. 오히려 말없이 다른 한쪽 무릎마저 바닥에 대 류지영의 다리가 더욱 땅에 가깝게 만들었다.

"내가 원하는 것은 대지를 적시는 피가 아니다. 그대들의 목을 타고 흘러내릴 살점도 아니다. 내가 진정으로 원하는 것은 모든 것을 원점으로 돌리는 것뿐. 그대들이 내게 종속의 맹약을 맺은 것은 그런 나의 의지 때문이 아니었던가?"

"그렇습니다."

"알고 있다면 됐다."

컨의 입에서 그렇다는 대답이 나오자 류지영은 그를 밟고 있던 발을 치웠다.

"인질은 그대로 둬라. 아직 그들은 필요하다. 그리고 네메시스는 우리가 군이 가진 대량 살상 무기를 두려워하고 있다는 사실을 잘 알고 있다. 설사 인질을 내걸어도 그들은 멈추지 않아. 인간은 원래 자기 자신의 안위만을 중요시하는 이기적인 존재다. 자신의 이익을 위해서 부모의 목에도 칼을 꽂을 수 있는 게 인간이다. 오로지 인간만이 세상의 중심이라 믿는 오만한 존재이기도 하지."

초점이 흐려진 그녀의 눈이 창밖으로 향했다. 인간의 이기심을 성토하는 그녀는 지금 무엇을 보고 있는 것일까.

"늦기 전에 움직여라. 그리고 기사나 지원하러 온 마법사들을 잡게 된다면 생포해서 내게 데리고 와라."

"네."

컨이 눈앞에서 기척을 감추자 류지영은 가만히 눈을 감고 잊고 싶던 과거를 떠올렸다.

솟구치는 피.

불타오르는 시체.

영문도 모른 채 죽어가야 했던 이들.

그리고 일생을 함께했어야 할 이가 영혼으로 원하던 것.

"다시 잃을 순 없어."

그녀의 말아 쥔 주먹은 고요한 기백을 쏟아내고 있었다.

상황은 시시각각으로 변해가고 있었다.

우선 지붕이 오픈된 지프에 올라타고 용맹하게 돌진하는 기사단들은 간간이 쏘아져 나가는 마법사들의 마법 지원을 받고 있었지만 워낙 많은 적 때문에 벌써 상당수가 희생되고 있었다. 하지만 뿌리는 자가 있다면 거두는 자도 있다고 하던가. 수적으로 절대적인 열세에 밀리던 기사단이었지만 의외의 무기 덕분에 기대 이상의 선전을 벌이고 있었다.

투투투투투투—

"히야~ 이거 상당히 괜찮은데?"

알베르트는 자신의 손에 들린 모델명 USAS-12, 연사식 샷건의 위력에 아낌없는 찬탄을 터뜨렸다. 비단 그것은 그만의 감상이 아닌 USAS-12를 들고 있는 모든 기사의 감상이었다.

분당 360발을 쏟아내는 전혀 산탄총 같지 않은 괴물 같은 이 총은 20발들이 드럼식 탄창을 단 수초 만에 비웠지만 그 효력 하나만큼은 놀라울 정도로 탁월했다. 오죽했으면 알베르트가 이 무기를 네메시스 소속 로열가드의 정식 장비로 추진하고 싶었겠는가.

"김진욱 준장, 터무니없는 괴물을 안겨줬군."

"전쟁에서는 모르겠지만 대(對) 비스트용 무기로는 최상의 위력인 것 같습니다."

"그렇지? 후후 살아 나갈 수만 있다면 이 무기를 로열가드의 정식 장비로 추천하고 싶을 정도군 그래."

몰려오는 비스트들을 들이받아 가며 숨 가쁘게 운전하는 헤르밀의 대답에 알베르트는 가볍게 웃으며 대답하곤 탄창을 바꿔 끼워 넣었다. 현재 그의 차에 남아 있는 드럼식 탄창은 약 20여 개. 잘만 아껴 쓴다면 무릉IA에 진입할 때까지 버틸 수 있을 만한 수량이었다.

"하지만 탄알비 때문에 수지가 맞을는지 모르겠군."

"하긴 총알 무게만큼의 순은제 구슬을 쓰고 있으니 그럴 만도 하군요."

그렇다. 통상적인 무기에 치명상을 입지 않는 라이칸슬로프나 비홀더 계열의 비스트들이 샷건 한 방에 픽픽 쓰러져 나가는 것은 순은제 탄알 때문이었다. 한국 국립 과학 연구소에서 나름대로 비스트를 상대하기 위해 탄약창을 들들 볶아서 생산해 낸 초고가의 탄이었다. 한 발당 순수 제작비가 1만 원에 해당하니 지금까지 알베르트가 쏟아 부은 탄알 값만으로도 웬만한 총 하나를 사고도 돈이 남을 정도였다.

쿠워어억!

"젠장, 헤르밀! 드디어 A급 녀석들이 쏟아져 나오기 시작했다!"

"그거 더 밟으란 말로 알아듣겠습니다!"

타— 타앙!

쿠륵…….

3미터에 이르는 커다란 덩치에 어울리지 않게 경악스러울 정도로 민첩하게 알베르트가 탄 지프로 달려들던 A급으로 분류된 오우거는 온몸에 산탄세례를 받고 뒤로 잠깐 주춤했다. 하지만 과연 A급은 A급 나름대로의 자존심이 있다 이건지 녹색의 피를 몸의 여기저기서 뿜으며 다시 달려들기 시작했다. 고속으로 움직이는 자동차 안이라 알베르트에겐 정확하게 식별이 되지 않겠지만 오우거는 자신의 몸에 박힌 은제 구슬을 근섬유의 움직임으로 밀어내고 있었다.

"텔러호크보다 더한 놈이군."

알베르트는 웬만한 비스트들은 한 방에 산산조각 내던 샷건이 오우거에겐 두 발을 쏴도 씨가 먹혀드는 것 같지가 않자 기가 막혔다.

"훗, 이제부턴 진짜 살기 위해 발버둥 칠 때가 됐다 이건가?"

스르릉.

검집에서 뽑힌 알베르트의 롱 소드가 드문드문하게 켜진 가로등 불빛 속에 차가운 발출음을 토해냈다.

"우왓!"

땅속에 숨어 있던 블러드 웜이 갑자기 머리를 차 옆으로 들이밀자 깜짝 놀란 헤르밀이 순간적으로 핸들을 놓쳐 버렸다. 그 순간 차 위에서 균형을 잡기 위해 미리 준비돼 있던 가죽 끈으로 고정시키던 알베르트의 몸이 심하게 흔들렸고, 비록 B급으로 분류돼 있지만 순간적인 움직임에선 가히 최고라는 리자드맨이 차 위로 몸을 날렸다.

"큭, 아직 멀었어!"

스격!

냉동육을 파는 정육점에서 갈빗살 저며내는 소리가 들리더니 흉측하게 입을 벌리고 덤벼들던 리자드맨의 머리가 허공을 날았다. 하지만 과연 도마뱀의 궁극적인 진화형이라 그런지 목이 잘렸음에도 리자드맨은 지프에 끈덕지게 매달렸다. 푸싯 하는 김빠지는 소리와 함께 놈의 진녹색 피가 지프를 물들였다.

"카악, 퉤! 찝찝하게시리."

분수처럼 뿜어져 나온 리자드맨의 피가 바람을 타고 입 안에 들어왔는지 알베르트는 가래와 함께 침을 뱉고는 차체에서 일어서며 롱 소드를 고쳐 잡았다.

"헤르밀! 이대로 무릉IA까지 못 달리면 나한테 죽을 줄 알아라!"

"그거야 대장님 칼질에 달린 거 아닙니까!"

모순투성이 알베르트의 억지 어린 요구에 헤르밀은 익숙한지 다시 한 번 자동차 클랙슨을 크게 울리며 소리쳤다.

"후후, 최근에 메린느 덕분에 칼질 솜씨가 많이 늘었지. 물론 부엌에 서지만 말야."

"기대하겠습니다. '모든 것은 하나로 통한다'란 말도 있잖습니까!"

"돌아가면 내 요리 솜씨를 특별히 자네에게 보여주지!"

오우거가 집어던지는 D급 비스트 둘을 거의 동시에 베어버린 알베르트가 가볍게 오우거에게 가운뎃손가락을 세우며 외쳤다.

"메린느 양이 대장님 요리를 먹어본 적 있습니까? 큭!"

끼이익!

헤르밀은 갑자기 돌출한 블러드 웜의 머리를 들이받는 순간 사이드 브레이크와 풀 브레이킹으로 눈이 돌아갈 듯한 스핀을 만든 다음 재차 출발했다.

"당연하지!"

투투투—

자동차의 속도를 못 따라잡은 비스트들이 오우거의 괴력을 이용해 날아오자 알베르트는 검으로 해치우기보다는 샷건 세 방으로 공중 분해시켜 버렸다.

"반응은요?!"

"감격스러운 나머지 눈물을 주르륵 흘리며 기절하더군."

비스트들은 가장 선두에서 달리는 알베르트의 진격을 기필코 막겠다는 일념으로 지프의 이동 경로에 블러드 웜을 앞세워 바리케이드를 만들었다.

"큭, 대장님!"

"왼쪽으로 기울여!"

쾅!

내기(內氣)를 담은 알베르트의 왼발이 왼쪽 벽을 걷어차자 중심축이 흐트러진 지프가 왼쪽의 두 바퀴만으로 주행을 하기 시작했다.

"하아아앗!"

허리에 동여맨 가죽끈에 체중을 싣는 동시에 오른발을 지프의 오른쪽 문틀에 걸친 알베르트는 지면과 수평으로 선 채 거센 기합과 함께 검을 휘둘렀다. 순간 그의 검에 우윳빛 서기가 맺혔다. 그리고 그것은 마치 초승달처럼 허공에 잔상을 남기며 눈앞에 늘어선 블러드 웜과 비스트들을 두 동강 냈다.

오라 블레이드.

오랜 시간 내기(內氣)를 갈고닦아 깨달음을 얻은 자들만이 만들어낸다는 신기(神技)였다.

"대장님."

"응?"

겨우겨우 차체의 균형을 다시 잡은 헤르밀은 얼굴에 묻은 블러드 웜의 체액을 닦을 생각도 않은 채 말했다.

"메린느 양이 존경스럽습니다!"

"뭐?"

"사랑을 위해 목숨을 걸었잖습니까!"

"이 자식이? 운전이나 똑바로 해!"

헤르밀과 알베르트의 대화는 피와 살점이 흩날리는 전장에서의 대화 같지가 않았다. 하지만 둘은 그렇게라도 소리치지 않을 수 없었다. 지금은 셀 수 없을 만큼 많은 비스트들의 피로 거무죽죽하게 엉겨 붙은 사이드 미러로 보이는 광경을 보고 있자면 당장이라도 이성을 잃어버릴 것 같았기 때문이었다.

크와아아아악!

기습으로 적을 혼란시킨 것도 이제 서서히 그 효력이 다 되어가는지 비스트들의 움직임이 집단적으로 변하기 시작했다. 차에 타고 있는 기사들의 반응이 조금이라도 늦거나 곳곳에 깔린 방해물로 움직임이 조금만 지체되어도 수십 마리의 비스트가 자동차를 전복시켜 버렸다. 귀청을 찢을 듯한 엔진음과 덤벼드는 비스트들이 질러대는 괴성 속에 그들의 비명이 묻히지 않았다면 잡담으로 그나마 유지시키던 이성도 날아갔으리라.

[4조! 전장에 남아 싸우겠다!]

[9조! 한 놈이라도 더 베고 쓰러지겠습니다!]

[17조! 걸어서 돌아갈 테니 문 열어두십시오!]

지프에 설치된 무전기에서 전복된 차량에 탄 기사들이 보낸 짤막한 메시지가 울렸다.

알베르트와 헤르밀은 유언과도 같은 그들의 메시지가 귓가를 때렸지만 응답은 하지 않았다. 응답을 할 수 있는 상황이 아닌 이유도 있었지만 그들은 알고 있었다. 아니, 그들의 메시지를 듣고 있는 모든 기사들은 알고 있었다. 전복된 차에 타고 있던 기사들과 마법사들이 응답을 바라고 한 소리가 아님을. 그리고 그들의 메시지는 그들의 진군을 재촉하고 있는 것임을!

"17조에 타고 있던 녀석이 누구였지?"

"알폰소와 데링턴, 휴고입니다."

"먼저 가서 놈들이 들어올 수 있게 문을 열어놓자."

"…네."

알베르트와 헤르밀, 그리고 모든 기사들의 입가에 진한 미소가 걸렸다. 그들은 결코 동료의 죽음을 슬퍼하지 않는다. 그들은 결코 죽음을 두려워하지 않는다. 그들은 결코 마음을 말로 표현하지 않는다. 그들이 슬퍼하고 두려워하며 오직 행동으로 표현하는 것은 오직……

그들의 신념과 명예뿐.

인세(人世)의 지옥(地獄).

지금 내 눈에 펼쳐진 광경은 이 두 단어로 표현할 수밖에 없었다. 의용군 사천여 명이 각자 손에 든 무기의 방아쇠를 미친 듯이 당겼지만 개미 떼처럼 밀려들어 오는 비스트들을 모두 꺼꾸러뜨릴 순 없었다. 정택진 교수의 지시로 화공학부 학생들과 공학부의 학생들이 공동으로 제작했다는 시안화칼륨액 살포도 놈들에겐 별 소용 없었다. 몇몇 약한 비스트들이 피를 토하며 바닥을 뒹굴긴 했지만 그건 소수에 불과했다. 오히려 최전방에서 소방 호수로 살포하던 학생들이 청산가리액(=시안화칼륨)에 죽어갔다. 결국 필립이 헛된 희생을 막기 위해 학생들을 뒤로 피신시켜야만 했다.

비스트들은 죽음을 두려워 않는 듯 동료가 죽으면 동료의 시신을 방패로 쓰며 끝없이 밀고 들어왔다. 지금은 겨우겨우 나와 다른 마법사들의 마법으로 엄호했기에 비스트에 죽는 사람이 생기지 않았지만 방어선이 허물어지는 건 이제 시간문제였다. 이대로 간다면 기사단을 받아들인다는 계획은 실패할 게 틀림없었다. 그것도 이곳에 있는 모든 인간이란 존재가 죽음을 맞이하는 실패.

젠장… 그렇게 될 순 없어!

"섬광이 되어 나의 적을 꿰뚫어라! 궁그닐!"

샤아아아아앗!

퀘에에엑!

키루루룩.

미완의 궁그닐, 내가 만들 수 있는 무속성 계열 최강의 마법이 거석(E 石)을 앞세워 돌진해 오는 오우거를 거석체로 관통했다.

"크윽. 쿨럭."

너무 지친 상태에서 마법을 연사해서였을까, 가슴 어림이 꽉 막히는 것 같더니 검은 울혈(鬱血)이 코와 입에서 뿜어져 나왔다.

"오라버니!"

내 옆에 서서 스크롤 북을 찢어 날리던 훼릴이 깜짝 놀라 다리가 풀려 가는 날 부축했다.

"난 괜찮아. 조금 무리해서 그래. 너두 힘들겠지만 계속 사람들을 엄호해 줘. 조금만 쉬면 괜찮을 거야."

"하지만 피가 이렇게 나는데!"

"지금은 그게 중요한 게 아냐. 지금 우리가 손을 멈추면 언제 사람이 희생될지 몰라!"

"…알았어."

훼릴은 계속 터져 나오는 기침에 눈조차 뜨기 어려워하는 내 어깨를 감싸 안은 채 한 손으로 스크롤을 찢어 허공에 뿌렸다. 스크롤은 비록 4클래스 4서클 급의 마법이지만 적시적소에 사용돼 몰려드는 비스트들을 사방으로 흩어지게 만들었다. 의용군은 그렇게 흩어진 비스트들을 일점사해서 단숨에 벌집을 만들었고 간간이 만신창이가 된 채 이빨을 드러내는 놈들은 드레이크와 세리스의 검에 죽음을 맞이했다. 하지만 이렇게 버티는 것도 잠시에 불과하다는 것을 난 알 수 있었다. 점차 내 몸을 죄어오는 죽음의 사슬을 본능적으로 알 수 있었다. 순간순간 내 몸의 피가 역류하는 느낌이 들 때마다 모든 걸 포기하고 죽음을 받아들이고 싶다는 충동마저 느껴졌다.

그러나 난 그럴 수 없었다. 내가 쓰러지면 훼릴과 엘리, 그리고 세리스마저 쓰러진다.

난 나 혼자만의 생명을 가진 게 아닌 것이다.

그때였다. 내 몸을 감싸고 있는 오라에 너무나 이질적인 마나가 느껴졌다. 안개보다 더 습하고 어둠보다 더 짙은 마나, 난 이런 느낌의 마나를 지금까지 몇 번이나 느껴봤었다!

"뱀파이어다!"

"헛된 삶을 위해 발버둥 치는 버러지들에게 죽음의 안식을……"

열려진 결계의 입구 쪽에 창백한 얼굴에 사신의 그림자마냥 검은 망토를 흩날리는 놈이 보였다. 놈의 주문 영창을 방해해 볼 요량으로 매직 애로우를 날리려고 했지만 다시금 터져 나오는 울혈 때문에 난 그만 앞으로 꼬꾸라지고 말았다.

"염통이 타는 듯한 고통 속에 죽어라! 네루아 플러킨!"

시동어와 함께 놈의 손에서 초록색 연기가 뿜어져 나왔다. 그것은 공기보다 무거운 듯 놈의 손바닥에서 바닥으로 흘러내려 의용군 쪽으로 밀려갔다. 난 파스스스 하는 소리와 함께 바닥의 풀이 시커멓게 죽어가는 걸 볼 수 있었다.

"독이다! 훼릴!"

"파이어 월!"

내가 뭐라고 하기 전에 훼릴의 입에서 4클래스 파이어 월의 시동어가 터져 나왔다. 그와 동시에 그녀의 손을 떠난 스크롤이 길게 찢어지며 의용군을 둘러싸듯 화염의 장벽이 생겨났다.

치지지지직—

불에 닿은 독무(毒霧)가 사그라들기 시작했다. 독(毒)의 상극은 불[火], 훼릴만이 할 수 있는 재빠른 조치였다.

"제법이군. 하지만 나 컨이 온 이상 더 이상의 반항은 무의미하다!"

"뭣?"

독무(毒霧)가 불길에 가로막혀 실망할 줄 알았던 뱀파이어가 도리어 광소를 터뜨렸다.

"이리 오라! 죽음의 사령(死靈)이여!"

"언데드 소환!"

컨이라고 자신을 밝힌 뱀파이어가 생소한 주문을 영창하기 시작하자 좌측 측방에서 엄호를 하던 아삼이 경악하며 소릴 질렀다.

언데드 주문?

설마!

"모두 저 주문을 막아야 해!"

아삼과 난 동시에 외쳤으며 주문 영창 없이 만들 수 있는 매직 애로우와 매직 스피어를 날렸지만 컨의 주위를 호위하는 비스트들이 몸으로 막아버렸다. 젠장, 궁그닐을 썼다면 한번에 꿰뚫어 버릴 수 있었을 텐데! 훼릴 역시 스크롤을 찢어 화염 방사기처럼 고열의 불꽃을 내뿜는 인페르노를 썼지만 놈의 주문을 멈추게 할 순 없었다.

"일어나라! 증오하라! 살아 있는 모든 것들을 씹어 삼켜라! 라이징 언데드(Rising Undead)!"

까르르르륵……. 끄르륵…….

시잇……. 시잇…….

움직이기 시작했다. 지금껏 우리의 마법과 총알로 짓이겨지고 불태워졌던 시체들이 기괴한 소리를 내며 움직였다.

"흐에에엑?"

"켁, 우웩."

의용군들 중 몇몇 비위가 약한 이들은 시체가 움직이기 시작하자 구토까지 했다. 총알로 난자당한 상처에서 피를 쭉쭉 뿜는 오우거와 상반신의 반이 날아가 뇌수와 창자를 질질 끌며 걸어오는 트롤, 머리도 다리도 없이 두 팔로 바닥을 엉금엉금 기어서 생명의 기운을 찾는 하급 비스트들의 모습은 끔찍하기 이를 데 없었다.

"가라! 나의 충실한 종들아! 너희를 죽음으로 몰아넣었던 인간의 피를 마시고 살을 찢어라!"

"으아아아악!"

타타타타타—

의용군 중 한 명이 광기에 휩싸인 듯 비명을 지르며 총을 난사했다. 하지만 온몸의 살점이 떨어져 나가도, 팔이 너덜거려도 언데드가 된 비스트들은 걸음을 멈추지 않았다.

"쏴라! 쏴!"

"죽어라아아아!"

죽은 자가 살아 움직인다는 것, 그것만으로도 살아 있는 모든 이들은 공포에 휩싸인다고 했던가. 사천여 개의 총구에서 불길이 터져 나왔다.

"불사(不死)의 종들에게 인간의 무기란 무의미할 뿐이지. 아하하하하하! 가라! 짓밟아라! 오슬레어!"

컨이 광소를 터뜨리며 외치자 그의 뒤에 3미터는 될 듯한 거대한 그림자 수십 개가 나타났다. 그리고 둘셋씩 짝을 지은 놈들은 모두 커다란 방패를 들고 있었다.

"자동차!"

그것은 탈 대로 타고 부서질 대로 부서진 자동차였다.

순간 그토록 시끄럽게 울리던 총성이 거짓말처럼 멈췄다. 이유는 간단했다.

죽음에 대한 공포와 압도적인 힘에 대한 좌절이었다.

쿠워어어어어어!

"크뤄러러럭! 로드의 길을 열어라!"

귀청이 떨어질 듯한 괴성과 함께 오우거가 아직도 그 주인의 시신을 안전벨트에 구속하고 있는 자동차를 방패 삼아 돌진해 왔다.

그들은 죽음의 사신이었다. 좌절의 순간이었다.

하지만 누가 그랬던가.

시련을 주는 자가 있으면 도움을 주는 자가 있다고.

빠아아아아아앙!

"응?"

오우거의 음영(陰影)으로 빽빽한 결계의 뒤쪽에서 지금 이 상황과 부합되지 않는 클랙슨 소리가 들려왔다. 그리고 눈부신 헤드라이트 불빛과 함께 구원의 검이 내리꽂혔다.

"네메시스 예하 로열가드 소속 알베르트 폰 로펜하임! 이제 왔다!"

그 순간만큼은 비스트들의 괴성도, 언데드들의 괴기 어린 숨소리도 들리지 않았다.

내 귀가 잘못되지 않았다면,

내 눈이 뽑히지 않았다면,

용마(龍馬)를 탄 듯 지프에 올라서서 검을 빼 든 저 녀석은 내 친구 알베르트였다. 그리고 점차 늘어가는 헤드라이트 불빛 위로 치솟은 검들은 내가 반년 동안 질리게 봐왔던 로열가드의 검이었다.

"지원군이다! 지원군이 왔다!"

"와아아아아!"

"싸워라! 아직 우리는 쓰러지지 않았다!"

꺼져 가는 희망의 불씨를 잠식해 가던 절망이 걷혔다.

"빌어먹을 자식… 너무 늦었잖아."

내 입에서 무슨 말이 나오는지 나도 잘 모르겠다. 하지만 확실한 건 있었다.

난 지금 싸워야 한다는 것. 그리고 우린 저들을 맞이해야 한다는 것!

오우거의 수장 오슬레어는 조금 전만 해도 곧 죽을 것마냥 목을 들이밀던 인간들이 다시 저항을 시작하자 짜증이 치밀었다. 그리고 스스로는 아무것도 하지 않은 채 죽은 동지들의 시체를 가지고 장난치는 컨에게도 환멸이 일어날 것 같았다.

"컨, 크륵, 로드가 오신다."

"로드가? 그분이 오시는 건 우리가 이곳을 제압한 뒤가 아니었던가?"

짐짓 놀라는 컨의 얼굴에 오슬레어는 오우거답지 않게 피식 하고 웃었다. 무두질한 가죽을 기워서 만든 것만 같은 그의 얼굴에 표정이 나타나자 오히려 컨이 놀라고 말았다.

"잡아들인 마법사 세 놈을 크륵, 만나신 뒤 계획을 수정하셨다. 크륵."

"여흥은 여기서 끝이군."

"크륵, 애초에 네놈이 노닥거려선 안 될 일이었다."

"흥."

컨은 오슬레어의 말에 차갑게 콧방귀를 한번 뀌더니 온몸을 안개화시켰다. 그리고 혈광이 진득한 눈동자를 의용군 쪽으로 돌리더니 검은 망토를 흩날리며 몸을 날렸다. 어둠에 동화된 컨의 움직임은 오슬레어의 시야에서 순식간에 사라졌다. 예민하기 이를 데 없는 그의 청각에 총성 사이로 인간의 단말마가 들렸다.

"크륵… 진작에 그럴 것이지."

한편 전복된 지프에 탄 기사들을 등 뒤에 남긴 채 목적지만을 목표로 달려온 알베르트는 상황이 생각보다 심각하자 적지 않게 당황하고 있었다. 예정대로라면 그들이 무링IA에 진입할 때까진 내부에 있는 의용군이 어느 정도 버텨주고 있어야 했다. 하지만 의용군은 생각보다 훨씬 힘겨운 싸움을 하고 있었고 비스트들의 공격도 질릴 정도로 거셌다.

"하아앗!"

알벨르트는 헤르밀이 차를 우회시켜 멈춰 세우자 몸을 묶고 있던 가죽 끈을 끊고 지프에서 뛰어내렸다. 지면에 발을 디디기도 전에 그의 검이 허공을 갈랐고 입에 거품을 물며 달려드는 비스트들의 목을 베었다.

"헤르밀, 신호탄을 쏴라!"

말이 떨어지기가 무섭게 헤르밀의 손에 들린 총에서 기다란 휘파람 소리와 함께 적녹황 세 가지 빛을 뿜는 섬광탄이 허공에 솟았다. 신호탄이 올라가자마자 지프에 타고 있던 기사단들은 헤드라이트를 켠 채 모두 차에서 내려 의용군이 있는 곳으로 달려갔다.

"의용군을 보호하며 방어선을 강화시켜! 절대 이곳이 뚫려선 안 돼!"

악을 쓰는 듯한 알베르트의 외침에 기사단은 그들의 몸에 걸친 갑옷의 무게조차 잊은 채 잔영만을 남기며 의용군의 뒤로 몸을 날렸다. 몇몇 의용군이 놀란 나머지 기사단에게 총을 쏘긴 했지만 다행히 아군에 의한 피해자는 없었다. 하지만 상황은 급박하기 이를 데 없었다. 좀 전에 좀비들을 소환했던 뱀파이어 녀석이 본격적으로 움직이며 사람들의 목숨을 취하기 시작한 것이다.

"개 같은 새끼들! 한바다! 한바다!"

알베르트는 안개로 화한 채 사람들의 심장에 차가운 손톱을 박아 넣는 컨에게 육두문자를 뱉으며 한바다를 찾았다.

"결계를 닫어! 결계를 닫으라구!"

이 혼전 속에 특정 인물 하나를 찾는다는 것은 거의 불가능에 가까운 일이다. 알베르트는 결국 한바다를 찾아 말하기보다는 내력을 담은 목소리로 외치는 걸 선택했다. 한바다가 듣길 바라면서. 총성이 고막을 찢을 정도였지만 그의 내력이 담긴 목소리는 충분히 총성을 뚫고 사방으로 퍼져 갔다.

"카앗!"

"읏?"

컨은 자신에게 총질을 해대는 인간을 비웃으며 심장에 손톱을 박아 넣으려다 뒤에서 느껴지는 날카로운 예기(銳氣)에 몸을 피했다.

"누구냐?"

"흥!"

컨의 물음에 알베르트는 콧방귀를 뀌며 재차 검을 휘둘렀다. 오라를 머금은 알베르트의 검은 안개로 변화시킨 컨의 몸을 순간적으로 두 동강 냈고 사방으로 흩어지게 만들었다.

"크윽, 오라 소드? 아아, 기억났다. 네 녀석이 알베르트냐?"

흩어져 가는 몸을 마력으로 겨우 끌어 모은 컨은 거칠게 숨을 몰아쉬며 알베르트를 노려봤다.

"사라져라."

"큭."

재차 오라를 머금은 검을 휘두르는 알베르트의 모습에 컨은 신음성과 함께 몸을 뒤로 뺐다. 벌레라 생각했던 외용군이 설마 자신에게 피해를 줄 수 있으리라곤 생각지도 못하고 있다가 알베르트의 오라 소드에 단한 번이지만 너무 큰 타격을 입은 것이었다. 일반적인 검이라면 결코 상처를 입지 않았겠지만 컨은 온몸이 찢어지는 듯한 고통에 가까스로 알베르트의 검을 피할 수 있었다. 예전 퍼스트 뱀파이어가 세리스의 오라 소드에도 끄떡없었던 것에 비하면 큰 차이였다. 설마 컨의 능력이 라플라가의 뱀파이어보다 약했던 것일까?

아니다.

오히려 알베르트의 실력은 세리스보다 못한 면이 더 많았다. 특히나 오라 소드에 있어선 세리스는 명실상부한 일인자였다. 컨이 큰 상처를 입은 것은 전적으로 알베르트가 가진 검 때문이었다. 성수로 담금질을 하고 파사(破邪)의 힘을 담은 진은(眞銀)으로 코팅이 되어 있으며 네메시스 소속의 마법사가 심혈을 기울여 새긴 마법진은 언데드 속성을 가진 비스트에게 있어선 최강의 위력을 발휘했다.

"오슬레어!"

힘겹게 알베르트의 검을 피하던 컨은 결국 오만상을 찡그리며 오슬레어를 찾았다. 반면 알베르트는 컨이 누군가를 찾는 듯하자 일찌감치 그의 존재를 지우기 위해 필사적으로 검을 휘둘렀다. 좀 전엔 놈이 방심하고 있는 데다 기척을 지우고 다가갔기에 손쉽게 일격을 날릴 수 있었지만 결코 만만한 상대가 아니었다.

"그만 죽어라!"

알베르트는 더 이상 시간을 끌어서 좋을 게 없다는 판단에 온몸의 오라와 내기를 폭발시키듯 뿜어내며 컨의 심장을 노렸다. 그 순간적인 가속이 가히 빛살과 같았기에 컨도 제대로 된 방비를 할 틈이 없었다. 몸을 안개로 변환시켜 피한다 해도 검에 깃든 오라 때문에 소멸은 기정사실이나 마찬가지였다.

"카아앗! 혼자 죽진 않는다!"

카앙!

"큭!"

알베르트는 컨의 발악 어린 공격을 갑옷이 가진 방어력을 믿고 무시하려 했다. 그가 입은 갑옷뿐만 아니라 로열가드가 장비하고 있는 갑옷은 절대 평범한 갑옷이 아니다. 특수 합금으로 만들어졌기에 그 강도는 철갑탄도 방어할 수 있었고 갑옷의 안쪽에 새겨진 마법진은 대마법 방어에 있어서도 탁월한 능력을 발휘했다. 절대 죽어가는 뱀파이어의 공격에 어떻게 될 갑옷이 아니었다.

하지만 절대적인 질량의 차이가 가져오는 힘의 차이는 어쩔 수 없었다. 갑자기 나타난 그의 몸보다 더 큰 크기의 해머는 순식간에 알베르트의 검로를 가로막아 버렸다. 순간적으로 손목에 힘을 빼며 검과 해머가 부딪칠 때의 충격을 최소화한 알베르트는 날렵한 론다트로 뒤로 물러섰다. 그리고 그를 방해한 존재를 노려봤다.

"오우거?"

알베르트는 뱀파이어를 끝장낼 수 있는 절호의 찬스를 날리게 만든 존재가 거대한 오우거란 사실에 놀랐다. 놈은 다른 오우거보다 머리 한두 개는 더 컸고 어깨엔 알베르트를 방해했던 거대한 해머가 올려져 있었다.

"크륵, 상처 치료부터 해라."

"빌어먹을… 뒤를 부탁한다."

컨은 자존심이 크게 상한 듯 자신을 구해준 오슬레어의 얼굴을 보지도 않은 채 뒤로 몸을 날렸다.

"기다렷!"

"크륵… 네놈의 상대는 나다!"

알베르트가 컨의 뒤를 쫓으려 하자 오슬레어의 해머가 그의 진로를 가로막았다. 언뜻 보기에도 수백 킬로그램은 될 듯한 무쇳덩어리를 그리 어렵지 않게 휘두르는 박력에 어쩔 수 없이 뒤로 물러나야만 했던 알베르트는 팔을 타고 흐르는 긴장감을 느낄 수 있었다.

'강하다.'

찌릿찌릿한 전율과 주먹을 꽉 쥐지 않으면 손발이 터질 것만 같은 느낌은 강자를 만날 때마다 반응하는 본능이었다.

"하아아앗!"

"크아아아!"

알베르트의 검과 오슬레어의 해머가 공중에서 부딪치며 불꽃을 흩날렸다. 도저히 그 상대가 안 될 것 같은 무기의 차이였지만 알베르트는 오랜 시간 단련해 온 기술로 핸디캡을 메웠다. 간간이 의용군이 쏜 총알이 오슬레어의 몸에 박혔지만 그는 전혀 개의치 않고 알베르트에게 몸을 날렸다. 혼전이 시작되면 알베르트 때문에라도 총을 함부로 쏘지 못할 것임을 잘 아는 오슬레어였다.

한편 피를 찾아 전장을 빠져나온 컨은 인간의 냄새를 찾아 중앙도서관 쪽으로 몸을 날렸다.

"크윽… 죽여줄 테다. 몽땅 쓸어버릴 테다!"

하반신을 타고 흐르는 끔찍한 고통에 컨은 충혈된 눈을 있는 대로 부릅뜨며 소릴 질렀다. 인간의 냄새가 진하게 느껴지는 방향으로 몸을 날리다 보니 불빛을 감추고 있는 중앙도서관이 그의 눈에 들어왔다.

"피의 강을 만들어주마……. 크흐흐흐흐. 지켜야 할 것이 없어진다면 놈들도 더 이상의 저항은 포기하겠지. 큭큭큭."

"그럴 일은 없을 거다."

"……? 웃!"

파파파팟!

나무 뒤에 몸을 숨기고 있던 컨은 어디선가 날아온 마법 공격에 황급히 뒤로 물러났다. 그가 서 있던 자리는 두 개의 화살과 조금 늦게 도착한 불길에 완전한 재가 됐다.

"네놈들은?"

마법과 화살이 날아온 방향으로 고개를 돌린 컨은 아직 앳된 얼굴의 남녀를 볼 수 있었다. 둘은 놀랍게도 지면에서 3미터 정도 허공에 몸을 띄운 채 컨을 지그시 내려다보고 있었는데 컨이 감당하기 힘들 정도의 오라를 마음껏 발산하고 있었다.

"이곳을 지키는 임무를 맡고 있는 라시안이다."

"난 하영은. 곱게 물러가면 좋겠지만, 그렇게 하진 않겠지?"

"소멸시켜 주겠어."

컨은 자신의 몸이 정상이었다면 상대조차 되지 않았을 꼬마들이 자신을 소멸시키겠다고 하자 머리끝까지 화가 치밀어 올랐다.

"애송이들이! 네놈들의 피를 마셔주겠다!'

컨의 송곳니가 바람을 머금기 시작했다.

난 세리스를 시켜 아삼과 필립, 알테어를 불러 모았다. 기사단이 타고 온 차에서 마법사들이 활약을 시작했기에 어느 정도 숨통이 트이는 것 같았다. 하지만 마냥 쉬고 있을 수만은 없었다. 난 주저앉고 싶어하는 다리를 주먹으로 때려 세우고는 기사단이 결계 안으로 다 들어왔는지 확인했다. 들어온 차의 수는 약 300여 대. 가끔 고철이 되다시피 한 지프가 돌진해 들어왔지만 그 안의 지원군은 모두 숨을 거뒀는지 그대로 비스트들을 들이받다가 전복해 버렸다.

"훼릴, 엘리에게 결계를 닫으라고 해줘."

"네."

곧바로 정신을 집중해 텔레파시를 쓰는 훼릴. 얼마 지나지 않아 엘리에게 연락이 됐는지 커다란 구멍을 만들고 있던 결계에 마나가 흘러 들어가기 시작했다.

"좋아! 조금만 더 버티면 돼!"

이대로 결계가 닫혀 더 이상의 비스트가 진입하지 못하게 된다면 지원 군과 의용군이 힘을 합쳐 진입해 들어온 비스트들을 다 처리할 수 있을 것 같았다. 그러나 세상사는 결코 마음먹은 대로 되는 게 아니었다. 안도 의 한숨을 내쉬고 있는데 갑자기 닫혀가는 결계의 구멍 쪽에서 무시무시 한 마나의 흐름이 느껴졌다.

"뭐, 뭐지?"

어떻게 뭐라 반응을 하기도 전에 닫혀가는 결계를 뚫고 하늘로 날아오 르는 인영이 눈에 들어왔다.

두근.

어두운 하늘에 달빛조차 밝지 않지만 난 똑똑히 볼 수 있었다.

검은 머릿결, 하얀 피부, 주사를 바른 듯한 붉은 입술.

류지영이었다.

"설마!"

"역시……."

난 그녀가 이곳에 있다는 사실을 인정하기 싫었기에 설마라고 했고 옆 에 선 훼릴은 이미 단정하고 있는 사실이었는지 역시라고 했다. 류지영 은 허공에서 잠시 동안 혼전이 벌어지고 있는 지상을 바라보더니 신형을 돌려 아카데미의 중심으로 날렸다.

"이런! 그녀를 뒤쫓아야 돼!"

아삼은 류지영이 날아가는 방향을 보더니 경악하며 소리쳤다.

"그녀는 지금 파르커스에게 가고 있어! 이유는 모르겠지만 우선 그녀 를 저지하고 봐야 돼! 그리고 만약 그녀가 결계를 유지하고 있는 엘리를 어떻게 한다면 절망적이야!"

아삼의 말에 불안감이 엄습하기 시작한다. 등골을 타고 머리로 뿜어 올라오는 열기와 엘리에 대한 걱정에 난 잠시 비틀거렸고 뒤에 서 있던 세리스가 얼른 날 안아 받쳤다.

"미… 미안. 어서 가자."

날 부축한 세리스의 얼굴은 내 몸 상태가 걱정스러운지 수심이 가득했다. 난 그런 그녀의 머리를 말없이 한번 쓰다듬어 주고는 아삼의 뒤를 좇았다. 비스트가 기습할 염려가 없는 지점까지 오자 아삼은 만물 주머니—그의 속주머니는 정말 만물 주머니임에 틀림없다!—에서 스케치북 크기의 종이 6장을 꺼내 바닥에 뿌렸다.

"이건?"

"올라타! 예전에 심심풀이로 만든 종이 비행기다!"

아삼은 설명할 틈도 없다는 듯 후닥닥 말하고는 종이에 올라탔다. 그러자 새하얗던 종이에 룬 문자가 뜨기 시작하더니 아삼을 태운 채 지면에서 30센트 정도 떠올랐다.

"서둘러라!"

나를 비롯해 다른 사람들이 어물정하게 서 있기만 하자 아삼이 재촉했다. 얇은 종이 위에 서야 한다는 생각에 불안했지만 일단 올라서자 의외로 균형 잡기가 그리 어렵지 않았다. 놀랍게도 이 작은 종이에 자체로 중력을 조절하는 마법진까지 새겨져 있었다.

"지속 시간이 30분 정도라 효율은 별로 없다만 급한 대로 써먹어야지."

아삼의 종이 비행기에 올라탄 우리는 스케이트 보드를 타는 폼으로 까르커스의 둥지로 들어갈 수 있는 입구로 날아갔다.

최대한 서둘러 숨겨진 입구에 도착한 우린 얼른 주문을 외워 결계를 해제했다.

"응?"

그때였다. 난 순간적이지만 뭔가 이질적인 기운을 느꼈고 그건 나뿐만

이 아니었는지 다른 이들도 모두 말없이 주위를 경계했다.

"한둘이 아니군."

"최소한 10명은 되는 것 같습니다."

아삼과 필립이 나직하게 중얼거렸다. 이질적인 기운. 그것은 인간이라고는 생각되지 않는 존재가 뿜어내고 있는 오라였다.

"서둘러야겠다."

거의 구르다시피 계단을 타고 내려온 우린 대공동에 들어서자마자 보이는 광경에 그대로 얼어붙었다.

피. 피. 피.

온 사방이 질펀한 피와 체액으로 뒤덮여 있었다. 코를 찌르는 짙은 피 냄새에 현기증이 날 정도였다.

콰드득.

주름살 가득한 목을 움켜쥔 손에 힘을 꽉 주자 살집을 파고든 손가락 사이로 스며 나온 피가 쭉 하고 뿜어져 나왔다.

"지영······."

난 눈앞의 대상을 어떻게 불러야 할지 갈피를 잡을 수 없었다.

과연 그녀는 내가 갈망하고 원했던 지영 선배인 걸까?

십여 구의 시체들 사이에 홀로 서 있는 저 여인이?

단말마조차 못 지를 정도로 신속한 동작으로 인간의 목을 잡아 뜯고 꺾어버리는 저 여인이?

"후후후후······ 아하하하하하하!"

자신의 주위에 둘러선 열 명 남짓한 흰색 로브를 입은 자들을 날카로운 눈빛으로 돌아보던 류지영은 소리 내어 웃기 시작했다. 하지만 그것은 입으로만 웃는 것일 뿐 그녀의 얼굴은 전혀 웃는 사람의 그것이 아니었다.

"또다시 과거의 죄악을 저지르러 왔나요? 아하하하… 정말 오만한 족속이야, 인간이란. 그리고 그중에 너희 티르의 검은!"

티르의 검!

류지영은 우리가 왔다는 사실을 눈치 채지 못했는지 일견조차 하지 않고 그녀를 포위하고 서 있는 흰색 로브를 입은 10명을 그렇게 불렀다.

"어… 언제?"

나뿐만 아니라 아삼과 필립도 놀랐는지 눈을 부릅뜨고 자신의 귀를 의심했다.

"언제 들어온 거지?"

"혹시 엘리가?"

혹시나 엘리가 무슨 해를 입어 결계가 풀린 게 아닐까 싶어서 살펴보니 엘리는 여전히 제단 위에 서서 결계를 유지하고 있었다. 그렇다면 저들은 결계의 구멍이 열려 있을 때 들어왔다는 소리였다.

"그렇다면 지원군?"

기사단과 함께 들어온 마법사들인가? 하지만 저들이 어째서 이곳에 온 거지? 게다가 류지영의 말을 듣자면 류지영보다 먼저 이곳에 온 듯하지 않은가. 뭔가 내가 모르는 일이 벌어지고 있었다.

"류지영… 아직도 과거의 망령에 사로잡혀 있는가?"

흰 로브의 마법사들 중 한 명이 입을 열었다. 흰 로브의 마법사들은 하나같이 로브에 달린 모자로 얼굴을 가리고 있었는데 오직 그만이 모자를 젖혀 얼굴을 드러내고 있었다.

"이아크?"

아삼이 그의 얼굴을 보더니 흠칫 놀라며 생소한 이름을 꺼냈다.

"7현자라네. 나보다 한참 전에 현자의 칭호를 받은 사람이야. 한동안 모습을 보이지 않아서 죽었다는 소문을 들었는데……."

이아크 크렌시아. 나중에 안 사실이지만 그는 거의 이안과 동시대에 살았던 인물로 현존하는 7현자 중 가장 나이가 많은 사람 중 한 명이었다.

"과거의 망령? 지금 과거의 망령이라고 했나요? 아하하하하, 그와 그들을 망령으로 만든 건 당신들이지 않나요?!"

"큭……."

이유는 모르겠지만 이아크의 말에 극심하게 분노한 류지영은 마치 파르커스를 보는 듯한 착각이 들 정도로 강렬한 마나의 폭풍을 일으켰다.

"류지영, 네가 하려는 일이 얼마나 어리석은 일인지 아는가?"

"어리석다라… 후후후. 뭐가 어리석다는 거죠? 그들 역시 이 대지를 딛고 살아갈 자격이 있는 자들이 아닌가요?"

"하지만 굳이 그들을 해방시킬 필요가 있는가! 그렇지 않아도 타락의 의지 때문에 세상은 어지럽다! 이런 때 그들이 해방된다면 인간은 더 이상 만물 위에 설 수가 없어!"

"닥쳐!"

이아크가 한 말에 류지영은 거칠게 손을 한번 떨쳤고 이아크는 주문도 없이 그녀의 손에서 뿜어져 나온 파이어 볼을 가까스로 막아냈다.

"인간이 뭔데? 인간이 과연 만물 위에 설 수 있는 존재인가요! 탐욕에 찌들어 있고 이기심에 젖어 타인을 해치는 그들이!"

"하지만 신은 인간을 선택자로 남겼다!"

"더 이상은 아니야."

순간적으로 류지영의 기도가 변했다. 그녀의 몸 주위에 검은색 오라가 뿜어져 나오더니 이아크를 위시해 그의 주위에 있던 다른 마법사들을 옭아매기 시작했다.

"크윽."

"후후후. 겨우 그 따위 알량한 힘으로 날 막으려 했나요? 내가 그날을 잊었으리라 생각하나요? 내가 아무런 대비도 없이 이곳에 왔으리라 생각했나요? 보여 드리죠. 내가 준비한 힘을. 후후후후."

류지영은 가볍게 웃더니 곧 정색을 하고는 입을 열었다.

"나와라, 나의 종들아."

딱.

류지영이 손가락을 튕기자 그녀의 그림자가 길게 늘어나더니 그림자로 뒤덮인 땅이 출렁이기 시작했다. 그리고 그 출렁임은 일정한 형태를 갖추기 시작하더니 10개의 검은 덩어리를 만들었다. 검은 덩어리들은 류지영의 뒤에 나타나 그녀에게 머리를 조아렸고 점차 구체적인 형태를 갖추기 시작했다. 그것은 두 발로 선 황금빛 사자와 붉은 늑대, 박쥐의 날개를 가진 나신의 여인, 길게 휘어진 두 개의 뿔을 가진 염소의 머리를 가진 인간, 말의 몸에 인간의 상반신을 가진 켄타우르스라 불리던 신화 속의 동물, 돼지의 형상을 한 두 개의 머리를 어깨 위에 올린 거인, 거대한 도끼를 들고 있는 소의 머리를 한 거인, 온몸에 수많은 눈동자가 돋아난 괴물, 말의 머리와 다리를 가지고 세 쌍의 팔에 여섯 개의 검을 든 괴물, 그리고 하반신이 뱀인 아름다운 여인이었다.

이아크는 괴물들의 모습에 안색이 창백해졌다.

"저들은… 네가 타락의 인장을 얻었나?"

"후후, 그렇지 않다면 저들이 내게 복종할 이유가 없잖아요? 자, 이제부터 당신들의 상대는 이들이 할 겁니다. 부디 열심히 싸워 인간의 우위를 지켜보세요."

크라라라라!

캬아아아아아!

류지영이 몸을 돌리는 순간 괴물들은 10명의 흰색 로브를 입은 마법사들을 향해 튀어 나갔다.

"이딴 괴물로 우릴 어찌할 수 있다고 생각했는가! 메데이 메데이 브라키라스 옴브레얼. 에르하임의 불!"

이아크는 괴물들이 덮쳐들어 오자 빠른 속도로 주문을 외웠다. 강력한 파괴 마법을 충분히 메모라이즈해 둔 상태였기에 6클래스의 마법이지만 단 3초도 지나지 않아 시동어를 외칠 수 있었다.

"헬 브레스!"

과연 현자의 호칭이 아깝지 않게 시동어를 외치자마자 집채만한 불덩이가 만들어졌다. 만약 이 마법이 그대로 대공동의 벽이나 천장에 직격한다면 이곳을 붕괴시키고도 남을 정도의 위력이 나오리라. 하지만 그가 만든 헬 브레스는 곧 사그라들고 말았다. 그뿐만 아니라 다른 이들의 마법도 시동어를 외쳤음에도 불구하고 3초를 버티지 못하고 완전히 사라지고 말았다.

"이럴… 수가. 크르륵… 하… 하지만 곧 다른 이들이 이곳을 찾을 거……."

이아크는 믿을 수 없다는 듯 눈을 부릅뜨고 있다가 피거품을 토하며 앞으로 쓰러졌다. 그의 목엔 황금빛 사자가 이빨을 박고 있었다. 그뿐만 아니라 다른 모든 마법사들도 괴물들의 손톱과 이빨에 사지가 찢겼다.

"처참하군……."

아삼은 어떻게 끼어들 생각도 못한 채 눈앞의 광경에서 결국 눈을 돌리고 말았다.

10명의 마법사들은 아마 자신들이 저렇게 죽으리라고는 상상도 못했으리라. 그만큼 비스트들의 공격법은 상상을 초월했다. 마법사들이 마법을 구현하자마자 그들은 최대한 마법사들의 주위로 다가가 스스로의 몸을… 폭발시켰다. 그리고 산산조각난 팔다리는 마법사의 몸을 구속했고 날카로운 이빨을 가진 그들의 머리는 마법사들의 목줄기를 물어뜯었다. 설마 스스로의 생명을 희생시켜 자신들을 공격할 줄은 몰랐는지 마법사들은 하나도 남기지 않고 그 자리에서 절명하고 말았다.

류지영은 차가운 눈빛으로 시신이 가득한 장내를 한번 훑어보고는 제단 위로 올라갔다. 제단 위엔 엘리가 결계를 유지하기 위해서 완전한 무방비 상태로 서 있었다.

젠장, 아론은 어디 있는 거야?!

류지영은 엘리의 앞에 섰고 곧 하얀 손을 내밀어 엘리의 뺨을 쓰다듬었다.

"이대로 보고만 있을 건가요?"

……!!

일행은 류지영의 나직한 말에 모두 흠칫하고 놀랐다. 그렇게 격렬한 전투를 치렀는데도 그 와중에 우리의 기척을 느끼고 있었다니.

"이 아이를 해칠 생각은 없으니 그만 나오도록 해요, 한바다. 그리고 다른 분들도."

더 이상 숨어 있어봤자 소용없다고 생각했는지 아삼은 짧게 심호흡을 한 뒤 대공동 안으로 발을 디뎠다. 그의 뒤로 나와 세리스, 훼릴, 그리고 필립과 알테어가 따랐고 모두 은연중에 오라와 마나를 끌어올리고 있었다. 나야 공격당할 거란 생각은 하지 않았지만 다른 이들은 모두 조심에 조심을 거듭하고 있었다.

류지영은 우리가 대공동 안으로 들어오자 엘리의 뺨을 만지고 있던 손을 거두고 우릴 제단 위로 올라오게 했다. 나와 일행은 바닥에 즐비한 시체와 핏물을 피해 제단 위로 올라갔다. 난 혹시나 아삼이 빈틈을 노려 공격하진 않을까 하고 생각했지만 아삼에겐 그럴 의사가 없는 것 같았다. 류지영의 압도적인 힘에 반항마저 포기해 버린 것 같았다. 류지영은 우리가 제단 위로 올라오자 손을 가볍게 떨쳐 입구를 무너뜨렸다.

"우릴 어쩔 생각이지?"

"별로… 당신들이 절 방해하지 않겠다면 저 역시 당신들을 해칠 생각 따윈 없습니다."

"방해? 무엇을?"

"후후… 제 삶의 유일한 목적이죠."

다짜고짜 시작된 아삼의 거듭된 질문에 류지영은 가볍게 웃으며 대답했다. 그녀는 의도한 건지 아닌지는 알 수 없지만 엘리의 목을 쓰다듬어 우리 일행이 결코 함부로 행동할 수 없게 만들었다. 여기서 엘리가 어떻게 되어버린다면 우리의 목숨은 물론이고 아카데미 내에 있는 모든 이들의 생명이 덧없이 희생될 게 틀림없었다.

"바다……."

류지영은 피 냄새와 긴장감이 넘치는 이 상황과 전혀 어울리지 않는 미소와 함께 날 돌아봤다. 아삼은 갑자기 말을 돌리려 하는 류지영에게 뭔가 말하려고 했지만 그녀가 다시 한 번 가볍게 손을 떨치자 침묵의 마법에 걸리고 말았다. 아삼이 그 꼴이 되자 다른 일행은 자발적으로 입을 다물고 말았다.

"한바다… 오랜만이구나."

"…그렇군요."

오랜만이라는 말에 난 고개를 숙일 수밖에 없었다. 듣는 사람을 편안하게 하는 나직하면서도 영롱한 목소리. 내 이름을 부를 때마다 '그리

움'이 묻어나는 뉘앙스. 모든 게 그대로였다. 그리고 또한 너무나 달라졌다. 난 더 이상 그녀를 쫓아다니는 후배가 아니고 그녀 역시 내가 알고 있던 따뜻하고 보호 본능을 일으키는 그런 여인이 아니었다. 류지영이 내게 말을 걸자 세리스와 훼릴이 다가왔다. 그리고 가만히 오라를 끌어올렸다. 류지영이 어떤 암수를 쓰면 당장에 공격하겠다는 의사 표현이었다.

"넌 아마 이런 날 이해하지 못하겠지?"

"……."

류지영은 세리스와 훼릴이 오라를 끌어올리든 자신을 노려보든 전혀 상관하지 않았다. 그녀는 그냥 내게 말을 할 뿐이었다.

"이해할 필요는 없어. 널 마지막으로 봤을 때, 난 이미 모든 걸 각오하고 있었거든."

모든 것을 각오했다니. 그녀가 각오해야 하는 것이 있었을까. 내가 자신에게 퍼부을지도 모르는 비난? 그렇지 않으면 나의… 죽음? 내가 사색에 잠기려 하자 류지영은 다시 입을 열었다.

"바다야, 내가 옛날이야기를 하나 해줄까?"

"옛날… 이야기?"

류지영은 침착하고 조용하게 제단 위에 엉덩이를 걸쳤다. 그리고 멍하니 시선을 천장으로 던지며 입을 열었다. 마치 내가 듣지 않아도 상관없다는 듯.

1915년 여름.

류지영의 나이 16살 때, 그녀는 운명(運命)을 만났다.

"당신의 이름은?"

찬란한 태양처럼 붉게 타오르는 눈동자로 자신을 지그시 바라보는 소년. 일식의 태양처럼 검은 머리카락은 소스라이 부는 바람에 가볍게 흩날렸다. 류지영은 서구화를 받아들여 짧게 친 자신의 머리카락이 야속해졌다. 자기도 머리카락을 깎지 않았다면 눈앞의 이 기적 같은 소년처럼 아름다운 흑발을 자랑할 수 있었을 텐데.

"류지영……."

"저의 이름은?"

소년의 물음에 그녀는 잠깐 고민에 빠졌다. 검은 머리카락을 가지긴 했지만 아무리 뜯어봐도 조선인으로는 보이지 않는 외모, 그에게 이 나라 방식의 이름을 지어주기 싫어졌다.

"카일… 카일이야."

이국적인 뉘앙스를 가진 이름이었다. 하지만 소년은 알까? 이 이름이 예전 그녀가 선물받았던 싸구려 봉제 인형의 이름이었다는 것을.

"당신은 저의 영혼이십니다, 마스터……."

소년은 한쪽 무릎을 꿇었다. 그리고 저고리 소매 안에 숨겨진 지영의 손을 가볍게 잡아끌어 입맞췄다.

그것이 그녀와 그의 첫만남이었다.

"카일."

"카일, 넌 왜 그렇게 말이 없니?"

"카일! 너 담배는 어디서 배웠어?! 내가 이안 선생님한테 다른 건 몰라도 담배만큼은 배우지 말라고 한 거 잊었어?"

"카일, 오늘 저녁은 청국장이야. 어라? 또 인상 쓰네? 다른 건 다 잘 먹으면서 왜 된장은 못 먹는 거야? 아무튼 편식은 안 돼!"

"카일! 아버지가 나보고 결혼하래. 하지만 난 안 간다고 그랬어. 난 결혼 안 할 거야."

"웅? 카일, 이안 선생님이 너보고 뭐라 그래? 좋은 분인데 너한텐 왜 그러는지 몰라."

"카일, 왜 그래? 왜 우는 거야. 울지 마… 네가 울면, 나도 울고 싶어진단 말야. 울지 마……."

"카일… 날 어떻게 생각해?"

"카일, 날 사랑하니?"

"카일…… 사랑해……."

류지영의 마법 실력은 입문한 지 3년이 채 되지 않아서 발군의 성적을 자랑했다. 가르치는 이안의 실력도 좋았지만 무엇보다 그녀의 노력이 컸었다. 그런 그녀를 높게 평가한 티르의 검은 당시 그저 산속의 작은 암자에 불과했던 파르커스의 대공동을 지키는 파수꾼으로 그녀를 임명하게 된다. 티르의 검이 그녀에게 제시한 조건은 당시 일제의 압정 속에서 그녀의 가족을 지켜주는 것. 이안은 류지영이 파수꾼의 임무를 맡는 것을 왠지 극구 반대했지만 그녀는 카일과 함께하면 괜찮다며 결국 파수꾼의 임무를 맡게 됐다.

3년.

인구 100명이 채 안 되는 작은 촌락에 젊은 남녀 단둘이 살아간 시간 치곤 길다면 길고 짧다면 한없이 짧은 시간이었다. 하지만 결코 카일과 류지영이 사랑에 빠지기엔 짧은 시간이 아니었다. 3년이란 시간은 둘의 사랑을 확인하게 해주었다.

하지만 그런 둘의 사랑은 결코 쉽지 않았다.

파수꾼의 임기를 하루 남긴 류지영은 떠나기 전에 그녀가 3년간 지켜왔던 파르커스에게 둘의 결합을 축복받으러 갔다. 하지만 그곳엔 그녀를 기다리고 있는 사람이 있었다.

"이안······."

"오랜만이지?"

류지영은 이안의 물음에 대답하지 않았다. 이안은 그런 그녀의 반응이 안타까운지 흔들리는 눈동자로 카일을 노려봤다. 왜! 왜 하필 저 녀석이란 말인가! 이안은 지금껏 입 밖으로 토해내지 못했던 자신의 마음을 한껏 터뜨리고 싶었다. 하지만 카일의 손을 꼭 잡고 있는 류지영의 손을 보는 순간 그런 감정도 사그라들고 말았다.

"축하··· 한다."

이안은 결코 입에 담고 싶지 않은 단어를 힘겹게 말했다. 하지만 결코 자신의 감정을 내색하진 않았다. 그는 웃었다. 여느 때처럼, 류지영이 마법에 실패하고 눈물을 글썽일 때 그녀를 다독거리던 그때처럼. 그리고 그는 말없이 카일에게 주먹을 날렸다.

"큭."

카일은 충분히 피할 수 있었지만 피하지 않았다.

"카일! 괜찮아?"

"괜찮아··· 그리고 이안님, 고맙습니다."

이안은 자신의 주먹질에 바닥을 나뒹군 카일이 자신에게 고맙다고 하자 결국 피식 웃고 말았다. 손을 내밀자 카일도 손을 내밀었다. 카일을 일으켜 세운 이안은 작게 속삭였다.

"행복하게 안 해주면··· 나보다 스칼렛이 먼저 날아갈 거다."

"훗··· 명심할게요."

"자, 그럼 둘의 언약식을 지켜보도록 할까?"

한때 자신에게 사랑을 고백했던 이안의 소탈한 미소를 선물로 류지영은 카일과 함께 파르커스의 제단 앞에서 서로의 이름을 새긴 반지를 나눴다. 그리고 고개를 돌린 이안 앞에서 가벼운 입맞춤을 나눈 둘은 제단을 벗어나려 했지만, 운명이었을까. 아니면 누군가의 장난이었을까? 순간 균형을 잃은 류지영은 제단을 짚고 말았고 그녀의 손에 작은 상처가 생기고 말았다.

"무, 무슨?!"

이안은 갑자기 마나가 요동 치기 시작하자 깜짝 놀랐다. 그리고 제단 위에 떨어진 핏방울과 지영의 상처를 치료하고 있는 카일의 모습에 눈이 부릅떠졌다.

"안 돼… 안 돼!"

제단 위에 떨어진 피.

단 한 방울에 불과했던 피는 심판자요, 거역하는자, 그리고 언젠가 일어설 자를 일깨우고 말았다.

"너의 가장 소중한 것은 무엇인가."

나타나자마자 류지영과 카일, 그리고 이안을 초죽음으로 만든 파르커스는 그를 종속시키려 한 게 아니라는 셋의 말에도 불구하고 피의 주인인 류지영에게 질문했다.

"카일."

사랑하는 이의 이름이다. 그녀의 생명과 같이 사랑하겠다고 말한 이의 이름이다.

"너의 생명보다도?"

"그가 없다면 내 삶은 무의미할 뿐……."

"그것이 너의 선택인가?"

파르커스는 어깨와 두 팔에 큰 상처를 입은 류지영에게서 눈을 돌려 카일을 노려봤다.

"컥?"

카일의 몸이 허공에 떠올랐다. 눈에 보이지 않는 무언가가 그의 목을 움켜쥐고 들어 올리는 듯 그는 숨을 쉬지 못한 채 다리를 버둥거렸다.

"아, 안 돼. 하지 마! 그를 괴롭히지 마!"

류지영은 내장이 상한 듯 입으로 검은 피를 토하며 외쳤지만 파르커스는 아무런 대꾸 없이 눈앞에 작은 매직 애로우 하나를 만들었다.

"네 선택의 책임. 지켜보겠다."

파르커스의 손가락이 카일의 심장을 가리켰다. 그리고 그가 만들어낸 작은 매직 애로우는 카일의 심장을 향해 날아갔다.

"큭. 지영아… 미안."

카일이 이토록 허망하게 류지영의 곁을 떠나리라곤 생각지도 못했었다. 그녀가 죽는 그 순간까지 함께하고 싶었다. 그녀를 지켜주고 싶었다. 그러나 너무나 강대한 힘 앞에 그는 그녀도 자신도 지키지 못했다.

"까아악!"

"……?! 지영아!"

"안 돼!"

류지영의 비명. 카일과 이안의 절규. 모든 것은 적막 속에서 희미해져 가는 스크린 속의 한 장면 같았다.

"어, 어째서?!"

언제 풀렸는지 파르커스의 속박에서 벗어난 카일은 허물어져 가는 류지영을 안아 들었다. 그녀의 몸은 마치 쓰러져 가는 고목나무처럼 힘없이 그의 품에 안겼다.

"안 돼! 이대로 죽게 할 순 없어! 은총의 손길이여……."

카일은 몸속에 있는 마나를 있는 대로 끌어올려 지영의 상처를 감쌌다. 두 다리를 다친 이안도 엉금엉금 기어와서 그녀에게 있는 대로 치유 마법을 퍼부었지만 상처는 전혀 나아지지 않았다. 아직도 그 형체를 유지한 그것은 류지영의 심장을 완전히 관통한 채 그녀에게 끊임없는 고통을 줄 뿐이었다.

"왜! 왜 그랬어! 나만 죽으면 되는데!"

아무리 마나를 쏟아 부어도, 치유 마법을 써도 자꾸만 더 많은 피를 흘리며 숨을 몰아쉬는 지영에게 카일은 소리쳤다.

"쿨럭… 카일……."

류지영은 창문 틈으로 새어 들어오는 실낱같은 바람처럼 작은 목소리로 말했다.

"넌… 내 생명이었어. 하아… 하아… 아마 너라도 나와 같지 않았을… 까……."

류지영의 숨소리가 점점 잦아들었다.

꿰뚫린 심장이 더 이상 약동하지 않았다.

그녀의 몸이 차갑게 식어갔다.

"파르커스으으으으!"

이안은 두 다리의 상처는 아랑곳하지 않고 아무 표정 없이 카일과 그의 품에 안긴 류지영을 바라보고 있는 파르커스에게 달려들었다.

"커억!"

하지만 부질없는 짓이었다. 그의 손짓 한 번에 저만치 날아가 버린 이안은 더 이상의 반항은 하지 못하고 그 자리에 엎드려 오열했다.

"태초에 신은… 세상의 모든 인간과 모든 족속을 멸한 그는 여든하나의 부족이 그에게 반기를 들자 그들을 봉인한 후 생각했다. 과연 그의 심판은 옳은 선택이었을까. 그는 그 판단의 여부를 그에게 반기를 들지도 못한 나약한 인간에게 선택하게 했다. 언젠가 올 두 번째 심판과 자신에게 거역한 종족의 부활을. 그리고 1만 3천 년. 인간이 두 번의 나고 죽음을 맞는 동안 그 어떤 인간도 선택의 책임을 지려 하지 않았다."

파르커스는 점점 희미해져 가는 몸을 움직여 류지영에게 다가갔다.

"어린 여인이여, 태초 이래 처음의 선택자여. 그대의 의지에 경의를 표한다."

그의 손이 류지영의 심장을 덮었다. 잠시 후 그의 손이 떨어졌을 땐 류지영의 심장은 물론이고 팔과 어깨의 상처도 완전히 사라진 뒤였다.

"더 썬. 카일이라고 했던가."

파르커스는 카일의 머리 위에 손을 얹었다. 그리고 말했다.

"영혼을 찾았구나."

그의 몸이 점점 희미해지기 시작했다.

"이제 곧 너의 일족이 이곳에 임하리라. 그리고 네 품에 안긴 소녀로 인해 다른 80종족이 봉인에서 풀릴 것이니 부디 이번엔 신이 태초에 원했던 조화로운 세상을 만들어보아라. 그때가 오면, 신에게 종속된 나에게도 안식이 오겠지."

그렇게 파르커스는 사라졌다.

"으음……"

"지영아!"

잠시 후 눈을 뜬 류지영은 카일에게서 모든 자초지종을 들었고 그의 일족이 해방됨을 함께 축하해 주었다. 하지만 그 기쁨은 그리 길지 않았다. 이안의 상처를 치료하던 지영과 카일은 갑자기 느껴지는 거대한 마나의 움직임에 사방을 두리번거렸고 곧 흰색 로브를 입은 삼십여 명의 마법사를 볼 수 있었다. 그들의 로브에 황금색 실로 수놓아진 것은 룬 문자 '티르'.

"당신들은?"

이안은 그들을 보자 깜짝 놀랐다.

티르의 룬을 수놓은 로브. 그것이 뜻하는 것은 놀라운 것이었다. 티르의 검을 움직이는 실질적인 힘을 상징하는 각 길드의 수장과 7현자만이

이 로브를 입을 수 있었다.

"봉인은 열렸는가?"

"네?"

흰 로브를 입은 사람 중에 한 명이 입을 열었다. 그는 얼굴을 덮고 있던 로브의 모자를 뒤로 넘겼는데 그의 얼굴을 알아본 이안이 그의 이름을 외쳤다.

"이아크!"

"이안이로군. 자네에게 묻겠네. 봉인은 풀렸는가?"

"무슨 말씀을?"

"흠… 반응을 보니 아직 풀리지 않은 모양이군. 그리고 저 붉은 눈동자의 남자가 이번에 영혼을 얻은 세라프인가? 흠… 척살해."

"무, 무슨?"

아무런 설명도 없이, 차가운 목소리로 '척살'을 명한 이아크의 말에 흰 로브를 입은 사람 중 한 명이 몸을 날렸다. 그는 마법사가 아니었는지 로브 안에서 은색의 검을 꺼냈다. 그리고 카일의 심장을 꿰뚫었다.

"커억… 어… 어째서!"

"까아아아악!"

이번엔 류지영도 아무런 행동을 취할 수 없었다. 그저 카일의 품에 안긴 채 자신의 이마를 스치며 날아온 검이 그의 심장을 도려내는 것을 볼 수밖에 없었다.

"어째서! 어째서 이런 짓을!"

"다 자네와 모든 인간을 위한 일이야. 잠자코 있게."

격렬하게 반항하려는 이안을 결박 마법으로 구속한 이아크는 고개를 돌려 언제부터인가 서서히 공간이 일그러지는 대공동의 한쪽 벽면을 바라봤다.

"나오는군. 나오는 대로 모조리 없애도록."

이아크의 말이 끝난 뒤, 그 뒤로는 악몽의 연속이었다.

카일의 시신을 붙잡고 오열하던 류지영은 이아크와 그와 함께 온 자들이 저지르는 만행에 정신이 나가 버릴 것만 같았다.

흰색 로브를 입은 그들은 10분도 채 되지 않아 그들의 로브를 진홍색을 물들였다. 공간의 틈에 봉인돼 있던 더 썬의 일족이 가사 상태로 나올 때마다 그들은 가차없이 그들의 목을 베고 심장을 도려냈다. 일천이라는 생명을 학살한 그들은 시신을 한곳으로 모아 불태웠다.

이아크는 그런 자신과 다른 이들의 행동을 멍하니 바라보는 류지영과 이안에게 말했다.

"이 세상은 인간의 것이야. 이제 와서 다른 지성체가 나타나는 것은 용납할 수 없는 일이지. 그렇지 않은가? 후후후후."

"후후⋯ 티르의 검은 예전부터 알고 있었어. 세라프의 봉인이 풀리면 파르커스의 둥지에서 그 일족의 봉인이 풀린다는 것을. 그리고 봉인이 풀리는 순간 인간 이외의 지성체는 위험하다고 판단한 그들은 그들을 척살하기로 결정한 거야."

"그럴 수가!"

류지영의 말이 계속될수록 나와 일행들의 안색은 창백해졌다. 특히나 알테어와 훼릴, 그리고 세리스는 더욱 그랬다. 하지만 그녀의 말을 모두 액면 그대로 받아들일 수는 없었다. 아무리 그녀가 말한 과거가 비참하고 슬프다지만 현재의 그녀는 적이었다.

"읍읍!"

아삼이 격렬하게 몸부림을 쳤다. 끊임없이 입을 뻥긋거리자 류지영은 그에게 걸어놓은 침묵의 마법을 해제시켰다.

"거짓말이다! 그럴 리가 없어! 당신은 지금 저들을 죽인 것에 대한 변명을 하는 거야! 난 7현자가 되고 난 뒤에도 그런 말을 들은 적이 없었어!"

아삼은 목에 힘줄을 세우면서 크게 소리쳤다. 그뿐만 아니라 필립도 그런 류지영의 말에 완전히 공감할 수만은 없다는 듯 고개를 주억거렸다.

"후후, 이아크는 자신이 완전히 신뢰할 수 있는 사람에게만 이 사실을 알렸지. 게다가 당신은 7현자로 인정받을 때 이아크와 반목하지 않았던가요. 그런 당신에게 그가 그런 사실을 말할 리가 없죠."

"그… 그런!"

"어쨌든 이제 그런 것은 중요하지 않아요. 모든 준비는 끝났으니까."

준비?

"무슨 소리지?!"

아삼의 외침에 류지영은 아무 말 없이 조용히 뒤로 몇 걸음 물러났다. 그런 그녀의 행동은 조용한 샘물의 파문과 같아서 우린 아무 말도 할 수 없었다. 그리고 그녀는 두 손을 앞으로 내밀어 서서히 오라를 끌어올렸다.

"이럴 수가!"

우린 모두 경악에 빠졌다. 류지영이 손가락을 딱 하고 튕기자 갑자기 그녀의 품 안에 작은 공간의 이지러짐이 생기더니 눈에 익숙한 물건이 나타났다.

"카드!"

놀랍게도 그것은 수십 장이 넘는 세라프 카드였다. 그리고 더욱 놀라운 건 내가 지금껏 숨겨놓고 있었던 스칼렛의 카드도 함께 있었다.

"어, 어떻게? 76장이잖아! 분명 네메시스에 30장을 봉인시켜 뒀는데!

자… 잠깐! 그건?"

"역시 자신과 오랜 시간을 함께해 온 동반자군요. 이 많은 카드 중에서 단번에 찾아내다니."

류지영의 손이 하나의 카드를 뽑아 들자 아삼의 눈이 찢어질 듯 부릅떠졌다. 그녀의 손엔 14번이란 숫자와 드워프라고 적힌 카드가 들려 있었다. 드워프, 바로 아론의 카드였다.

"그런 봉인은 세라프의 공명 앞에선 무용지물일 뿐이랍니다. 그리고 겨우 서너 겹의 봉인의 진으로 절 막을 수 있으리라 생각하셨나요? 만약 그렇다면 무려 100년간 이 일을 위해서 준비해 온 절 무시하는 처사랍니다. 그리고 드워프… 아론이라고 했던가요? 그는 짐작하고 있겠지만 저의 손에 소멸됐답니다. 그럼 이제부터 의식을 치러볼까요."

"으아아아아!"

지금껏 어디에 숨어 있을 거라 생각했던 아론의 죽음을 알게 된 아삼은 그만 이성을 잃어버렸다.

"잠자코 지켜보시길. 속박하는 그림자."

"큭?! 이, 이런!"

광분하는 아삼을 어떻게든 막고 봐야겠다는 생각에 일행 역시 움직이려 하자 류지영은 침착한 태도로 품 안에서 한 장의 스크롤을 찢으며 우리 모두에게 속박의 주문을 걸어버렸다. 그것은 7클래스의 마법으로 좀 전의 전투로 지칠 대로 지친 우리의 힘으로는 결코 풀 수 없었다. 류지영은 속박의 주문 때문에 뻣뻣하게 굳어버린 우릴 잠깐 바라보더니 다시 말했다.

"티르의 검은 더 썬의 일족을 모조리 참수한 뒤 날 감금했었지."

티르의 검은 더 썬의 일족을 한 줌의 재로 만든 뒤 여전히 넋을 놓고 있는 류지영을 포박했다. 지영은 일체의 반항도 하지 못한 채 이아크의 손에 떨어져 버렸다. 이아크가 그녀를 사로잡은 이유는 간단했다.

선택자.

파르커스가 선택자로 선택한 그녀는 81개 종족의 봉인을 풀 수 있는 권능을 가지고 있기 때문이었다. 그는 그녀를 이용해 다른 세라프들의 봉인을 풀고 그들의 일족을 완전히 멸망시키길 원했다. 그리고 할 수만 있다면 그들이 가진 고대의 지식을 빼앗고 싶어했다. 하지만 그런 그의 시도는 이안의 필사적인 저항으로 물거품이 되고 말았다.

"지영아… 미안. 네게 줄 수 있는 건 이거뿐이구나."

이안은 이아크가 방심하고 있는 틈을 타 그가 가지고 있던 텔레포트 스크롤을 사용해 류지영을 아무도 모르는 장소로 텔레포트시켜 버렸던 것이다.

류지영은 이안의 도움으로 이아크의 손에서 벗어나 은둔 생활을 시작했고, 우연한 기회에 타라투스의 수장을 만났다. 그리고 그가 티르의 검과 적대하고 있다는 이유만으로 타라투스에 몸을 투신한다. 그리고 그녀는 오랜 세월 동안 오늘의 계획을 세우기 시작했다. 사실 처음엔 그저 이아크에 대한 복수심으로 불탈 뿐이었다. 하지만 그녀는 10년이 지나도 자신이 늙지 않는다는 것을 깨달았다. 바로 선택자로 선택된 그녀에게 주어진 특권이었던 것이다.

그녀는 결심했다.

세상의 주인이라 말하는 오만한 인간을 끌어내려 주겠다고.

그래서 그 첫 번째 계획이 타락의 의지를 일깨우는 일이었다.

류지영은 나와 다른 일행이 보는 앞에서 바닥에 흥건한 피로 거대한 소환 마법진을 만들기 시작했다.

"영혼을 잃은 자여, 방랑하는 자여, 나의 부름에 응답하라."

"저… 건!"

주문의 영창이 끝나자 소환 마법진은 거대한 마나를 빨아들이더니 내게 익숙한 물건을 소환했다.

"봉인석……."

그것은 봉인석이었다. 그녀가 가진 76장의 카드와 같은 숫자의 봉인석이었다. 류지영이 카드를 허공에 던지자 그것들은 새처럼 날아가 각자 짝에 맞는 봉인석의 위에 위치했다. 류지영은 모든 것이 의도한 대로 되자 몸을 돌려 제단으로 향했다. 그리고 작은 소도를 꺼내 자신의 손끝에 상처를 냈다. 붉은 핏방울이 그녀의 손끝에 한 방울 한 방울 맺히더니 이윽고 제단 위로 떨어졌다.

"오랜만이구나."

"그렇군요, 파르커스."

제단에 피가 떨어지기가 무섭게 파르커스는 그녀의 뒤에 현신했고 오랜 지우를 만난다는 얼굴로 서로 인사를 나눴다.

"이제 때가 온 것인가?"

"네."

"진정으로 저들의 해방을 바라는가?"

"그것이 지금껏 제 삶을 지탱해 온 목적인걸요."

"복수도 했더군."

"……."

복수란 말에 류지영은 아무런 말도 하지 않았다.

"흐음… '그'도 와 있군."

"파르커스."

"후후, 그래, 얄궂은 운명이지. 좋아. 더 이상 말하지 않도록 하지. 그것도 하나의 '조건'이었으니까……."

혼자 뭐라고 말하며 키득거리던 파르커스는 이윽고 온통 피바다로 변한 그의 집 앞마당 위에 놓여진 76개의 봉인석을 쳐다봤다.

"정말 너의 선택에 후회하지 않는가?"

"두 번 말하게 하지 마세요."

파르커스는 류지영이 더 이상 말하지 않겠다는 듯 입을 다물어 버리자 눈을 감았다. 난 순간 그의 몸에서 뿜어져 나오는 오라의 성질이 순식간에 바뀐 걸 느낄 수 있었다. 지금껏 그가 보여줬던 오라가 아니었다. 모든 것을 불태워 버릴 듯한 뜨거운 오라였다. 눈으로 볼 수는 없었지만 느낄 수는 있었다. 그의 몸에서 뿜어져 나온 오라는 땅에 놓인 76개의 봉인석과 카드를 완전히 감쌌다.

"지영, 정말 괜찮은가? 이대로 저들을 소멸시키면 일족의 봉인은 풀 수 있지만 저들은 영원한 소멸을 맞이하고 만다. 그것이 어떤 의미인지는 잘 알고 있을 텐데."

"인과율 말인가요. 후후… 그런 건 이미 각오하고 있답니다."

난 똑똑히 들었다.

인과율이라 했다.

"시작하겠다."

파르커스의 몸이 사라졌다. 하지만 류지영은 전혀 당황해하지 않았다. 단지 고개를 돌려 파르커스의 본체를 바라봤다.

"흡!"

숨이 턱 멎을 것만 같았다.

눈을 떴다.

파르커스의 본체가 눈을 뜨고 있었다. 내 키만한 눈동자가 이리저리 뒤룩뒤룩 움직이다가 이윽고 카드와 봉인석이 있는 곳을 향했다. 대공동이 웅웅 울리는 듯한 목소리가 들려오기 시작했다.

—이것은 대리자의 선택, 그의 의지.
—깨어나리라, 태고의 존재들이여.
—순결한 영혼을 불태우리니. 깨어나라.

퍽! 퍼억!
"까아아아악!"
"키아악!"
"끄어어억……."
봉인석이 둔탁한 소리를 내며 터지기 시작했다. 그리고 깨진 봉인석 안에서 희고 붉은 아지랑이가 일어나 서서히 하나하나의 형체를 갖춰가기 시작했고 그것들은 곧 찢어질 듯한 비명을 질러댔다.
"아… 아!"
난 예전에도 이와 비슷한 광경을 본 적이 있었다.
레시안! 그녀가 사라질 때와 같았다. 연기 같은 몸이 차가운 빛을 발하는 작은 빛덩어리에 잘게 찢겨져갔다.
"그만 해! 그만 해요! 제발!"
난 소릴 질렀다. 세리스와 훼릴은 완전히 공포에 휩싸인 듯 부들부들 떨고만 있었고 알테어는 온몸에 식은땀을 흘리며 고개를 돌려 버렸다.
캬아아아악!
봉인석에서 벗어난 세라프들은 갈가리 찢기는 동안 끊임없이 비명을 질렀다. 그리고 서서히 그 존재를 잃어갔다. 마치 입에서 뿜어져 나온 담배 연기처럼 허공 중에 서서히 사라져 갔다.
"아… 아……."

단 3분도 안 되는 순간이었지만 그것은 그 어떤 지옥을 보는 것보다도 끔찍했다. 얼마나 고통스러웠을까. 온몸을 난자당해 사라져 가는 저들의 고통은 나로선 도저히 상상조차 할 수 없었다. 작은 가시 하나에도 고통스러워하는 내가 저들의 고통을 어떻게 알 수 있을까. 게다가 저곳엔 스칼렛이 있었다!

부드러운 미소와 이안과 함께하는 커피 한 잔에 행복해하던 그녀가 저곳에 있었다!

"아아아악!"

가족이 눈앞에서 난자당하며 죽어가는 것 같았다. 눈에서 끊임없이 눈물이 쏟아져 나왔다.

그리고 마지막까지 비명과 절규를 쏟아내던 세라프가 사라지자 또다시 파르커스의 목소리가 동굴을 울렸다.

─끝이로군. 전의 불상사도 있었으니 사람의 발자취가 닿지 않은 곳에 봉인의 문이 열릴 거다.

"고마워요."

파르커스는 이 말을 끝으로 더 이상 나타나지 않았다.

"흑……. 어째서 이런 짓을 하는 거죠! 저들이 무슨 잘못이 있다구요! 선택자! 선택자! 도대체 뭔데 저들을 소멸시키는 겁니까! 선배는 그럴 권리가 없어요! 없다구요! 언젠가, 언젠가 저들에게 영혼을 찾아줄 사람이 나타날지도 모르잖아요!"

"그럴지도 모르지……."

나의 악다구니에 류지영은 처연한 얼굴로 대답했다.

"하지만 이대로 계속 세월이 흐른다면 저들은 언제까지나 삶과 죽음을 반복하겠지. 영혼을 찾지 못한 채 끊임없이 방황하겠지. 그리고 전생으로 남게 되는 순간 저들은 똑같은 고통을 맛보며 소멸하겠지……."

"이해할 수 없어! 이런 일을 해서 선배에게 득 되는 게 뭔데요! 왜! 왜 저들을 소멸시킨 거죠?"

"후후… 내게 득 될 건 없어. 아무것도. 그 어떤 것도 내겐 의미가 없는걸."

류지영은 속박당한 일행에게 천천히 다가왔다.

"내가 원하는 것은 모든 세라프를 그 운명의 굴레에서 벗어나게 하는 거야. 그리고 나 역시 영원한 무(無)로 돌아가는 것. 그게 내가 원하는 전부야. 그리고 아마 이건 저들도 원하는 일이었을 거야."

그녀는 아직도 공포의 그림자에서 벗어나지 못한 알테어의 앞으로 걸어갔다.

"당신은 당신의 일족을 구하고 싶지 않은가요?"

"……?"

"당신의 희생으로 그대의 일족이 다시 세상에 나올 수 있어요. 당신이란 존재의 목적이 그것을 위한 것이 아니었던가요. 말씀하세요. 당신이 스스로를 희생할 수만 있다면 전 당신을 죽이고 그대의 일족을 해방시켜 주겠어요."

"……!!"

알테어의 눈동자가 흔들렸다.

"알테어……."

필립의 노안 역시 흔들렸다.

알테어는 대답하지 않았다.

"결정하세요. 난 당신의 종속자를 죽이지도 상처 입히지도 않겠어요. 당신이 원한다면 당신과 당신의 종속자가 이곳을 무사히 벗어나게 해드리겠어요. 하지만 알아두세요. 지금 이 기회를 놓친다면 당신의 일족은 언제까지라도 봉인 속에 갇혀 있어야 된다는 것을."

침묵의 시간이 흘렀다. 알테어는 여전히 아무 말도 하지 않았다. 필립이 옆에서 자신이 그녀의 영혼을 찾게 해주겠다고 계속 말했지만 알테어는 아무런 대답을 하지 않았다. 그리고 얼마간의 시간이 흘렀을까? 알테어는 이윽고 고개를 들었다. 그리고 눈물을 흘리며 필립을 바라봤다.

"필립… 미안해요. 당신을 못 믿는 건 아니지만… 미안해요."

푸욱.

"컥."

"알테어!!"

알테어가 계속해서 미안하다는 말만 연발하자 류지영은 제단에서 자신의 손가락을 상처 냈던 소도로 알테어의 심장을 꿰뚫어 버렸다. 필립은 그녀의 죽음에 속박의 주문에서 벗어나기 위해 몸부림을 쳤지만 결코 빠져나갈 순 없었다. 미친 듯이 발버둥 치는 필립을 바라보며 가만히 미소 짓는 류지영의 얼굴은 마치 악마같이 보였다.

"어째서 그녀의 죽음을 슬퍼하는 거죠?"

"알테어! 알테어! 죽지 마! 죽으면 안 돼!"

"그녀를 사랑했나요?"

"알테어!"

"하지만 언젠가는 떠나보내야 하는 게 사랑이란 걸 그대가 알길 바랄게요."

심장을 관통당한 알테어의 몸이 점점 희미하게 변해갔다. 그리고 그것은 필립의 오열 속에 한 장의 카드로 변했고 곧 자그마한 봉인석이 그녀가 있던 자리에 남았다.

"파르커스……."

나와 일행은 모두 눈을 돌렸다.

오직 필립만이 차가운 섬광에 찢겨가는 알테어의 잔해를 눈으로 좇았다.

"그대들은 더 이상 이곳에 있을 필요가 없군요. 가세요."

아삼과 필립이 빛에 휩싸이더니 사라져 버렸다. 텔레포트로 어딘가로 보내 버린 것이다.

"이제 너희뿐이구나."

한편 비스트들과 쉬지 않고 싸우던 알베르트와 드레이크는 비스트들의 움직임이 갑자기 달라진 걸 느꼈다. 결계 안쪽에서 몸부림 치던 비스트들은 둘째 치고 결계 밖 비스트들의 행동이 이상했다. 아니, 눈에 띄게 줄어들고 있었다.

"어떻게 된 거지?"

"몰라."

서로의 등에 의지해 잠시 쉬던 알베르트와 드레이크는 비스트들이 점점 사라져 가자 뭔가 사단이 일어나고 있다는 걸 느꼈다.

"물러나고 있어."

"이곳뿐만이 아냐. 비스트들이 전체적으로 모두 물러나고 있어."

수만을 헤아리던 비스트들이 후퇴 명령이라도 받은 건지 일제히 사라지는 모습은 마치 썰물 같았다.

수도 방위 사령부에 있던 김진욱 준장도 비스트들이 흩어지고 있다는 오퍼레이터의 보고에 당장 스크린에 화면을 띄우라고 했다.

"오오!"

30초 간격으로 보내오는 무인 정찰기의 사진은 순식간에 과천을 텅 비우는 비스트들을 여실히 보여주고 있었다. 게다가 비스트들이 붙잡고 있던 인질들도 무사한 것 같았다.

"당장 지상군을 투입시켜! 최대한 신속하게 인질을 구출하고 잔존 비스트들을 제압한다."

"혹시 함정이 아닐까요?"

"아니, 그렇진 않아. 여길 봐. 지금껏 서로 다른 종류끼리 섞여 있던 저들이 지금은 각자의 종족끼리 움직이고 있어. 그리고 흩어지는 방향도 모두 제각각인데다 자기네끼리 싸우는 녀석들도 보이고 있네! 이유는 모르겠지만 분명 지금껏 이상하게 여겼던 이종 비스트들끼리의 결속이 깨진 거야."

김진욱 준장은 자신의 느낌을 확신했다.

"당장 지시 하달하도록!"

"네."

파악—

"꺄!"

류지영은 결계를 유지하고 있던 엘리의 몸을 마법으로 튕겨냈다.

"결계는 걱정하지 않아도 돼. 비스트들은 물러갔으니까."

"……?"

내가 무슨 소리냐는 눈으로 쳐다보자 류지영은 가볍게 웃으며 말을 이었다.

"내가 이곳에 진입하고 나면 한 시간 뒤에 모든 싸움을 중지하고 사방으로 흩어지라고 지시했어. 언제까지고 그들을 이곳에 붙잡고 있을 수도 없는 일이고 길게 끌어봐야 좋을 게 없어. 군이 인질을 봐주지 않고 화력을 집중한다면 특별한 수를 쓰지 않는 이상 큰 피해를 입을 수밖에 없으니까."

류지영은 마나를 움직여 엘리를 내 옆에 세우고는 그녀도 똑같이 속박의 주문으로 묶었다. 그런 류지영의 행동에 난 조용히 입을 열었다.

"이 애들에게도 희생을 강요할 생각인가요?"

류지영은 아무 말도 하지 않았다.

"풀어줘요."

내가 말한다고 그녀가 들어줄 리가 없었지만 난 그녀에게 풀어줄 것을 요구했다. 그녀는 의외로 순순히 내게 걸린 속박의 주문을 해제했다. 아마 나와 그녀가 가진 힘의 차이를 확신했기 때문이리라. 솔직히 나 같은 녀석 열 명이 달려들어도 그녀의 털끝 하나라도 상하게 할 수 있을지 의문이다.

"이 애들에게도 희생을 강요할 생각인가요?"

난 다시 물었다.

"난 강요하지 않아. 단지 스스로 판단하게 할 뿐이야. 알테어를 봐서 알 텐데. 만약 그녀가 필립이란 자에게 믿음을 가지고 있었다면 스스로 죽음을 선택하지 않아도 됐을 거야. 하지만 그녀는 그러지 않았지. 바다야, 넌 알테어와 다른 세라프들이 억울한 죽음을 맞이했다고 생각하겠지? 그건 잘못 생각한 거야. 그들은 억울한 죽음을 맞이한 게 아냐. 넌 아마 봤을 거야. 세라프들은 전생의 기억을 각성과 동시에 찾게 돼. 하지만 그건 결코 누적되는 게 아냐. 환생을 하기 바로 전의 삶만 기억하게 되지. 그럼 그전의 기억은 어떻게 되는 걸까?"

"……"

"잊게 되어버려. 그리고 그 기억은 신이 정한 운명의 굴레를 벗어나지 못하고 소멸되고 말아. 그것과 오늘 사라져 버린 이들이 무슨 차이가 있을까. 알테어는 그걸 알고 있었어. 현생의 죽음은 두렵겠지만 그들에게 있어 현생이란 고통을 계속해서 받는 것뿐임을 모르겠니?"

그런 걸까.

정말 그런 걸까?

난 세리스와 훼릴, 그리고 엘리를 바라봤다.

"……."

아이들은 하나같이 나의 시선을 피하고 있었다.

"놓아주렴, 저 애들을. 저 애들은 스스로의 소멸과 함께 그들의 일족에게 걸린 봉인을 푸는 것을 존재의 의의로 가진 애들이야. 수천, 수만 년간 이어온 시간을 끊게 해줘."

류지영은 나직한 목소리로 말했다.

그리고 그 말은 나의 귀에 너무나 선명하게 들려와 거부하려 해도 할 수가 없었다.

그때였다.

"웃…… 마."

"응?"

류지영의 말에 내가 아무런 대꾸도 하지 못한 채 가만히 있을 때 지금 껏 가만히 고개를 숙이고만 있던 세리스가 고개를 들었다.

"뭐라고?"

"웃기지 말라고 했어!"

흠칫.

류지영은 세리스의 호통에 눈을 크게 떴다.

"네가 뭔데! 네가 도대체 무슨 권한으로 우리의 마음까지 마음대로 하려는 거야! 네가 어떻게 내 마음을 알아? 내가 무슨 마음으로 마스터를 보고 있는지! 그가 아침에 일어나 내 눈동자를 보며 잘 잤냐며 건네는 한마디가 내게 얼마나 소중한지를, 길을 함께 걸을 때 잡아주는 손길의 따스함이 주는 안식을! 힘껏 꼭 안아주었을 때 나란 존재가 마스터에게 종속되어 있다는 사실에 안도하는 마음을!"

"세리스……."

그녀의 눈에서 눈물이 흐르고 있었다. 땀에 젖은 은빛 머리카락이 그녀의 뺨에 달라붙어 흐르는 눈물의 길을 만들었다. 그리고 그녀의 목소리는 짙은 어둠 속에 파묻혀 가는 내 영혼에 다시금 손을 내밀었다.

"훼릴이 각성했을 때! 엘리가 각성했을 때! 그녀들이 마스터에게 큰 힘이 된다는 것을 알았을 때! 얼마나 괴로웠는지 네가 어떻게 알아! 그에게 의지할 수 있는 존재가 되지 못한다는 슬픔을 네가 알아? 이기심이라고 해도 좋아. 나 혼자만의 행복을 위해서 다른 사람을 밟고 올라가는 사람이라고 매도당해도 좋아. 하지만 난 그 모든 걸 각오할 수 있어! 영혼을 못 찾으면 어때. 일족이 부활하지 못하면 어때. 지금껏 셀 수 없는 세월 동안 그렇게 있었는걸. 내가 죽어 소멸당하지 않고 영겁의 고통 속에 살아야 한다면 난 달게 받겠어! 난 마스터의 곁에 있겠어!"

"…너……."

세리스에게 뭐라 말하려 했던 난 차마 말을 이어갈 수가 없었다. 나도 모르게 내 눈에선 눈물이 흘러내렸다.

"세리스… 너 언제부터 그렇게 말을 잘하게 됐어?"

"뭐… 뭐야."

훼릴이었다. 세리스는 훼릴이 조금 안쓰러운 표정으로 바라보며 웃자 고개를 세차게 흔들어 눈가에 맺힌 눈물을 떨쳐 냈다.

"류지영이라고 했나요?"

훼릴이 지명한 것은 류지영이었지만 시선은 날 향하고 있었다. 마치 타는 듯한 붉은 눈동자가 날 뚫어져라 바라보고 있었다.

"당신, 오라버니랑 키스해 본 적 있나요?"

"뭐… 뭐?"

"훼릴!"

당황해 버렸다. 이 순간에 저런 말이라니!

"없나 보죠? 아니, 카일이란 사람과는 키스해 본 적 있나요?"

화를 낼 줄 알았던 류지영은 의외로 얼굴을 붉힌 채 아무런 말도 하지 않았다. 설마… 안 한 걸까?

"전 오라버니를 좋아해요. 내가 강제로 하는 경우가 많지만 그의 키스가 좋고, 가끔 엉큼해지는 면도 좋아요. 숫기가 없어서 언제나 중간에 멈춰 버리지만 난 그런 면도 좋아요. 아니… 전 오라버니를 사랑해요. 저 자신보다도. 내 영혼보다도."

노골적으로 다른 사람에게 날 사랑한다고 말하는 훼릴의 말에 난 얼굴이 절로 뜨거워졌다.

"전에 오라버니가 이런 말을 한 적이 있어요. 모두가 함께 행복해지는 방법만을 찾겠다고. 너무 진부하고 말도 안 되는 희망이라구요? 절대 실현이 불가능한 이야기라구요? 아니요. 절대 불가능하지 않아요. 전 오라버니를 사랑하고 또 사랑할 거예요. 그리고 오라버니를 사랑하는 절 사랑할 거예요. 그러니까 난 오라버니의 곁을 떠날 수 없어요. 그리고 당신이 뭐라 하지 않아도 전 일족의 봉인을 풀 방법을 찾을 거예요. 그게 모두가 행복해지는 방법이니까요."

류지영은 아무런 말도 하지 않았다. 그녀는 단지 가장 끝에 있는 엘리에게 시선을 던질 뿐이었다.

"저두… 오빠 곁에 남고 싶습니다."

"엘리……."

엘리는 날 향해 한번 빙긋이 웃고는 다시 말했다.

"전 세라프가 되고 나서 단 한 번도 누군가에게 종속되지 않았었습니다. 그래서 눈을 감으면 지금도 아버지와 어머니가 절 안아주시고 사랑한다고 속삭이시던 기억이 새록새록 살아납니다. 전 그분들을 잃고 싶지 않아요. 또 이번 생에 영혼을 찾지 못해 그분들에 대한 기억을 잃게 되는 것도 싫어요. 어쩌면 당신의 말처럼 절 희생하고 일족의 봉인을 푸는 게 옳은 일일지도 몰라요. 당신은 엘프의 사랑을 아시나요. 엘프는 일생에 단 한 명만을 사랑하게 된답니다. 그리고 전 제 사랑을 드릴 상대로 오빠를 선택했어요. 이 생에 영혼을 찾지 못해 다음 생에 다른 사람을 종속자로 만나도 전 오빠만을 사랑할 거예요. 그리고 전 제가 소멸함으로써 봉인이 풀리는 걸 저의 부모님이 좋아하리라 생각지 않아요. 전 살아서 그분들을 품에 안고 사랑한다 말하고 싶어요. 그리고 제 반려를 그분들께 소개해 드리고 싶어요."

난 행복한 사람이다.

저렇게 날 사랑해 주는 사람이 있다는 사실만으로도 난 세상에서 가장 행복한 사람이다. 난 당장이라도 세리스와 휘릴, 그리고 엘리를 껴안아 주고 싶었다. 하지만 그럴 순 없었다.

난 엘리의 대답까지 듣고 나자 마음속으로 결단을 내릴 수 있었다.

"하지만 내가 이대로 너희를 죽여 봉인을 열겠다면?"

"선배! 그만둬요."

난 단검을 들고 엘리에게 다가가는 류지영의 앞을 가로막았다.

"비켜."

"비킬 수 없어요."

"비키지 않으면 이대로 널 죽이겠다."

"전 선배에게 죽을 수 없어요."

"……!!"

류지영… 아니, 지영 선배는 내 말에 눈을 부릅뜨더니 뒤로 한 발자국 물러났다.

난 천천히 앞으로 걸어갔다. 지영 선배의 칼이 내 심장을 겨누고 있었지만 개의치 않았다. 오히려 가슴을 더 내밀었다. 그런 나의 행동에 지영 선배는 차마 날 찌르지 못하고 한 걸음 한 걸음씩 뒤로 물러났다.

"선배는 어째서 그렇게 봉인 해제에 목을 매는 거죠? 선배의 말마따나 선배에게 무슨 득이 되는 것도 아닌데."

난 지영 선배가 들고 있던 단도를 뺏었다. 하지만 이 단검으로 지영 선배를 어떻게 할 생각은 없었다. 그녀에게 있어서 이 단검은 단지 도구 그 이상도 이하도 아니었으니까. 그녀가 정색을 하고 날 해치려 한다면 난 단 일 격도 받아낼 자신이 없었다.

"선배, 보여 드릴게요."

난 제단 앞으로 갔다. 그리고 소도를 나의 손목에 갖다 댔다.

"그, 그만둬."

지영 선배가 눈에 띄게 당황하기 시작했다. 그뿐만 아니라 세리스를 비롯해 훼릴과 엘리도 깜짝 놀라 소리쳤다.

"마스터! 무슨 짓이에요!"

"오라버니! 그만둬요!"

"오빠! 안 돼요!"

모두들 놀라 날 말렸다. 하지만 난 그만둘 수 없었다.

난 알 수 있었다. 아이들이 내 곁에 남을 거라고 말했지만 난 그 말을 곧이곧대로 믿지 않았다. 지영 선배의 말마따나 일족의 봉인을 풀기 위해 지금껏 존재해 온 아이들이다. 일족을 위해 스스로 소멸을 택한 알테어만 봐도 충분히 알 만하지 않은가. 또한 지영 선배도 뭔가 숨기고 있는 게 있었다. 그녀 스스로 무엇 하나 바라지 않는다고 했지만 난 알 수 있었다. 그녀 하나만을 8년간 봐왔었다. 그 8년이란 시간 동안 그녀가 눈앞에 있을 땐 단 한 순간도 한눈팔지 않고 그녀만을 봐왔다. 그녀는 봉인을 풀어야만 하는 이유가 있었다.

그것도 세상 모든 이들에게 원한의 대상이 된다 해도 감수할 수 있을 정도로.

"안 돼!"

그때였다. 지영 선배의 손에 마나가 모이기 시작했다. 방해할 생각인가? 난 단숨에 단도로 손목을 그어 내렸다.

"윽."

단검의 날카로운 날이 내 손목을 스쳐 지나가자 금세 붉은 피가 송골송골 맺히더니 제단 위로 떨어졌다. 큭, 할 때는 화끈하게 하는 것이 내 신조라 앞뒤 가리지 않고 방해받을까 봐 막 그었더니 꽤나 깊게 베인 것 같았다. 이거 잘못하면 과다 출혈로 죽을지도 모르겠는걸.

"인간, 네 녀석이냐."

"자주 뵙는군요, 파르커스……."

난 손목에서 느껴지는 고통에 오만상을 찌푸리며 파르커스에게 인사했다.

"미련하군. 죽고 싶나?"

파르커스는 내 손목에서 뿜어져 나오는 피를 보더니 어이없다는 눈으로 날 쳐다봤다. 하지만 난 파르커스가 미천한(?) 인간인 나의 안위를 걱정한다는 사실이 더 어이없었다.

"뭐… 어떻게 보면 그게 정답일지도 모르죠."

"흐음……."

"힐."

파르커스에게 잠깐 정신을 판 사이 류지영이 다가와 내 손목에 치유 마법을 걸었다. 하지만 난 그런 그녀의 선의를 그냥 받아줄 수만은 없었다.

"패럴라이즈."

"무, 무슨?"

패럴라이즈. 3클래스의 마비 주문이다. 사실 난 이 주문을 속박 주문에서 풀리자마자 준비하고 있었다. 지영 선배에게 발각당하지 않기 위해서 체내에서 마나를 조합해야 했기에 온몸이 만신창이가 됐지만 말이다.

"치사하군."

"현대를 살아가는 처세술 중에 하나죠."

"그럼 이제 방해꾼도 없으니 천천히 대화를 나눠볼까?"

"그러죠."

우리 둘의 대화는 선생님과 제자의 대화 같았다. 먼저 파르커스가 이미 예상하고 있던 질문을 던졌다.

"자네에게 가장 소중한 것은 무엇인가."

그리고 난 대답했다.

"그거, 지금 알고도 모르는 척하는 거죠?"

파르커스는 나의 대답에 가볍게 웃었다. 어디까지나 나의 추측일 뿐이지만 아마 그의 기나긴 용생(龍生)에 있어서 가장 부드러운 미소를 보여준 게 아닐까 싶다.

잠깐의 시간이 흐른 뒤.

파르커스의 손에선 작은 매직 애로우 하나가 떠올랐고,

난 눈을 감았다.

epilogue 1

　사람들은 저마다 하나씩의 약속을 가지고 있다. 내일 무엇을 할지, 누구를 만날지에 대한 것들에 대해서. 하지만 가끔은 오랜 시간을 두고 약속을 하는 경우도 있다. 가령 예를 들자면 30살이 되던 해 첫눈이 오면 놀이동산 앞에서 모이자는 약속 같은 것 말이다. 거기에 약간의 옵션을 붙이자면 여자 친구 or 마누라 동참은 필수다. 물론 둘이 함께라면 더 좋다.

　2008년. 전국에 첫눈이 내리는 날 밤. 2月花는 하나둘 모이기 시작하는 손님들로 서서히 북적이기 시작했다.

　"어이어이! 야야야야야야! 여기다, 여기!"

　"오오~ 짜식, 여기 있었구만. 한참 찾았다, 임마."

　"넌 어떻게 나이를 그렇게 먹고도 약속 시간을 못 지키냐?"

　"내가 좀 많이 바쁘잖냐. 오늘도 나의 뜨거운 손길을 기다리는 뭇 여성 분들 때문에 진이 쭉 빠졌다."

손바닥을 사사삭 비비는 재원의 모습에 주위의 손님들이 눈살을 찌푸렸다. 태연작작하게 음담패설을 내뱉는 그의 행동거지가 마음에 들지 않았던 모양이다.

"짜식, 물리치료사 되더니만 수다 실력하고 안마 실력만 늘어가지고는. 갱년기 아줌마 어깨 열심히 주무르고 오느라 수고했다."

"쳇, 가끔은 이쁜 아가씨도 온다고."

최근 공인중개사 사무실을 열어 나름대로 잘 나가는 배건은 재원에게 잔을 건넸다.

"근데, 어째 넌 혼자 왔냐? 분명히 우리의 약속은 부부 동반 아니면 애인 동반이었을 텐데?"

"그런 넌? 데려왔냐? 웃? 설마… 니 옆의 그 '분' 이시냐?"

재원은 '넌 뭐가 다르냐'라는 식으로 배건을 바라보다가 그의 옆에 수줍은 듯 앉아 있는 아가씨를 발견하곤 그대로 굳어버렸다.

"인사해라. 형수님 되실 분이다."

"아… 안녕하세요. 김재원이라고 합니다."

"네. 안녕하세요. 선우혜영이라고 해요."

재원은 눈앞의 여인, 선우혜영에게서 얼른 눈을 돌렸다. 차마 오래 보고 있기가 겁나는 모습이었다(그녀의 모습은 각자 나름대로 상상하길 바란다. 참고로 차마 보기가 겁난다는 말을 굳이 나쁜 쪽으로 상상할 필요는 없다).

"근데 지금 내가 젤 먼저 온 거냐? 다른 애들은?"

"곧 온다고 연락 왔다. 정현이랑 종필이, 호진이, 상원이, 현석이, 우정이, 호석이, 환영이, 심온이 전부 온다고 하더라. 근데 너 진짜 여자 친구 안 데리고 왔냐?"

"곧 올 거다. 쳇, 사귄 지 얼마 안 됐는데 너희들 때문에 어쩔 수 없이 오라고 했어."

"그럼 그래야지."

삼십 분쯤 지나자 속속들이 친구들이 도착했다.

그들은 나름대로 전부 한 명씩 예쁜 여자 친구를 데리고 왔고 결국 사람이 너무 많아져 커다란 테이블 네 개를 붙이고서야 겨우 자리를 맞출 수 있었다.

"큭큭, 자, 우리의 질리도록 긴 우정을 위해서 건배하자."

"그보다 어떻게 모두 재주 좋게 여자 친구를 만들어 온 것에 대해서 건배하는 게 어때? 난 솔직히 여기 여자 친구 데리고 올 놈이 몇이나 될까 하고 걱정 많이 했다."

"거 좋지. 자, 여기 계신 커플들 모두 오래오래 행복하길 바라면서 건배~"

"건배!"

술이 한 잔 두 잔씩 돌아 알코올 기운이 몸 안을 싸하게 돌기 시작하자 조금씩 옛날이야기가 나오기 시작했다. 자고로 술안주로는 새우깡을 제외하곤 옛 추억과 군대 이야기만큼 좋은 게 없다고 했던가. 옛 시절의 추억을 하나둘 나누던 중 불현듯 누군가 한바다에 대한 이야기를 꺼냈다. 아마 텔레비전에 네메시스의 새로운 총수로 임명된 알베르트 폰 로펜하임의 취임 연설과 4년 전에 있었던 1일전쟁이 거론됐기 때문이리라. 하지만 정작 그들의 입에서 거론되는 인물은 그들의 오랜 친구인 한바다가 아니었다.

"카아…… . 정말, 예뻤는데 말야."

"그러게. 내 머리털 나고 그렇게 예쁜 애들은 걔들 말고 본 적이 없었다."

"하아… 난 레시안 얼굴이나 한번 봤으면 좋겠다."

"난 세리즈."

심온이와 종필이, 그리고 정현이와 호진이는 그들의 옆 자리에 앉은 여자 친구의 눈이 샐쭉하게 되든 말든 옛 추억을 두런두런 나누기 시작했다.

"야야, 그만둬라. 바다 녀석 생각난다."

그런 그들에게 배건이 가볍게 일침을 놨다. 하지만 그도 이해할 순 있었다. 언제나 한바다를 생각하면 가슴 한쪽이 아련하게 아파오는 그들이었기에 이렇게 간접적으로만 그를 기억하는 것이리라.

"벌써 4년인가?"

"아니지. 4년하고 6개월이다. 그 녀석 과천 올라가서 그 일 일어날 때까지 얼굴 한번 못 봤었잖냐."

"새끼. 가끔 연락이라도 줬었음 얼마나 좋아."

씁쓸한 추억이런가. 잔에 가득 찬 소주가 빨리 비워진다.

"그런데 현석아, 요즘 너희 회사 아인류(亞人類)랑 거래하고 있다며?"

"으응. 요번에 회사에서 신소재 개발에 들어갔는데 드워프들이랑 계약했다고 하더라."

"이런 이야기 들으면 세상이 참 많이 변했단 생각이 들어."

"그러게 말이다."

4년 전, 1일전쟁 이후 네메시스는 세상에 충격을 안겨줬다.

그들은 티르의 검, 즉 일반인들이 마법사 길드 정도로 알고 있던 단체가 저질렀던 죄악을 공개했고 비스트, 지금은 아인류라 불리는 이들이 결코 인간의 적이 아님도 성토했다. 그 증거로 그들은 인간과 비등한 지성을 지닌 몇몇 아인류와 동맹 협정을 맺었고 서로 공존할 수 있는 방법을 지금도 모색해 오고 있었다. 대표적인 아인류가 바로 뱀파이어와 드워프였다. 그 외에도 상호 불가침 조약을 맺은 중립적인 아인류도 많았고 몇몇 소수 개체로 이루어진 종족에 대해선 세계 정부 차원에서 보호도 이루어졌다. 하지만 여전히 인간의 천적으로서 존재하는 아인류들도 있었다. 그들은 흉포한 야성을 억제하지 못해 언제나 인간의 생명을 노렸고 그런 종족에 대해선 대대적인 토벌전도 있었다. 그러나 그들은 지능이 떨어지는 대신 놀라운 번식력과 생명력으로 인간에게 여전히 공포의 대상이 됐다. 이들은 유전적인 결함이 없는지 근친 교배로도 아무런 열등 인자가 나타나지 않았고 암수 한 쌍만 있으면 일 년 안에 11배 이상의 증식률을 보여줬기에 완벽한 토벌은 불가능에 가까웠다.

"크으… 야, 시간 다 돼간다."

자기 앞에 놓인 소주잔을 비운 배건이 모두에게 말했다. 그것이 신호였을까. 심온이가 텔레비전 채널을 돌리기 시작하더니 뉴스 채널에 맞췄다. 갑자기 분위기가 조용해졌다. 영문을 모르는 연인들은 이유가 궁금했지만 어떻게 떠들 수도 없는 분위기라 그들도 입을 다물고 뉴스에 집중했다.

"오늘의 헤드라인입니다. 김 후보 전임 비서의 비리를 캐고 있는 검찰이 드디어 용의자 소환 조사에 착수했습니다. L양이 무분별한 누드집 촬영으로 연예계 퇴출의 위기에 처했습니다."

"도대체 왜 이런 뉴스에 집중하는 거야?"

"쉿, 조용히 해."

심온이의 여자 친구인 희수가 작은 목소리로 물었지만 심온이는 그저 손가락으로 입을 꾹 누를 뿐이었다.

"…금일 네메시스의 알베르트 폰 로펜하임 총수와 여든 개 아인류 종족의 대표로 한바다(30) 씨가 아랍의 Burj Al Arab 호텔에서 회담을 가졌습니다. 본사 신혜원 기자가 취재했습니다."

"와우! 드디어 해냈구만!"

"큭큭, 저 새끼 4년 동안 연락도 안 하고 빨빨거리면서 뛰어댕기더니

만 드디어 해냈어!"

"야야, 조용히 해. 계속 나오잖아!"

배건이 정숙을 요구했지만 친구들의 들뜬 외침은 끊임없이 터져 나왔다. 결국 배건도 그런 친구들의 분위기에 동조해 버렸고 2月花는 축제 분위기에 빠져 버렸다. 건이 녀석이 가게 안에 술을 한 잔씩 돌렸던 것이다.

"오늘 아랍의 아름다운 건물인 Burj Al Arab 호텔에서는 역사적인 회담이 있었습니다. 네메시스의 알베르트 총수와 한국인으로서 놀랍게도 여든 개 아인류 종족의 동의 하에 대표 자격을 얻은 한바다 씨는 첫 만남에서 뜨거운 포옹으로 인사를 나눴으며, 회의에 앞서 간단한 티타임을 가지며 담소를 나눴습니다. 이후 '아인류와 인류의 문화 교류 사업'과 '아인류 독립 자치구'의 승인에 대해 열띤 회의를 가졌으며 4시간에 걸친 회의 끝에 인류와 아인류 간에 새로운 도약의 장을 열었습니다. 회의에서 승인된 것은 현재 세계 각지에 흩어져 독자적인 세력권을 만들고 있는 여든 개 아인류 종족의 자치 구역을 인정하고 41개 종족에 관해선 독자적인 영토 역시 인정하기로 한 것과 영구적인 상호 불가침 조약 체결, 특정 종족에 관한 지속적인 지원 및 감시의 승인이었습니다. 그 외에도 몇몇 신청 국가에 한해서 아인류의 유학 교육이 결정되는 한편 신약 개발 및 마법 물품 제작에 대한 협조 역시 활발히 이뤄지게 하겠다는 의지를 확인했다고 합니다. 이상 Burj Al Arab에서 신혜원이었습니다."

epilogue 2

"푸우… 피곤해, 피곤해."

난 오랜 시간 준비했던 회담이 성공적으로 끝나자 4년여 시간에 걸친 모든 피로가 한꺼번에 몰려오는 것만 같아 숙소로 돌아오자마자 침대 위로 쓰러졌다.

"아아… 보고 싶다… 마누라들아……."

공식적인 회담인데다 사회적인 이목이 있는지라 친정 쪽에 맡기고 온 아내들(!)이 갑자기 너무 보고 싶어졌다. 조금 남사스럽긴 하지만 난 세리스와 훼릴, 그리고 엘리를 모두 거둬들였다. 사실 개인적으론 '그녀'만을 곁에 두고 싶었지만 다른 두 명이 함께하지 않는다면 죽는다고 떼를 쓰는 바람에 어쩔 수가 없었다. 덕분에 난 결혼식만 무려 세 번을 해야만 했다. 물론 장인 장모가 되는 분들께 죽지 않을 정도로 얻어맞은 건 말할 것도 없다. 특히 세리스의 부모님은 날 보자마자 딸 도둑이라며 다짜고짜 검을 휘둘러 거의 죽을 뻔했었다. 아마 엘리와 훼릴이 자기 남편도 된다면서 말리지 않았다면 팔다리 중 하나쯤은 병신이 됐을 게 틀림 없었다.

하지만 난 행복했다.

"후우… 이제 조금은 만족하세요, 선배……."

조용히 이젠 기억 속에서만 존재하는 이의 이름이 입에서 나왔다. 그리고 그날을 떠올렸다.

4년 전.

난 파르커스를 불러냈고 그에게 죽임을 당할 생각이었다. 이유는 간단했다. 내가 죽음으로써 아이들이 영혼을 찾을 수 있다면 그렇게 하는 게 가장 올바른 길이라고 생각했으니까. 내가 생각하고 또 확신하는 세라프의 영혼을 찾는 방식은 세 가지 조건을 충족시켜야 했다. 그 첫 번째가 파르커스를 만나 그에게 시험을 받아야 한다는 것. 아마 내 생각이지만 과거 수많은 세라프의 종속자들은 이 첫 번째 조건부터 갖추지 못했을 것이다. 동방의 오지 한구석에 처박혀 있는 그를 찾는다는 것은 일생을 투자해도 거의 불가능에 가까웠을 테니까. 뭐, 모든 세라프들은 파르커스에게 공명을 느낀다고 하지만 말이다. 그리고 두 번째 조건은 세라프를 사랑하는 것이다. 물론 이성적으로 사랑하는 것만은 아닐 것이다. 서로를 위해 목숨마저 버릴 수 있는 바로 그런 마음. 우정이라고 하면 될까? 마지막으로 필요한 것이 바로 파르커스가 주는 시련을 이기는 것이다. 지영 선배의 경우를 봐서는 시련을 이기는 방법은 바로 나 자신의 죽음이었다. 그것도 세라프를 위한 죽음. 종속자와 세라프의 관계는 무척 불평등한 관계다. 세라프가 죽어도 종속자는 아무런 피해가 없다. 하지만 종속자가 죽으면 세라프는 그와 함께 죽음을 맞이하게 된다. 그런 관계에서 세라프를 위해 죽을 종속자가 있었을까. 지영 선배는 그런 세라프를 위해 자신의 목숨을 버렸다. 아마 그가 없는 삶을 영위하는 것 자체를 부정했기 때문이리라.

　─다시 살아날 수 있을 거라 생각하고 시도하는 건가?
　─자신이 죽지 않을 거라 확신하나?
　─난 그대를 살리지 않을 것이네.
　─한바다, 자네는 죽어. 하지만 내 약속하지. 자네의 세라프들은 영혼을 찾음과 동시에 일족의 봉인을 풀게 될 거야.
　─그래도 좋은가?

　난 그래도 좋다고 했다. 사실 마냥 좋지만은 않았다. 나를 기억해 주는 친구들과 사랑해 주는 부모님이 계시는데 죽고 싶지 않았다. 그들에게 슬픔을 안겨주고 싶지 않았다. 하지만 난 죽음을 선택했다.
　살아서만이 할 수 있는 게 있다면, 죽어서 이룩할 수 있는 것도 있는 것이다.
　눈을 감고 그의 손 위에 나타난 매직 애로우가 심장을 관통하길 기다렸다.
　하지만 '죽음' 은 나의 것이 아니었다.
　"선배!"
　기다렸던 죽음이 오지 않아 눈을 떠보니 파르커스의 매직 애로우는 지영 선배의 심장에 틀어박혀 있었다. 마비 주문을 강제적으로 풀었는지 그녀는 부들부들 떨리는 몸으로 내 몸 앞에 팔을 활짝 펼치고 서 있었다. 그리고 허물어지듯 쓰러졌다. 난 그런 그녀를 품에 안았다. 등 뒤로 안아든 손에 피가 흥건하게 고였다. 그녀의 숨소리가 낮게 잦아들었다.
　"선배, 어째서!"

너무나 어이없는 사태에 난 소리쳤지만 지영 선배는 그저 웃기만 했다.

"후후… 오래전에 죽었어야 할 내 생을 영위해 온 대가라고 생각해 줘. 파르커스… '운명'이란 정말 거지 같아. 난 그가 세라프를 데리고 왔을 때 이런 결말을 예상하고 있었던 걸지도 몰라. 나의 사랑은 억지였을지도 몰라. 내가 가려 하지 않고 그의 발걸음을 되돌릴 생각만 했으니까. 하지만 후회는 하지 않아. 결국 난 그의 품에서 쉴 수 있게 됐는 걸……."

파르커스는 지영 선배의 심장에 손을 뻗었다. 하지만 그녀는 그의 손길을 거부했다.

"난 이미 알고 있었어. 바다와 그는 전혀 다른 존재라는 걸. 난 단지 그의 그림자를 좇고 있었던 걸 거야. 신이 내게 준 시련을 이겨낸다 해도 그는 결코 날 예전처럼 불러주지 않을 거란 걸 난 알고 있었어."

지영 선배의 눈에서 눈물이 흘러내렸다.

"언젠가 그가 내게 이렇게 말했었어. 사랑은 영혼으로 하는 거라고. 그래서 자신은 이미 영혼을 가지고 있는 거라고. 언젠가 갈가리 찢겨 사라질 영혼이지만 날 사랑하는 그 순간은 영혼을 가지고 있는 거라고. 그리고 언젠가 영원한 무(無)로 돌아가면 그곳을 나에 대한 사랑으로 가득 채울 거라고…… 파르커스, 난 나의 선택을 후회하지 않아."

아무렇지도 않은 듯 말을 마친 지영 선배는 마치 잠을 자듯이 숨을 거뒀다. 그리고 마치 세라프가 사라지듯 서서히 빛의 조각으로 화해 허공에 흩어졌다. 그 빛의 조각은 마치 살아 있는 것처럼 허공을 떠돌다 세리스와 훼릴, 그리고 엘리의 품 안으로 스며들어 갔다. 파르커스는 그런 그녀의 빛을 슬픈 눈으로 바라보더니 속박의 주문에 걸려 있는 아이들을 풀어줬다. 그리고 그녀들에게 일족의 봉인이 풀렸다고 말해 줬다. 그는 굳이 그 이유를 말하지 않았지만 나와 아이들은 그 모두가 지영 선배의 죽음과 관련이 있다는 걸 알 수 있었다. 파르커스는 우리를 일족이 있는 곳으로 보내주겠다고 했다. 잠시 후 그가 마나를 끌어 모아 텔레포트를 시키기 직전에 내게 물었다.

—그녀가 어째서 모든 세라프의 봉인을 풀려고 했는지 아는가?

나는 모른다고 했다. 아니, 어쩌면 알고 있는데도 모른 척하는 건지도 모르겠다.

—알고 싶은가?

난 고개를 저었다.

—그래. 그녀가 원하는 것도 그거야. 부디 행복한 삶을 살길 바라겠네.

그리고 나와 아이들은 환한 빛무리와 함께 공간을 뛰어넘었다.

"4년인가……."

파르커스의 본체가 있던 동굴은 그날 이후 완전히 붕괴됐고 네메시스의 주도 하에 복구 작업이 됐지만 파르커스의 본체는 더 이상 그곳에 없었다. 엘프의 수장이자 엘리의 아버지인 앙케리아가 말하길 그는 언젠가 신의 부름으로 일어설 날을 기다리기 위해 더욱 깊은 곳에서 잠을 잔다고 했다.

아인류… 류지영으로 인해 봉인에서 해방된 여든 개 아인류 종족은 모두 한곳에 모여 있었다. 유일한 인간이었던 난 그들에게 흘러간 시간과 그동안 있었던 인간의 발전에 대해서 설명했다. 그리고 난 세 종족의 전폭적인 지지 하에 그들의 대표가 되어 새로운 시대를 살아가는 방법을 가르쳤다. 4년간 부지런히 뛰어다니며 네메시스의 도움을 받는 한편 이들이 지낼 땅을 얻기 위해 노력했다. 그 결과 4년이 지난 지금, 난 드디어 그들과 인류의 공존을 위한 첫 걸음을 뗄 수 있었다.

꽈당!

"뭐야?"

막 잠을 자려고 하는데 갑자기 호텔의 방문이 거칠게 열리며 일단의 무리가 뛰어들어 왔다.

"알베르트? 어라, 드레이크까지? 무슨 일이야?"

숨을 거칠게 몰아쉬며 뛰어들어 온 것은 이제 멋진 중년 티가 풀풀 나는 알베르트와 드레이크였다. 둘은 한껏 상기된 얼굴로 들어와 다짜고짜 내게 주먹을 날렸다.

"켁? 왜 그래?"

"짜샤! 축하한다!"

"축하해! 그러니까 몇 대 좀 맞아라!"

"무, 무슨 일인데?"

"무슨 일이긴. 정 궁금하면 저기 서 계신 아름다운 부인에게 물어보지 그래?"

"부인?"

싱글싱글 웃는 얼굴로 내 복부에 간장치기를 날리는 알베르트의 말에 문 쪽을 바라본 나는 두 눈이 휘둥그레지고 말았다.

"너희들……."

문 앞엔 세 명의 아름다운 여인이 서 있었다. 수줍은 표정으로 웃고 있는 그녀들은 천천히 내게 다가왔다. 그리고 내 품에 안겨왔다.

"너희들 어떻게?"

"제수씨, 그럼 저희는 나가보겠습니다. 큭큭큭, 한바다, 다시 한 번 축하한다."

폭풍처럼 쳐들어와 날 구타한 녀석들은 다시 바람같이 사라졌다. 도대체 무슨 일인 건지.

"너희들 어떻게 여기까지 온 거야? 일 마치는 대로 돌아간다고 했잖아."

"흥, 오라버니는 우리가 와서 별로 즐겁지 않은가 봐?"

내 품에서 고개를 발딱 든 훼릴이 내게 핀잔을 줬다.

"아… 아니, 그건 아냐."

"당신께… 알려 드리고 싶은 게 있어서 도저히 참을 수 없었어요."

이젠 성숙한 여인의 모습을 한 세리스가 더욱 내 품에 안겨들며 입을 열었다.

"뭘?"

"……."

세리스는 고개를 푹 숙인 채 말을 못 이었다. 결국 보다 못한 엘리가 내 귀에 대고 작게 속삭였고 난 귓속을 파고드는 그녀의 말에 가슴이 터질 듯한 희열을 느껴야만 했다.

"정말이야? 정말이냐구!"

"제가 거짓말하는 거 본 적 있나요?"

샐쭉한 표정으로 말하는 엘리였다. 난 그런 엘리의 입술에 가볍게 입을 맞추고는 세리스를 번쩍 안아 들었다.

"와하하하하! 정말 세리스가 내 아이를 가졌단 말이지?"

"까악! 그만 해요!"

"아하하하하! 만세다! 만세!"

난 방이 떠나가라 웃었다. 세리스도 웃었다. 훼릴과 엘리는 그런 날 보며 박장대소했고 난 세리스의 손을 잡고 방을 빙글빙글 돌며 춤을 췄다. 어떻게든 이 기쁨과 희열을 온몸으로 발산하지 않고는 못 견딜 것 같았다. 아래층에서 소란스럽다고 뛰어올라 온다 해도 상관없었다. 다른 사람이 뭐라 해도 난 웃으며 다 받아줄 수 있을 것만 같았다.

　그날 저녁, 난 오랜만에 세 부인과 한 침대에 누웠다. 세리스와 훼릴, 그리고 엘리는 긴 여행에 지쳤는지 금세 잠에 빠져들었다. 난 내 팔을 베고 누워 있는 세리스의 배를 살짝 어루만졌다. 이곳에 나의 분신이 있다는 생각이 들자 너무나 소중하게 느껴졌다. 내 손길을 느낀 세리스가 몸을 뒤척였다. 난 그녀의 이마와 입술에 짧게 키스하고는 눈을 감았다. 그리고 감사했다. 결코 잊을 수 없는 이름의 그녀에게…….

〈7권 終〉